U0071236

草香玉暖

新疆品物手札

徐興梅・著

目次

第一輯　惠風蘭香

第二輯 生澀食味

第三輯　活色生香

第四輯　如人行走

第一輯

彼岸胡楊

在我最初的概念中，南疆的胡楊林並非真正意義上的森林，它缺少森林構成的基本要素。森林，五木合一，蔥蘢、醉綠、繁茂、綿延，這些有關森林的描述詞，沒有一個能與眼前的胡楊搭建起聯繫。但是，教科書上說，世界上的胡楊樹絕大部分生長在中國，中國胡楊百分之九十以上生長在新疆，新疆胡楊百分之九十以上集中在天山以南的塔里木盆地邊緣，更確切的位置在塔里木河畔的沙雅縣和輪台縣境內。

依教科書的說法，中國胡楊百分之九十中的百分之九十被我享受了十多年。十多年裡，我往來於烏魯木齊與南疆之間，在沙雅縣和輪台縣境內與胡楊擦肩、相扶、結伴、共語，或驚喜、或感動、或抱怨、或嫌棄，喜也罷，哀也罷，都是緣分，與一片森林的緣分。

胡楊，第三紀殘餘的古老樹種，也稱幼發拉底楊樹，早在六千多萬年前就生活在古地中海沿岸，那時的塔里木盆地河流密佈，水系交織，至第四紀早中期，胡楊開始在塔里木盆地生根，自那時起，胡楊就沒有離開過這片土地，他見證了塔里木億萬年間的滄海變遷。

站在沙包上遠望胡楊林，一株胡楊與一株胡楊之間保持著君子風範、淡水之交。我只所以長期以來沒意識到眼前的胡楊林是座森林，完全是出於對胡楊獨立性的認識，胡楊沒有群體糾纏的跡象，他們不趨同，不攀附，每一株都是唯一的，每一株都在競顯著自己的與眾不同，構築著自己的森林王國。我看不到他們的同一性，缺水少露的荒漠地帶，拿什麼來茂密。但是，他們卻被實實在在地冠以森林的美譽，世界上最古老，面積最大，保護最完整，最原始的胡楊森林。十幾年裡，我來來往往的荒漠，熟視無睹的胡楊，竟然是座森林，原始森林。

我在慢慢地矯正著自己的胡楊觀念，並非所有森林都蔥蘢醉綠，茂密繁盛，綿延千里，有的森林會像舒婷的詩句：你有你的銅枝鐵杆，我有我的紅碩花朵，我們彼此獨立，彷彿永遠分離，卻又終身相依。與其他樹木相比，胡楊是獨特的，在南疆大地上，他們相隔站立，相互致意，他們常常會呈現出兩種姿態。一種是燦爛的金黃，另一種是乾枯的灰褐。第一種狀態發生在秋天，十月以後金黃色的胡楊林像一把摩天刷，將南疆大地塗染成金黃色，沉甸甸的金黃充盈在空氣中的每一個角落。那是南疆一年中最飽滿昂揚的季節。

我想說的是第二種狀態，乾枯的灰褐，灰褐色是生命過程的中晚期，在時間上，是冬季。當生命燃燒出璀璨，光華即將散去，人生的大起大落趨向平和時，灰褐色成了胡楊終究不變的宿命。他們脫掉葉片，不再綠衣披身金黃燦爛，他們褪掉紅裝、榮耀和虛榮，赤身裸體地站立在荒漠大地上，仰首、托臂、傾身、抬額、含頷、水袖、回眸，每種姿態都顯示出他們青年時代的強勁和個性，又顯現出失掉內力後的疲倦和蒼涼。

大約二十八歲那年，我與胡楊才有過親密接觸。那天夜裡，我投宿在塔里木盆地邊緣一個荒涼偏僻的井場，井架早已撤離，四周是叢生的野草和粗糲的頑石。我躺在木板床上，床鋪緊挨著滾燙的暖氣片，一股股虛幻的熱浪在空氣裡翻滾，天花板吊下的白熾燈泡像一道定型的鐳射，刺痛了我的雙眼，現代化的光能和熱能在我的身體裡聚集膨脹，渾身毛孔被悄然開啟，陣陣地燥熱、焦慮和不安催促著我，我不能繼續躺在床上了，我起身，奔出房間，衝進塔里木空曠的荒原裡。

營房外。深邃夜空佈滿星辰，清涼的空氣漸漸穿透心肺。不遠處，有火炬正在空中舞動，那是大地竄起的天然氣，因為來不急收集，為防止洩露，工人們引來管線，將氣體引入半空點燃。氣體燃燒成巨大的火炬，火炬如立體撕裂的紅綢，在風中瘋狂舞動，伴隨著地動山搖的吼叫聲，火炬的末梢，是一片片被撕成碎片的烈火，烈火飛出火炬母體，又飛不出很遠，隨即被黑暗吞噬。那麼巨大的一團火，能發出駭人聲響的火焰，卻抵不住溫柔的夜色，這世上有太多的強勢都是如此，敵不過溫柔低回的一撇。

藉著晃動的火光，我看到一片明暗交錯、形影怪異的胡楊樹，火光將他們形體放大、誇張，變得詭異，與清人宋伯魯《胡桐行》中的描述一一對應，矮如龍蛇欻變化，蹲如熊虎踞高崗，嬉如神狐掉九尾，獰如藥叉牙爪張。我在不多一點地質知識中飛速搜尋，想撲捉一些他們的身世，我認定眼前胡楊林彰顯出的氣質指向正是遠古洪荒、盤結繁雜時代的遺留。這個想像的畫面迅速被定格，成為記憶中胡楊林最基礎的藍本。這之後，我對胡楊的所有認識都建立在這一基本概念之上。

很長一段時間裡，這些相貌古怪、張牙舞爪的胡楊，像撞擊洪鐘的木槌，一下又一下敲打著我。我的潛意識的某個角落裡一定潛伏著一些自己從未意識到的東西，想伸展出去的東西，張揚的東西，沒有形狀只有氣息的東西，像芒刺般無所顧及的東西，那麼，這些東西必定是我所缺失的，我為缺失感到焦躁，內心忽然地空洞起來，幻想著借助一種力量找回。胡楊想必是暗含了我的靈魂深處的那種慾望，我似乎有點明白了，為什麼我要在十幾年的歲月裡，在每個冬天奔向六百多公里的南疆，找了種種藉口奔向井架附近的胡楊林。我在尋找那些隱秘的，連自己都不知道是什麼的東西，一遍遍地找尋，花費了十幾年的時光，我認定，輪台縣城去往胡楊森林的路，一定是一條通往我精神彼岸的拾荒路。

冬天。清晨。乘車駛向胡楊林中的天鵝湖，這裡的胡楊是整座森林中最密集的部分，因為離湖水近，地下水系發達，這一帶胡楊成長的格外巍峨。高大樹幹上的老皮層層翻捲，掛著晨霧白霜，樹鬚密佈在樹幹上，像滄桑男人臉上冒出的鬍茬，更像人類不可抑制的衝動，拼命伸出觸角，渴望一場甘露的降臨。越野車開進林中，森林寂靜，豎起耳朵，聽不到風的絮語，水的歡暢，鳥的鳴叫。沒有聲響只有畫面的森林使人生出恐懼。

在森林中央，面對巨大寂靜造成的恐懼，越野車沒法使自己自信起來。為了鎮靜，它扯開喉嚨嘶叫，它要製造聲音，打破寂靜帶來的恐怖，它嘶鳴，帶著工業化時代的霸道和當仁不讓向前衝撞，密佈的樹枝和根鬚被它撞擊，發出清脆折翅的聲響，它還不滿足，放開車上所有的聲響，像個興奮的搖滾歌手，卸掉身體裡的全部負擔，為自由高歌。

胡楊林中本無路，因為要走捷徑，一條蜿蜒的土路被壓出，並留下深深的車轍，越野順著前人開闢的車轍左奔右突，高大密佈的胡楊枝幹遮擋著陽光，光線斑駁，落在前方土路上，古怪錯落的樹幹和樹枝盤結纏繞，虬枝嶙峋。那一時刻，光影轉換，時空錯位，人一下掉進了第三紀、白堊紀、侏羅紀，那些想像力無法企及的地質年代。後來看阿凡達宣傳片，竟發現與胡楊林似曾相識的一幕。我們活在時間裡，在時間長河中遊弋，我們思索時間，將時間劃分定格，殊不知，在多維度的空間裡，時間被合併打包了，過去與未來被一步穿越，萬流歸宗，成為一，而我們的先人老子幾千年前就悟出了道生一，一生二，二生三，三生萬物的思想。

一陣強勁的撲打聲傳來，一道五彩光環從眼前閃過，是一隻野雞打破了森林寂靜。司機再次興奮起來，加足馬力，向前追趕，野雞聽到機器聲，受了驚嚇，翅膀加快了搧動的頻次。車瘋狂地追逐，野雞拼命地飛撲。

我回頭看身邊的司機，問他這樣做是想得到那隻野雞嗎。司機搖頭，並不想得到它，但他想追，追得它起飛，張開翅翼在樹枝間穿梭，他想讓它飛翔，製造聲響，攪動寂靜，排除恐懼。幾次轉彎後我們追丟了野雞，野雞飛進了無路的胡楊林。越野車離不開土路，那道土路是越野車的鐵軌，即通暢，又限定，野雞無路可尋，在枝椏中奔突逃命，也正因了他的無路，使他的路徑變得無比寬闊，稍一用力便飛出了人能掌控的路徑。

另一片打動我心的胡楊林在塔里木河北岸，是一片死而不倒的胡楊。一株一株不倒的死亡枯立在人面前。死亡的事情從來都在地下，與地氣接觸，那是生命物質回歸的一種形態。可是胡楊，死而不倒，屹立挺拔，古怪的容貌，駭人的舉手投足，這種形式的死亡中原和南方不會有，中原和南方的大自然是溫柔的，體貼著人類的習慣，唯新疆的胡楊從不考慮其他，自顧自地死去，死去卻不倒，把死當做生來過。

沒有哪一種植物像胡楊一樣曾經滄海，他將亙古、洪荒、遙遠這些與時空相關的概念物化，在一株枯死胡楊身上，我輕易地看見了時間，水一般地流瀉，卻沒了水的韌勁，只剩下一具空殼。走近一株胡楊，剝落樹幹上乾裂的皺皮，光陰脆弱地灑落一地，我的驚訝結束在這一刻，又起始於這一瞬，在死亡光陰中，我看見不遠處另一株胡楊身上露出了鮮亮的樹皮，原來脫落的是他的盔甲、鱗片，他的肉質依舊鮮紅，完好無損，我不知道這是老樹新芽，還是迴光返照，抑或我雙眼昏花，那一刻，胡楊在我心裡從遠古穿越而來，活在當下，又悄然地準備去向未來。

生而不死一千年，死而不倒一千年，倒而不朽一千年。沒有哪個樹種會有胡楊般的品質，而我更為迷戀的是他最後兩個千年的堅持，像堅守愛情的勇士，死而不倒，倒而不朽，恪守著不變的忠誠，彷彿童話。

蘆葦之傷

端午過後，帶了本《美人如詩，草木如織》往南疆去。書的封底有詩：你是我的驚雷。彷彿看見了當年的徐志摩。傍晚讀內頁〈蘆葦之傷〉，在東門，我初見你，你夾在人群裡像飄絮，像鳥鳴，像春風；在溪邊的黃昏，我又見到你，在汲水的女孩子們中間，你如倒影，如水聲，似煙霞；三月三的上巳節，在眾人注目的舞臺上，我看著你，你是烈火，是妖媚，是飛霜。你，是我的驚雷。一個蘆葦之傷，能發出驚雷的呼聲，慨歎於作者，更慨歎於編輯的妙手，能從二十多萬漢字中一眼瞥見書的精華，抽取出來，置於封底，實在是讀出了滋味。

南疆大地，空曠無邊。傍晚，和女友在基地大院散步，基地是個長方形大院，東西長近一公里，放眼望去，滿是虛晃的樹影和蕭瑟的荒草，一叢叢銀白色蘆葦傾斜在夕陽的風中，發出擦擦聲響。路上沒有車身，沒有人影，偶爾有野兔跳到路中央，瞪著驚恐的眼睛，繼而轉身逃竄，還有鳥雀飛來，又逍遙飛去，拍打的翅膀下，帶起一陣輕風。

土地泛出絲絲的鹽碱味，這是一種我極為熟悉的氣味。我最初的南疆之行在夏季，車窗外，大漠茫茫，鋪陳著一片白雪。六月降雪，天有異象。同行的前輩笑我無知，六月裡哪來的飛雪，明明是一片發育的鹽碱地。搖下車窗，燥熱烈風夾帶著鹽碱的腥氣撲鼻而來，給我灌輸了早期的關於鹽碱的觀念，那之後，我喝過白花花鹽碱地下抽出的清水，鹽與碱在我腸胃裡活躍運動，嘰裡咕嚕叫個不停。我用地下水洗臉，塗抹了很厚的潤膚霜，可耳邊脖下還是起了乾白，滿臉斑點凸顯。那些年，我常常往來於南疆與烏魯木齊，南疆一度成了我的另一個棲息地，我喝那裡的水，吃那裡土地上長出的蔬菜，我的骨裡有鹽，血中有碱，性格裡也漲滿了鹽碱的自尊和倔強，我梗著脖子，強硬著頭皮，不攀附也不屈從，像接受暴風雨一樣接受每一種命運的覆蓋，我讓自己不改初衷地成為了一個邊疆人。

和女友並肩行走，呼吸著熟悉的鹽碱味，像撫摸身體的一部分，這麼多年過去了，鹽碱味早已經融合到我的身體裡，它是我的一部分，在它的氣息裡我呼吸均勻，肌肉放鬆。我想到了融合，在不知不覺中，我，一個來自關中，身穿花布綿綢，吃著麵條鍋盔的女學生，在邊疆的風土裡，已經將自己沙化、鄉土化、鹽碱化，並帶著滿身鹽碱味回到城市的街頭巷尾，無所顧忌地在陌生人視線裡穿梭，從不去想自己在別人嗅覺中是什麼樣子的。

大自然是相生相剋的，鹽碱地再頑固，也擋不住柔軟的植物，許多荒草頂破鹽碱殼，冒出嶄新的綠芽。我眼前這片鹽碱地茂盛著大片野生蘆葦，它們將鹽碱地覆蓋，繼而改造，又反哺以潮濕的水氣。

走下路基，親近蘆葦叢，觸摸它的桿和葉，從前的一些觀念被修正，甚至顛覆。

首先，蘆葦並非靜止佇立，而是以風的姿態出現。看見一片蘆葦就是看見了風，風無形，要借助於其他表現。蘆葦為風塑型，將風物化，並定格成永久。蘆葦在沒有風的日子也要做出風的姿態，傾斜著身體，保持著風的動向。

其次，蘆葦原本不似畫本裡的纖柔，無論是否有風，它的葉子都像噴了濃重髮膠的嬉皮士，尖利直挺，像針，像芒，這是它的武器，它要自始至終高舉，對付隨時而來的意外。

還有，蘆葦雖看似身如飛燕，輕盈纖細，根基卻紮得深厚牢靠，它們腳下有匍匐盤繞的根結，深深紮進大地，它們的纖弱是假像，是生存的手段。而那些假像，多麼地相似於我們的生活，我們的判斷常常依賴於自己的眼睛而不是雙手，我們的感覺時常被異化、被蒙蔽，可怕的是，我們對此卻全然不知。此時的蘆葦該是個警示，搖曳在我們面前矯正著我們對事物的判斷。

女友是個浪漫的女人，人至中年，還滿藏著少女情懷。女人的一生，少女期和少婦期是很美的兩個階段。中年女人依舊能保持少女的清純，那是上帝對她的眷顧，沒有物質氣息和煙火氣息的中年女人，是接近女神氣質的尤物。她跟我談起曾經讀過的書籍。書上說，有一種氣質是灰色的，憂鬱是灰色調的，憂鬱是一種很美的灰色氣質，灰色氣質柔和、知性、溫文爾雅，比如一些作家、詩人。她滔滔列舉。雖然，這些話坐在咖啡館襯著嫋嫋咖啡說出要比大漠荒野說起更合時宜，但我還是欣賞她的談吐，她本就是個優雅的人，她要說出的話，無論在哪裡都有優雅做後盾。

在環繞基地走到第二圈時，她又說出書中第二個觀點。這次是關於植物與人的。她說植物的盛衰與人類的發展極為相似，人類戰爭時期，男性衝鋒陷陣、血灑疆場，男性的勇敢精神得到完美展示，待到和平年代，失去戰場的男性便失去了展示的舞臺，倒是女性積極參與社會活動，堅韌善良的性格優勢得到發揮，這時，男女對世界的影響、對社會的主導力量漸漸發生了變更。與人類相似，暴風雨時期，雄性植物頑強抵禦惡劣的氣象，並瘋狂地生長，強勁而茂盛，雌性植物基本停滯。待到風調雨順、陽光明媚時，雄性植物因找不到對手而低落下來，雌性植物則盡享陽光雨露，變得馥郁芬芳。那麼，近些年南疆風調雨順，滿大院婷婷嫋娜的野生蘆葦都該是雌性了，女權主義在自然界的推進竟然有如此大的市場。

但是，沒有戰爭的年代，男性的特徵漸漸萎縮，一個社會，若沒有了勇敢、智慧、意志力、戰鬥力，那將會是一種什麼樣的錯亂。難道這是大自然製造的邪惡，它使乾坤倒置，陰陽顛覆，又給人類放出一道思考題，以此考驗人類的寬容心和道德感。放眼望去，一派蒼茫的蘆葦搖搖曳曳，纖纖弱弱，女性感十足，我分辨不出其中的雌雄性別，我看著它們，看得茫然糾結。

關於錯亂。有一部電影，阿爾及利亞出品，片名是《野蘆葦》，據說影片還有臺灣版，名字叫《野戀》。說的是上世紀的事情。一九六二年的阿爾及利亞，一個名叫弗朗索瓦的寄宿生愛著女孩瑪依，同時又愛上了男生賽傑，他聽說鎮上有個修鞋匠卡桑先生曾經是同性戀者，便上門請教，得到的答覆是，過去很久了，記不得了。沒有引航人和啟蒙者，沒有可以攀緣的繩索，如同荒原裡瘋長的野生蘆葦，但弗朗索瓦不能倒下，人生的堅韌就在這裡，無論有無牽引的手，弗朗索瓦都要成長。

弗朗索瓦對瑪依說，他愛她，但缺乏吸引，吸引他的是一個男孩。一九六二年，這算是個晴空霹靂。她會怎樣。轉身跑掉，搧他一個耳光，歇斯底里大叫。冷靜的女孩拉著弗朗索瓦一起跳舞，不再述及其他，坦誠與寬容，發生在阿爾及利亞的女中學生身上，令人刮目。

青春的體驗瘋狂不羈，青春的蓬勃就是衝破鹽碱和石礫的野生蘆葦，不畏一切地生長。這成長的煩惱原本也是生命中的必然。結果是向好的，畢業那天，他們跌跌絆絆學會了相處。賽傑說，忘記和懷念是一回事。

影評中說這是一部同志電影，我到以為不如說是青春的迷惘與尋找更熨貼。那些成長中的錯亂和撥亂反正，那些在曠野中體驗生命並親自品嚐憂傷的歲月，那些青澀的甘甜，迷途中的自我導航，無論如何，他們沒有沉淪，在燦爛的陽光下走向成人。

秋天以後，我再次到南疆出差，住在基地的公寓裡。做完手頭工作後便懶洋洋地躺在床上，除了吃飯睡覺，偶爾外出散步，一個人繞著院子散步，身邊一叢叢蘆葦掠過。

一個人的時候，私慾悄然甦醒，強烈的佔有慾望像沖騰的火苗，按捺不住時，跑回公寓敲響兩位同事的門，跟他們說，院內的蘆葦正當季節，我一定要採些帶回家，做成乾花，是不錯的藝術品。我的提議得到回應，三個人提著剪刀走出公寓，經過餐廳和文體活動中心後，見到了正在夕陽中搖曳的蘆葦。

兩個同事取出剪刀，墊著腳尖，齊胸剪斷幾枝。我將剪下的蘆葦舉起，襯托在夕陽中觀望，蘆葦稈中通外直，既脆又韌，蘆葦鬚像緞面圍巾的流蘇，波光粼粼，藉著晚風嫋嫋娜娜，這野外蒹葭，《詩經》中的植物，簡直是現代版的絕代佳人。同去的人不那麼興奮，都是有經驗的過來人，他們斷定這蘆葦是不能帶回家的，簡述的理由是，無論野生動物還是野生植物被圈養後都會有意想不到的事情發生。

回公寓，找到一個黑色橢圓型塑膠桶，將蘆葦放進去，又放到窗臺上。溫暖的陽光斜斜地照在蘆葦上，像一幅靜物寫生畫。

第二天，有工作外出。傍晚回基地，推開公寓門，眼前竟出現了虛幻仙境，夕陽照進房間的每一寸角落，整個房間像失重的太空，銀光閃閃的蘆葦穗一天之間全部綻放成白絮，白色毛絮在漂浮、上升、降落，像天空中的星辰，輕柔又夢幻。一腳踩進輕飄飄的房間，我像走進了太空，漂浮在無限的銀河，失去了重心。

綻放後的蘆葦像大病一場的美人，疲倦困頓耷拉下腦袋，沒了光澤，沒了精氣神，我把它們收拾起來，塞進垃圾桶。回烏魯木齊的路上，同事說，他家有一瓶做成乾花的蘆葦，其實很簡單，在蘆葦尚未開花之時，身上刷一層清漆，它們便可固定在生命的某一時刻。對於一種植物，稍微施加些手段，就達到了永恆，若人生能如此，永遠固定在青春時光，對眾多的女子而言，那才是一樁無限夢幻的事情呢。

薰衣紫草

帶著一個叫伊伊的女孩逛大巴扎，依依是上海姑娘，在北京讀書。我有一句沒一句地向她介紹新疆；高山，流水，草場，淺灘，花木，魚蟲。植物中我推薦了薰衣草，在我看來，薰衣草的紫色是女孩子的顏色。紫色是每一個女子成長歷程中必經的色彩。

大巴扎出售的物品，具有地方特色和民族特色，醫藥區域擺放著鹿茸、雪蓮、肉蓯蓉、野西瓜之類的中草藥，盛裝在麻袋中的是薰衣草乾花，這藍紫色的小花，早已晾曬乾爽，釋放著奇怪的香氣。商家兜售薰衣草的方式極為樸素，幾個粗布麻袋站立在攤鋪前，敞開口，細碎的小花像虛浮的米粒，在麻袋中靜靜等候知音。一個回回妹妹，包著湖藍色頭巾，露出整張臉，她的五官全部在笑，眼睛是彎的，像月牙，嘴角是上翹的，也像月牙，聲音咯咯咯咯，連蹦帶跳的，就連身體都被笑聲帶動的來回晃悠起來。看上去，她毫不關心自己的攤位。

製成乾花的薰衣草缺少植物的光鮮，藍紫加灰綠，像過了水的雨布，顯得舊兮兮。依依搖頭，只看回回妹妹，無絲毫購買慾望。我想，回回妹妹遠不該把自己裝扮的比薰衣草更美，笑得比薰衣草更燦爛。那一時，我突然想起了一首詩，一個叫烏瓦的詩人寫下的

《回回妹妹》：

白色是一種色彩，配上黑雨，我的回回妹妹
就飛上了天。從黃河路到阿柔的花店
回回妹妹素衣布裙，我只看到她挪動時的
肩膀一閃，人和事像一束裸麥，經風一吹。

烏魯木齊有多少個花店，就有多少個回回妹妹。回回妹妹是烏魯木齊的感嘆號，是濃重的一瞥，因了這一瞥，城市許多的風景都被淡化了。我不能拒絕回回妹妹的友善和笑臉，掏出錢遞過去，又從回回妹妹手中接過一只緞面印花小包，裡面盛滿鼓脹的薰衣草，我將花包放進背包，帶著它前往阿勒泰。

通往阿勒泰的路平坦暢達，車走在鄉野路上，人漸漸倦怠，有了淺淺睡意。後來，我才明白，那睡意或許就來自背包裡的薰衣草，安神，是這種植物的一個藥用效果。閉上雙眼，隔離開光色，大腦呈現出空洞，睡眠即將來臨。但是，車在顛簸，拍打著每一個即將睡去的意念，而每一次的顛簸都有一絲香氣溢出，似滾開的熱水，一陣陣騰出熱氣，繚繞在天花板周圍，能夠繞到鼻翼的香氣是微弱的，忽隱忽現，絲一般遊移，溫柔地觸動和撫摸著臉頰，好像在找尋什麼、追隨什麼，我遲遲琢磨不出是什麼樣的東西在散發，它不似玫瑰的濃郁、茉莉的清芬，它幽靜而不濃烈，卻也不是簡單的淡，它的淡中有一些奇異的東西，一些明明藏在記憶深處卻怎麼也拖拽不出的東西。人疲倦著，下意識地喚醒自己，卻怎麼都睜不開雙眼，好像面前早已擺豎好了記憶大門，只要上前抬起手臂敲響，記憶便會像傾注的渠水樣嘩啦啦流淌出來，但是，我的手臂被魔法牢牢控制著，我抬不起手、敲不響大門，裡面的記憶對我的造訪毫無知覺。

我無法真實地睡去，任由意念摸索在暗色的隧道裡，向著那種觸動靠近。還是淡，似有似無，似乎與綠色有關、與植物有關；是花，卻不是尋常的芬芳，是青草從泥地裡拔出的濕漉味，但不是泥腥，類似於樹根被剝去樹皮的香木氣，其中還夾雜著嫋嫋的藥味。我的嗅覺是章魚的觸角，在黑暗的海水中試探潛行，這種潛行是多麼的縹緲和不準確，使出很大力氣都無法抵達彼岸。

在逐漸接近卻怎麼也無法辨別出真實存在的形態時，我的雙眼忽然睜開了，車窗外，是滿眼藍紫色的碎花，一浪一浪洶湧而來，鋪展而去。薰衣草，是薰衣草，薰衣草的色彩與氣味像衝擊火焰的飛蛾，紛紛向我撲面衝來，與我的雙眼和大腦摩擦碰撞，擊出火花。

薰衣草，混雜著多種香氣，草香、根香、花香、苦香，還有一股獨特的藥香。那是閉目中的香氣，漂浮在身邊又捉不住的香氣，能醫病。它的香很遙遠很特別，自成一體，像某些不可模擬和模仿的作家，佔有著一種風格，於是那種風格就再也不是別人的了，他有不可複製性。就像新疆作家劉亮程一個人的村莊，那是他一個人的事情，你無法模仿無法複製，只要他寫出，那字，必定就是獨本，是唯一。眼下的香，是花叢中的獨本，唯一的，一旦喜歡上就難以放棄，固守在記憶裡，成為一種情結，在暗地裡拖拽著你，你無法從他手下脫身，你擺脫不掉他漸漸撐開的網路。

我身邊的依依像只座鐘，筆直地坐著，不動聲色。她一路上都這樣，她是個定力十足、又感受力極好的姑娘。幾乎不參與我和她母親的談話，談話裡涉及到她時，也是撇著嘴淡然一笑。她的母親曾經是上海知青，在黑龍江興凱湖插隊，吃過苦，出過力，體驗過生活百味。依依對懷舊故事不感興趣，她隨手帶著一個小本子，看到新奇事物時會記錄幾筆。在一些震撼的景物面前，她會趴在視窗，癡癡張望：猩紅的晚霞、無邊的大漠、綿延的群山、乾枯的河床，以及橫跨天際的流雲。她從車窗望出去，投入地觀望每一個事物，看那些事物漸行漸遠，看到夕陽的餘暉全部沉入地平線，才回身筆直地坐正，然後閉緊雙眼，持續一個小時、兩個小時，一動不動，像似熟睡，又像似養神。現在，她緊閉著雙眼，鼻翼翕動，像個瑜伽運動中的人，深陷在對薰衣草的體驗和感受中。我不知道她的小本子上都記錄了些什麼，但她對薰衣草這一筆定會挑揀出最美妙的詞彙去描述。

熾熱的、明媚的、透明的陽光灑在薰衣草盛開的原野上，車行駛在花的海洋，大片的幾何圖形綿延伸展。農人在大地的調色盤裡揮舞著油畫筆，田邊屋角、原野渠溝，大塊大塊的薰衣草撲面而來。塞尚面對普羅旺斯的薰衣草時說過這樣的話：你生在這裡，就永遠離不開這裡，什麼也改變不了這一點。我不清楚生於阿勒泰的人們是否也對自己說過：你生在這裡，就永遠離不開這裡，什麼也改變不了這一點。阿勒泰，屬於最迷人的故鄉。

紫，原本是一種詭秘、魔力、刺激、消極的顏色，在某種時候，它是紅色的極度表現，是紅的極致，一種接近決絕的選擇。它像扔進火爐中的信仰，不斷加溫、燃燒，這還不夠，還要使它成為灰燼。紫色中，總有些渴望在聚集，我在城市人群一雙雙渴望獲得的眼睛裡常常驚悸地看到紫色光芒。但是，紫色又是不確定的，那光芒稍縱即逝，難說清楚是暖性還是冷性。紫色屬於夜晚，是複雜的、矛盾的、製造著混亂思想的。

紫，不是薰衣草唯一的顏色，我總也分不清薰衣草真實的面目，給某些朋友說，瞧那些紫色的小花，給另一些朋友又說，哎，那些藍色的小花呀。奇怪的是他們並不驚異，跟著我一起誇讚那些藍色紫色的花卉。我分不清楚藍色與紫色，甚至綠色與紫色之間的界限，那些色彩游離在夏日的北疆大地，讓我一度沉溺，無以自拔。問題是，我似乎並不試圖搞清楚它們，反而由衷地喜歡這種感覺，不確定地迷惘、無措，生冷冷地看著自己的懷疑、慌亂和緊張，不可救要地接受，我一直以為，這是一個有意義的自省過程。我還常想，這種極具想像力的不確定的顏色若被一個孩子掌握的話，她會創造出多麼奇特的幻想世界，而一旦他選擇了以畫筆為生，他的筆下該創意出多麼奇特的作品。

薰衣草是樸素的，樸素的薰衣草經過一個華麗轉身，出落成高貴的精油，花的骨髓精氣提純後，備受女人崇尚，內地有一位老師來烏魯木齊，眨著演員陶紅一樣的眼睛，追問伊帕爾汗薰衣草精油的作用，說有人從法國給她帶過精油，是普羅旺斯薰衣草製成的，薰衣草精油非常獨到。獨到在哪裡，她一一數來，我沒去聽，只說出「獨到」兩字就夠了，對其中的道理我沒太重視，我一貫這樣，不求甚解。我打斷她，提示坐在賓館大堂裡的一群人，還有玫瑰精油，新疆的玫瑰精油也品質極優，而且和闐有種可以口服的野生玫瑰精油，喝下能延年益壽，美容美膚，屬於精油中的極品。她不理會我，只強調對薰衣草的執意和迷戀。看著眼前身著白色裙衫的潔淨女人，暗自裡想，薰衣草的紫適宜白，與白色搭配，一個成熟的女人會釋放出純潔與性感雙重魅力，雖有點做作，卻美得無法形容。

精油是花的魂靈，因為提純難度大，好幾噸薰衣草花才能提純幾十克精油，因此才有了滲透力極強的效用。我的鏡臺上長期擺放著薰衣草精油，臉上冒出小豆豆時，掀開蓋，食指輕沾，在小豆豆上塗些。晚飯後盛一盆熱水，水中滴入精油，將雙腳伸進木盆中，一整天的疲勞就此消除。快過期的精油塗擦在手背，色素沉澱緩慢下來。薰衣草還是安撫驚慌的最好選擇，枕芯裡裝上薰衣草花，睡得安詳，衛生間噴了薰衣草空氣清新劑，氣定神閒，衣櫃掛鉤上掉著紗網袋裝的薰衣草，每拉開衣櫃門，薰衣草的味道從櫃門溢出，關不住的藥香瀰漫著整個臥室。睡覺前，在晚霜上滴一滴精油，混合後拍在臉上，不乾燥、不油膩，滋潤若江南的雨季。

北疆大地似乎是專為薰衣草而生的，它為藍紫的花的海洋準備了世上最純淨的光，流動的雲、湛藍的天，暢達的空氣、廣闊的大地。沒有哪座城市和鄉村能將薰衣草種植出一種大風景，一種值得留戀和回憶的大氣象。

葵

我家廚房與鄰居家廚房之間有一塊不到一米的空地，其間陰氣凝重，苔蘚長綠，無人涉足，拔地而起的是一棵臭椿樹。平日裡，它從不招搖、不聲張，躲在偏僻的角落，可春天一到，它便勃發出力量，樹味尤其深重，陣陣怪異的氣味滿院子亂竄，路過我家廚房前的人們，不自覺地舉袖捂鼻，匆匆閃過。大人們說，若是香椿，春芽可摘來用清水洗淨，切碎，與雞蛋沫相炒，就著稀飯饅頭，是道滿含春意的佳餚。

槐花掛在龐大的國槐樹上。關中的國槐有帝王之像，長勢氣派，槐花開放的季節，樹上掛滿一嘟嚕一嘟嚕的槐花，人們用竹竿敲打拽下，放進鐵鍋裡和著麵粉蒸熟，那是窮困年代裡的一日三餐。蒸熟的槐花未必有生食來得敞口，生食的槐花裡有絲絲的甜，發自蕊根，在舌尖一碰，隱了去，小孩子為了一絲絲的甜，會將花朵大把大把地往嘴裡塞。

同是樹上開花，泡桐花比槐花壯觀得多，大朵大朵的淡紫色花競相爭豔，肥厚的花瓣像得了浮腫病，皮膚上撲了一層粉白，落在地上的花朵多半是被雨水打掉的。我曾在積了雨水的水泥地上撿拾落花，從樹葉上滴落的雨點打在頭上，滲進頭皮，沁心地涼。拾了許多泡桐花，兜在衣襟裡紫紫的一堆，帶回家放在桌上，說不清那樣做是生了惻隱之心、憐惜之情，還是遊戲之舉。

另一個值得記述的植物是葵。我一度將葵擱置在樹的陣營裡，如椿樹、槐樹、楊樹、柳樹、桐樹，相比之下，葵是一棵畸形的樹，瘦弱的腿腳配了傻呆呆的大腦袋，後來才知道，葵不是樹，是花，花中巨富。換了角度看，又覺得一株株的葵營養過剩，像發酵過度的麵包，瘋長一氣，這種生長，往強裡說是巍峨，往弱裡說，也是鶴立雞群；很少有像葵那麼大的花朵，黃燦燦的花瓣，繞著一張三百六十度的大臉盤子。還有那些葵花籽們，宅在單身閣樓裡，羞答答探出一個小眼神來，單薄平庸。那時，我對許多事物的理解，都跟對葵的理解一樣，手裡攥著一把萬花筒，稍稍轉動碎花紙片，認識就發生了巨大變化，此一時彼一時，翻手為雲覆手為雨，花界的巨富與貧弱，跟人間的高貴與卑劣一樣，只調換一個角度，改變一個位置，放下一種姿態，就會有另外一個結果出現。

變成花的葵，具有很強的威懾力，小時候看一株葵，端站在他面前，以崇敬的神情仰起頭，好像是面對信仰。它像極了我們的成長，我是個膽小晚熟的女孩，從不與父母老師爭辯，但是，我的許多同學都是開拓者，他們先我而行，為我做出了榜樣。有一個與我同齡的女孩，長像細緻，細眉、細眼、細白的肌膚、尖尖的下巴，還有尖細的嗓子，她愛唱屈原的《橘頌》，還唱戲曲《三滴血》，一句家住陝西韓城縣，嗲聲嗲氣、婉轉悅耳，聽她那一句秦腔，對嘹亮的秦腔看法也徹底改變了，明明是雲繞山腰、流水婉轉，怎就被世人以秦腔高亢唱破嗓子而戲稱呢。

但她不願待在家裡，不願上學，最終招工去了野外。那麼纖弱的一個人，做出了掙脫牽絆的壯舉，她像一面鏡子照出了我的懦弱，我對未來有了比照，暗地裡與自己較勁，但是，我依舊是個膽小的人，按部就班地完成著人生的每一個步驟。

高中一年級時我收到來自內蒙古杭錦旗的信，信中說她離家遙遠，很想家，說內蒙古的旗相當於內地省份的縣，又說冬天到了，杭錦旗落了厚厚的雪，還說內蒙古也有葵花，浩蕩的一片。信紙上的葵花黃燦燦在我眼前鋪開，我想，她就是一株葵花吧，小小的年紀，生出了巨大的力量，心裡揣著成熟的野性，瘋狂地跟年齡對抗，直到把自己放逐出去。

春節前，她從內蒙古回來，帶了大袋的葵花籽，洗淨後放到大鐵鍋裡煮，加入鹽、八角和桂皮，滿屋的鹵煮味，煮熟的瓜子撈起後，倒進白色紗布口袋中，放在爐子邊烘烤，烤乾後的葵花籽甘脆噴香。同學們去她家中，磕著瓜子，說起那個年紀才有的秘密，全部與愛情有關。

又過了多年，我也走了，去了比她更遙遠的地方。到新疆後才發現，關中谷地的葵實在是克制，青青園中葵，朝露待日晞，說到底只是個園中之葵。富足的關中，風調雨順的關中，我從未意識到它會是狹長的和逼仄的，它是華夏的中心，擁有秦皇漢武的強盛，李氏大唐的奢華，它有一個浩大寬闊的平臺，當我們劈開政治，以科學的眼光從地理意義上反觀時，豁然開朗，關中也有逼仄和狹長的時候，站在關中的土地上感受廣闊，與站在新疆大地上感受到的截然不同。政治上的心理廣闊，與自然中的身體舒展，都值得我們追求。

我曾乘坐在烏魯木齊飛往阿勒泰的飛機裡，從舷窗望出，北疆大地一馬平川，沒有階梯、沒有起伏、沒有動盪，大面積的葵花鋪展在大地上，一片片的黃色由遠至近，分割開綠色原野，鮮亮地盛開著，這是北疆的黃色，阿勒泰的黃色，它有別於晉西北專注的、具有某種頓悟意義的黃色，也有別與青海湖畔原生態的油菜花的黃色，更有別於關中谷地偈限於園中的葵花黃。阿勒泰的黃層次遞進，有著被清水滌蕩後的通透質感，它們肆意、大面積地生長，集體性地仰起頭，高高地仰望，這種仰望是新疆式的，無所顧及自己的主張。它們很像新疆人，不加掩飾，隨意暴露心跡，他們沒中原式的含蓄，內斂，這使他們顯得過於直白，不夠迂迴，好像缺少某種精緻，像手抓羊肉的做法，宰羊，甚至不洗，丟進鍋裡，鍋是大鐵鍋，水是雪山融水，肉煮熟，略微酌鹽，簡單的近乎原始。而我，終於越過關中巍峨的葵，借助舷窗俯視了一回；新疆的葵，沒有偈限、沒有格、沒有規矩，聲勢浩大又波瀾壯闊，我對葵的認識也來了一次巨大顛覆，原來葵是可以這樣生長的，無拘無束，一瀉千里。那麼，人或許也可以如葵一般，將自己放置在阿勒泰廣闊無邊的原野中，對自己來一次顛覆和重塑。

在南疆大漠邊緣的一片綠洲上，有人在院子裡種了一地葵花。這時，我已經長大了，不再仰視任何一株葵花，只是稍稍抬頭，與正在低頭的葵花對視，原本它並不巍峨高大，它絕對不是信仰，頂多是位大個子兄長，是我能走進的手足。見我來了，主人摘下兩個葵花盤子塞進我懷裡。我雙手抱著葵花盤，時不時拿到鼻下，嗅著清清的田野氣息，撫摸著盤上稚嫩細小的絨毛。

回到公寓後，盤腿坐在床上，舉著葵花盤仔細端詳，想著過去的事情。唱著《橘頌》的女孩當時怎麼沒去摘一朵葵花盤，一粒一粒夾出裡面細細的籽，放在上下牙齒中輕嗑，葵花還未熟透，吸出的子仁嫩白柔軟，有細細的水分。一朵葵花，臉盤再大，還是沒有成熟，沒有長成的葵花籽是弱軟的，不飽滿，也不成熟。

這裡有個廠子叫雅廠，雅廠辦了份小報叫《雅風》，一年半載後又出了《雅園》、《大報》、《綠野》，摸著油墨香氣的小報想到了風雅頌及《詩經》種種。再琢磨這片綠洲的樸素，多少有點遠古的意味，這一聯想，雅字豁然來了意境，便胡思亂想起來，比如此刻，左手拖著個大盤子，右手一粒粒摘下瓜子仁兒，這動作算是「持葵做羹」中的一個環節，《詩經》愛說吃食，許多植物都是絕美的菜肴，持葵做羹，大約是將葵摘下，一粒粒夾出籽，等著風來涼乾，搗碎，置於沙鍋中，一尾鯽魚三粒枸杞，溫火煨半夜，趁著湯汁翻滾，放些小白蘑菇、小撮鹽，起鍋盛碗，乳白的湯羹，精心又暖胃。

可惜我這臆想是牛頭不對馬嘴，亂翻半天書，貫穿全部《詩經》，所道葵中，並非向日葵的葵。比如「葵之與日」中的葵，是葵菜，葵菜有春葵秋葵冬葵，都是蔬菜。再比如鳧葵，「思樂泮水，薄採其茆」，茆是鳧葵，鳧葵又叫蓴菜或水葵，菜館裡有道杭州涼菜，酸辣湯上浮著蓴菜，入口圓潤滑溜，酸辣開胃；岑參說過六月槐花飛，忽思蓴菜羹。這類葵都與向日葵的葵毫無瓜葛。向日葵是美洲產物，姍姍來到東方是很久以後的事情了，《詩經》時代的先民，從未見過向日葵，更不知其為何物。

而我通篇說的葵不是春葵、秋葵、冬葵，也非梟葵、水葵，是來自美洲的向日葵，向日葵另一個名字叫葵花，還有個名叫丈菊，丈菊，有點兒日本風，叫起來很爽口，又有意境，既如此，就將向日葵直接喚作丈菊吧，從此改了名，省得一會兒葵一會兒向日葵的引來歧義。

近些年看向日葵，不再如年輕時的激昂，漸漸保守起來。領女兒去畫室習畫，有從野外採來的向日葵，倒置著掛在牆壁上，待陰乾後再倒立過來，向日葵成了乾花，失掉了水份的向日葵、固化了的向日葵，不再飽滿濕潤，它們安詳地盛在一隻陶罐中，淡淡的灰塵穿過陽光地帶傾瀉在花瓣周遭。不再生長的葵花進入了生命的另一種狀態，它有別於梵古的激情燃燒，卻有著難得的步履從容，它不再急切地趕赴什麼、超越什麼，青春已經定格，那就安靜吧，做棵安靜的葵。這是我進入中年以後喜歡的格調，視覺衝擊正在悄悄引退，內裡的體驗看得漸重起來。

菊花之約

秋天。去花卉市場買了幾株花樹，順便捎帶回一棵菊，是紫菊，回家後移種在一個青紫瓷盆裡，紫色菊花和青紫瓷盆搭配，看上去極雅緻，跟進出寫字樓的白領一樣，示人時顯得低調，骨子裡卻深藏著傲慢。

對於菊，並不陌生，小時候在關中，每入秋季，長長的人民路自東向西一路走去，全是盛開的菊花，民間菊展講究花團錦簇，只要是菊，統統搬運出來，平日裡藏著掖著不得遇見的菊花，一夜之間逃出樊籠，紛爭亮相，出盡風流。

菊花品種多，名字也起的好，比如懸崖菊、金龍騰雲、冷豔等等，不過這些名字是後來才得知的，小時候不懂，只覺得某些菊吐著長瓣，像夕陽中的獅子，現在知道了，那叫粉獅子；某些菊花瓣長短不一，湊在一起，卻很和諧，原來那叫沽水流霞；還有一種菊金黃貴氣，花瓣緊湊著花蕊，有點兒拘謹保守，它的名字叫黃金球。

菊是多年生菊科草本植物，不是長久之花，要年年重來。這我是明白的，但還是想買來，放在床頭，好像只為做一回風景，等著一場衰傷的局面，這種用心很不陽光，不懷好意，追究起來，恐怕是受了日本讀物的影響，那些日子，多讀了一些日本古典之物，包括刀、寫樂、浮世繪、和服、茶道、和歌、俳句等。

按照應有的程序，為紫菊澆水，端到陽光下照曬太陽，放在視窗前通風，一切都在細心伺候之中。可是，並不是你盡力了，事情就會按照你的意圖進展，事在人為，是句偽話，人的事哪能抵得過天的決定，人要挑戰天操縱的事，那叫膽大包天。做罷既定的事，菊並未顯示出旺盛跡象，孤零零的一株苗，對任何關照都不在乎。沒過幾天，精氣神全洩了，花瓣蔫軟，繼而凋落，白色床頭櫃上落下斑斑紫瓣。

窗外下起了雨，是秋雨。淅淅瀝瀝敲打在玻璃窗上，若是在野外雨地裡，這盆紫菊恐怕會更淒慘，沒什麼花草，在凋落時會如菊花般的傷情。小時候，人民路菊展幾乎都是在大雨中完結的，關中平原的生物鐘擺到九月以後，秋雨便纏纏綿綿起來，它有個專有名詞，叫連陰雨，最長的一次下了四十天，其他時候，斷斷續續，哭笑不停。菊花展與雨季往往一同開始，雨水癡情地飄落，人們卻不將花盆收回去避雨，任秋雨淅瀝敲打在花瓣上。雨水漂洗後的花瓣，色澤鮮豔，但這種狀態不會保持多久，第二場、第三場雨紛至遝來。鮮豔的花瓣抵擋不住長久的打擊，凋落、殘敗、破碎，與路邊樹葉混雜成泥。如今，當我懂得植物與動物有著相似的生命尊嚴時，開始懷疑那座城市的人們，明明懂得雨水澆打菊花的後果，怎麼還是一往情深地將菊花擺到路邊，讓雨水澆打，澆打，直到將花瓣敲碎打爛、直到一敗塗地、直到整條街上花枝折身，花葉殘敗，花水橫流，他們才將濕透的花盆一一收回，等著來年下一場菊展的到來。這是一種什麼樣的心理，那座城市的人們在尋找一種什麼樣釋放？

與菊花的殘稍有一比的是櫻花，櫻花在枝上熱鬧喧囂，一場大雨，花瓣紛飛，與泥作輾，繁華似錦尚未展開便萎縮凋零，衰痛感一股腦襲上心頭。櫻花的衰來自於轉彎的急速，如同一個妙齡女子，正在綻放的勁頭上，卻一鼓洩氣，蒼白了下來，蒼白不是自為，是外力，人們心痛，彷彿傷了元氣，是久久無法復員的衰，一種絕望的情結。

菊花的殘，不比櫻花的急轉直下。菊花跟隨季節，一場秋雨一場寒，雨水淅瀝，滴打在菊瓣上，寒花殘破，一瓣接著一瓣凋謝沉落。這時，周杰倫開始吟唱了：菊花殘，滿地傷，你的笑容已泛黃。原來，菊花的凋落在一個傷字上，比不上櫻花衰的決絕，櫻花衰到了哀的程度，而菊花的傷是個漸進的過程，慢慢消滅，考驗著時間和心性。衰在生命，傷在心頭。

菊與日本民族有著深藏不露的契合，其中的玄機，難以把脈。若櫻花是日本的明媒正娶，菊花則更像是暗地裡的牽手。讀日本古典之物，總覺得那是一個很奇怪的民族，都說是傳承了中華民族的儒家文化，其實不然，日本人的骨子裡並不平和，謙卑的外表下掩藏著激越、矛盾、追根到底的意志。不過在菊的愛好上，卻是趨近國人的，日本人也愛菊，日本國花是菊花而非櫻花，皇室的家徽是十六瓣的菊花，所謂菊花王朝，這個朝代自開國以來從未間斷過，是世界上最長的朝代，傳承至今已是一百二十五代天皇，菊花很了不起，伴隨日本皇室成就了千年的與君為伴。

在日本，與菊文化構成對仗的是刀文化，一種被武士道掌握著的精神，菊與刀，兩種相去甚遠的事物被一個叫作本尼迪克特的美國人剖腸開肚，逐一解剖，他說：菊與刀，溫柔與剛烈，保守與進攻，本是毫無關聯的兩種物質，卻被日本民族熟練掌握和運用，一方面它們謙恭卑微，賞菊遊冶，另一方面又舉刀殺戮，慘無人道，它們接受剖腹，並將其演化為一種高尚的義舉，它們既可以做天使，也能夠成魔鬼。

這種分裂性格使得日本人下手狠毒，不但對別人，對自己也不放過，他們從不畏懼死亡，為忠誠和義氣剖腹，是追求死亡瞬間唯美的民族。當一個民族將死亡的一刻神化、美化、高尚化時，死亡便不再是恐懼和害怕，反倒具有了飛蛾撲火的壯美。這心理很畸形，但當他構成一個民族的整體追求時，它的畸形又是常態的。有一個身患癌症的日本女孩，在最後的日子裡，給電視臺電話，希望得到採訪，她化出漂亮的妝，面帶笑容接受採訪，之後又辭掉工作，約會朋友吃飯，為朋友祝福，請電台幫忙見到了崇拜的藝人，她去保險公司交涉，取出保險金用於治療和生活補貼，去殯儀館談妥了自己的後事，支付了相關費用，安排了葬禮的有關事項，直到走不動時才通知父母前來照顧她。

像似在預謀一場死亡，一切都在井井有條地進行著，可怕的冷靜是我們不習慣，也不理解的，更是我們難以做到的，而這種行為，正是這個民族的底色和基調。

江戶時代上田秋成著有《雨月物語》，是本怪異的小說集，有九篇組成，其中第二篇名叫《菊花之約》，其中的故事也未必就是上田秋成的原創，更早時漢人馮夢龍編的《古今小說》裡就有，叫〈范巨卿雞黍生死交〉，傳到日本，稍加包裝，成了日本式的《菊花之約》，故事講的是一個叫丈部的儒生，一次外出，路遇一位正在生病的武士，便將武士救起，親自為他診治煎藥，細心服伺，武士漸漸好轉，那些日子裡，言及諸子百家，兵法佈陣，劍法刀功，武士無不精通，兩人如遇知音，情意相投，結拜成了兄弟。武士病癒離去時，兩人相約，重陽佳節再次相見。

轉眼重陽九月，籬下菊花盛開，儒生一大早就起來，灑掃草堂，滿插菊花，置酒等候，一整天過去了，卻不見武士身影，儒生藉著月光關門進屋，卻忽然有人隨風飄來。原來是武士。兩人對坐相視，武士不吃不飲，被追問後才開口，說自己被人拘禁，阻止前來赴約，古人云，人不能行千里，魂能行千里，於是武士想到剖腹赴約，今夜魂駕陰風，已非陽世之人，而是污穢之靈了。原來，是陰魂顯形前來踐行菊花之約。武士淚如泉湧，一晃，隱去了蹤影。儒生感到一陣陰風撲面，兩眼漆黑，跌倒在地，放聲慟哭。

《菊花之約》雖淒婉，到也無更大觸動，只是近日看大島渚導演的《御法度》，鋪墊了通篇，結尾即將出現高潮時，卻放緩步履，講起了《菊花之約》，將故事與現實等同，一番質疑追問，逐漸破解，豁然有了結論。男人之間哪來的生死相約，以死踐行，能夠支付生命的，必是至愛。聽這一道白，再回首整個故事鋪設，驚天地、泣鬼神的同性之愛躍出水面。據說大島渚先生拍攝這部片子時六十八歲，是中風後坐在輪椅中完成的，歲月打磨出的人性觀念實在是別樣的深刻。

另一個想說的，是影片中的松田龍平。日本青年演員。扮演的角色叫迦納，因為相貌驚豔，周圍的男人們對他蠢蠢欲動，每個人都有自己的想法，又都在揣測他的想法，他的想法始終是影片中的神秘疑點。

在遍插菊花的霧藹小徑，一席白衣的翩翩少年松田龍平，在致命於同伴的一刀之前，露出了淺笑，這一笑，使人豁然，疑點破解開來，純粹的日本式的詭魅、冷豔、妖冶、疏離和虛空迷醉，是那種媚和意亂神迷的氣質，倏地就使人生出了櫻花般的絕望。那一笑，真的也就斷送了斷背同伴的性命。

回到當下。民間的菊其實是很親近人的，不似日本人常有的神經質。不堪仕途辛苦的人們嚮往陶淵明的離官境界：採菊東南下，悠然見南山；自在又逍遙。我曾經不討巧地想，怕是陶先生的出世，是因為沒有入世的能力，才選了逃避的方式，仕途本就麻煩，取了那樣的方式，榮辱皆忘，可不清淨了許多。而對於那些魚兒得水的能人，才不回到鄉野採菊南山呢。其實說別人，也是譴責自己，對茅舍數間，田園二頃，歸來去兮，以及悠然見南山的閒情，比起別人，自己怕是更嚮往，於是推理，自己也是那入不了流的仕途之人，對現狀不離不棄，妥協曖昧，原來是惟恐南山斷流。

神秘鬱金香

五月。週末。清晨。朋友小任的車停在樓底。一家人收拾完畢，匆匆下樓，相約去五家渠市看鬱金香。五家渠位於烏魯木齊北部，是通往古爾班通古特沙漠的一條綠色通道。它是新疆生產建設兵團農六師師部所在地，按師市合一體制管理。與新疆其他地州和城市相比，五家渠沒什麼豐厚歷史和知名特產，一直淡出人們的視線。但是，有一日，它宣佈從荷蘭引進了大量鬱金香，並種植成功，每年五月，百萬株的鬱金香集體盛開，將五家渠渲染的五彩繽紛，這事，惹的烏魯木齊人紛紛驅車前往。人們面對好事時，總有些不甘心，愛做錦上添花的補充，這一補充，便有了新發現，原來，這裡早先的確是荒涼的戈壁，只有五戶人家，有五條各自挖掘的水渠，澆灌著五塊各自的土地，後來，王震將軍來了，帶了解放大軍落戶這裡。那部叫《亮劍》的電視劇的基本素材就來自五家渠農六師的前身：新四旅。這些足以使這座小城變得厚實起來，歷史是城市的後盾，就像當下的人，手裡捏著存摺，心裡才有了底氣。

書本中的鬱金香，絨面的花瓣，側身對著讀者，含蓄地微笑。一朵鬱金香，從不盛開到坦胸露乳的地步，即使在最旺盛開放的時刻都內斂著面容，像宮廷裡受過嚴格訓練的公主，透露著高貴，或者像蒙娜麗莎那類的賢淑良婦，淺淺地笑，內含著、隱蔽著，彷彿三月裡看不見的陽光，悄然地溫暖。

五家渠的鬱金香遍地染色，明豔的燈籠紅、高調的檸檬黃、柔和的夕陽紅、緞面似地醇酒紅、濃麗的降霞色、高貴的紫，以及滾了銀色白邊的緋紅，浩浩蕩蕩將大地切割成幾何圖形，在我的閱讀中，鬱金香終於從幕後走到了台前，從書本走進了現實。

走進一枝鬱金香花，伏下身。花朵邊緣略向內回收，這是芭蕾舞蹈的基本手勢，伸長脖頸，繃緊腳尖，抬頭挺胸，所有的肢體都處於外傾狀態，向四處延伸，唯有肘臂內傾，雙手內圓，一含，一曲，放與收，天衣無縫，舒展又內秀。穿過花朵邊緣往深處走，我看到了細嫩的蕊，向外伸展著，掙扎地盛開，像似外表淑良內心放蕩的女人，正要衝破樊籠。原來，鬱金香花蕊有著比花瓣更強烈的展示慾望。

再讀鬱金香的花名，更堅定了這種認識，鬱金香不同於一般的鮮花，那些樸素的、富貴的、高潔的、明媚的，她都不是，她不屬於任何一種簡單的花卉，她要複雜的多，要給人無盡的想像：聖誕之夢、金色序曲、紫衣女郎、阿波羅、芭蕾舞女、金勳章、白蒂、象牙、瑞娘。只聽花名，每一個都是在為女人加冠，魅惑的、妖冶的、性感的。再比如黛顏寡婦，便是指一類人，黑、紫、紅和暗，叫法具有象徵性和指向性，不是某個人，而是專指，某一類人，女人。

潘朵拉神秘的匣子被打開了，瞬間，眾多不良好的意念從我腦袋頻頻飛出。我的眼睛像個惡毒的強姦犯，頃刻間使大片花朵失去了貞潔，變得風塵。人的認識實在是種無奈的進步，每一次新的認識，都是從模糊到清晰，從無知到有知，從虛幻到真實，像一個人的成長，成長原本是可貴的，偏偏認識的提高又製造著一個個殘酷的結果，每接受一種新的觀念，就意味著要放棄一個舊有習慣，而那些舊有習慣中的許多，原本是樸素的，單純的，是認識中的原生態。大面積鋪展開來的鬱金香，被我不純潔的雙眼撕下了面紗，揭開了神秘。同時，我也將他簡約純淨的美麗扔到了天邊。

這類傷害想像力的事情，是成長中繞不過去的沼澤，它使我沮喪。既繞不過，那就繼續往深裡讀吧。

鬱金香中最神秘的，當屬黑鬱金香。黑鬱金香不是純正的黑，原本純正的黑也是沒有的，所謂的黑鬱金香，是紅的發黑，一眼望去是黑，近處觀望，黑天鵝絨般緞面的花瓣上透出的暗紫紅，在五月的陽光下透放出詭秘的光澤，它是著一身黑天鵝絨亮相在聚光燈下的安娜，就像大仲馬在《黑鬱金香》中說的那樣，這種花，豔麗得叫人睜不開眼睛，完美得讓人透不過氣來。就是那種效果，有一種美是有壓力的，安娜•卡列尼娜式的，它直接進入人的靈魂，壓迫心靈，使人不敢張望，謹慎地發抖。

看到鬱金香就像看到了荷蘭，鬱金香於荷蘭好比櫻花於日本、仙人掌於墨西哥，多姿的荷蘭就是被鬱金香切割下來的彩色模組，說荷蘭多姿，是說他有著非同尋常的胸懷，容納多種思想，寬容多種行為，並能將其演變為習慣，形成具有開放和接納特質的國家文化。

一個彈丸之國，從歐洲航海之初便打開心扉，衝出去，迎進來，各路思潮川流不息，綿延不斷，一度成為逃亡科學家、哲學家、各類異端的避難所，荷蘭人無意中將自己塑造成了雅典之後又一個思想的富集地。那個說出「我思故我在」的笛卡爾，是荷蘭自產的哲學家，那個「我只將我的著作獻給真理」的斯賓諾莎出生在荷蘭，他還是第一個對《聖經》進行歷史批判的人，兩位哲學界的理性主義者為彈丸之地的荷蘭增添了早期的思想光芒。以數學神童身份出現的萊布尼茲，發展了他的前輩笛卡爾的理性主義，與英國經驗主義戰士洛克展開了猛烈論戰，具有戲劇色彩的是，老年後的洛克不為英國所容，逃亡國外，一頭撲倒在荷蘭的懷抱，荷蘭人撐開雙臂擁抱了他，這種擁抱作為文化遺產隨著歷史煙雲的延續保持到今天，如今，海堤、風車、寬容的社會風氣是荷蘭的主題詞，在寬容的社會風氣裡，荷蘭制定了寬泛的法律尺度，遠涉毒品、墮胎、同性婚姻、性交易，這些是其他國家望塵莫及的。

文章寫到此處，來了睏意，洗漱完畢躺倒床上，拿起枕邊《詩經》亂翻，有狐綏綏，在彼淇梁，心之憂矣，之子無裳。狐指男人，那個在淇水石樑徘徊的男人呀，很擔憂孤獨的你，沒有合適的衣裳，沒有稱心的腰帶，沒有整齊的衣服。一個女人死了丈夫，成了寡婦，生活在水邊，日子到也清閒，坐在屋前樹下縫補，日子久了心事便跑到了河邊，牽掛著那個身影，擔憂著身上的衣裳，衣間的腰帶，操心著沒有穿戴利索的人兒。

這樣的女人是良家婦女，雖寡身獨處，卻一身素服，素服不是黑色，著素服的寡婦是灰色的，素面朝天，她的思念和擔憂是為了別人，暗自的，不敢聲張，這類女人是灰色女人，會被同情，因為弱勢。

寡婦也有良淑與風流之別，黛顏女人與灰色女人是兩類女人。剛剛擱筆的黛顏寡婦，是塗了濃重眼影，勾了鮮亮唇線，塗著草莓色口紅，黑色魚網狀面紗從帽檐遮蔽下來，眼睛的光芒從紗網背後放射出來的那種女人，那樣的女人，有妖氣在身，不是鬼怪之妖，是蠱惑之妖，中毒般地無法拒絕之妖，褒義地說，是妖美。這種女人並非就是壞女人，僅僅是有掌握主動權、得到幸福和不服命運的慾望。慾望的壞處是，目標太過明確，手段會變得狠辣，當手段選擇不當，跨越道德門檻時，就成了卑劣和邪惡，為眾人所不容，因此，朱熹才要說，存天理，滅人欲。慾念不可有不可留，尤其別使它轉換成不軌的行為。

詞典中說，波斯語中鬱金香是穆斯林頭巾的意思，鬱金香是維吾爾女人的面紗，留意一想，果然中肯。比照穿梭在喀什街頭穆斯林女人的頭巾，正是一朵朵倒置的鬱金香，維吾爾女人掩藏著自己的面顏，像遲遲未見到過的花蕊，花蕊是不能視人的，被勘破了，神秘感也蕩然無存。喀什的女人是極具定力的一群，和闐女人、庫車女人、吐魯番女人，沒有一個地方的女人能像喀什女人那樣堅守傳統，含苞而不放，她們掩下麻製的面紗，棕色的、栗色的、米色的，從頭部傾斜下來，虔誠的遮蔽，甚至雙肩、胳膊、胸，都掩蓋起來，徹底地拒絕，不參雜一絲妄想。喀什女人心甘情願淹沒自己，忠誠地埋葬了人間美色。這倒使人不忍，是花，就該無羈地開放，天經地義，一朵不開放的花，會讓活著的人萬分內疚。

那一日，從五家渠返回烏魯木齊的路上，出現了橫貫天際的長雲，我從車窗仰望天空，對身邊人說，那道雲實在奇特，像飛機拉出的線。第二天，汶川發生大地震，電腦上貼出了一種叫地震雲的圖像。我不知道自己看到的是什麼，地震雲，飛機拉出的氣象，還是天空自然的雲際，但我相信世間的神秘，像黑色鬱金香的預言，遠在我們的感知之外，它們存在著，影響著事物的走向。

綠了芭蕉

喚作書齋似乎更雅緻古樸些，陶然齋、養心齋、避風齋，可我不是雅緻古風之人，做不了雅緻古樸之事，只能簡約地叫一聲書房。我的書房，是除了吃飯睡覺外待的最多的地方。我在書房寫字、讀書、上網、喝咖啡、吃零食、講電話、胡思亂想，它是我世界的一部分，我在這一部分裡保持著常態的自我。

我的書房位於家的中央，四面環繞著臥室甲、臥室乙、走廊、客廳和另一間小書房。嚴格地說，小書房原本是涼臺的一部分，是涼臺拐彎處一個弧度大拐角，按照房屋設計者的用意，這塊區域陽光明媚、空氣暢通、視野寬闊，適合做陽房、花房、休閒茶吧，我在拐角入口處砌出一組書櫃，將拐角半封閉，構成一間與大書房對望的小書房。兩個書房之間隔著一扇玻璃大窗，窗下各做了一通到底的書桌。

從大書房往小書房倚著牆壁看出去，是一貫到底的書架，頂到了天花板，其中一組在小書房裡。我的涉獵是有偈限的，對無所興趣的書籍從不招惹，小書架裡的書籍像似大東北的處女地，無論多麼的肥黑厚土，我從不去觸碰，常常抓起的都是大書房裡西部的荒涼，我對曠野蠻荒的興致總是高過款款升平的歌舞。

書架對面牆上帖了一幅行書，四個灑脫的字跡：惠風蘭香。下面是一架古箏，學到《漁舟唱晚》就放棄了，一直閒置在那裡，女兒五歲以後見到古箏，在琴上玩了許多年，後來說要學彈琴，報了古箏班，琴藝日漸增長。就想，許多東西在你身邊，也許一輩子都不用，但會感染你，你的身體裡就會有它的影子，在不自覺的時候流露出、暴露出，看上去你是無師自通，其實卻是自幼被輸入了它的資訊。

對面小書房的書桌上擺放著草黃的宣紙，漆黑光滑的硯臺，原木鏤空筆筒，以及堆放不整的習字帖。偶爾空暇繞過客廳，走到小書房的書桌前，提筆習幾個墨字，卻總也習不好。有人說，字如其人，字不長進必定是心不安靜，心沒落在字上，一橫一豎才不平不直，這話像在說我，別人習字都在長進，還能習出創意和新意，我卻是數十年如一日地原地踏步。

一日，家裡買回一顆芭蕉樹，放在小書房的拐彎處，芭蕉依在書架旁，葉片闊大，像一艘飛起的綠色大船，在陽光照耀下碧玉通透。我坐在大書房的椅子上，稍一抬頭，一大片的碧綠映入眼簾，彷彿回到了從前。

從前，我在南方讀書，教學樓外種有一排芭蕉樹，緊貼著教室的窗口。每遇雨天，都要早行一步趕去教室，找個臨窗的座位，聽窗外的雨淅淅瀝瀝打在芭蕉葉上，發出略微沙啞的碰碰聲。那樣的季節上課總也不專心，想到雨中的霧靄，迷迷茫茫，想到雨打芭蕉時的瀟，就想問，是誰多事種芭蕉，早也瀟瀟，晚也瀟瀟。

雨和芭蕉好像天生一對，湊在一起時才別有一番情趣。一次暴雨傾盆，午覺時室友阿娟和我坐在窗前看雨，天像接了蓮蓬頭，放開閘門的水嘩啦啦路過窗口落到一樓去了。兩人突發奇想，不約而同想到要衝進大雨。於是，穿了鞋跑下樓，不容猶豫便一頭鑽進了雨中，大雨如注，雨水瞬間淋透了衣裳，又順著肌膚一路下滑到腳底。與緊湊緻密大雨形成對比的是兩人從容的步履，慢悠悠地從七宿舍往教學樓邁去。雨水落在臉上，冰涼陣痛，眼睛睜不開，只眯縫成一條眼線，嘴巴不敢大聲說話，雨水會灌進喉嚨。走至教學樓時，一排芭蕉樹被打擊地直不起腰板，芭蕉葉片被打碎撕破，那是我心目中芭蕉樹最為慘痛的一次劫難，像淒風苦雨的人生，幽冷困惑，走不出生命的底線。但是從此，我似乎更鍾情於這類經歷過風雨的植物了，在我的理解中，經歷過風雨的事物，必定是去除了身體裡的嬌弱和酸腐，無論植物還是人，都是一樣的。

有段時間，宿舍樓裡的女生一股風地開始習字，找來一疊疊廢舊報紙，買回硯臺、毛筆和一得閣的墨汁，更雅的人買來墨塊和字帖，邊磨邊臨。累了，便有人用筆蘸了墨，又蘸了水，用側鋒在報紙上刷刷幾下，一片葉子出來了，大筆再幾下，一棵芭蕉躍然而出，蓬起的葉下點綴著幾隻啄米的雛雞，十分的情趣。習字是雕蟲小技，卻像拜師微雕家一樣，不是功夫下足了就能學出名堂，而畫芭蕉像宰牛，只要大刀闊斧，酣暢痛快，至於其中的精微之處，那是畫家的事情。

紙上芭蕉有寬闊的葉、欲滴的綠，搖曳出各種姿態，像掉進了植物園林，但綠雖怡人，卻過於的稠，稠的濃烈，無法深入，兌點兒紅，才能提色，才有了點睛的效果。陸游有紅薔薇架綠芭蕉的詩句，紅薔薇與綠芭蕉擱在一起，如同李碧華紅嘴綠鸚哥，也如同蔣捷的紅了櫻桃，綠了芭蕉，一上口，綠便將人醉倒了。

夜晚，窗外潮濕氣息悄悄潛入宿舍，身上裹著薄薄的毛巾被，聽雨滴答滴答打在芭蕉葉上，好像一隻纖細的手撥動了古箏琴弦，蓬然聲響。豎著耳朵傾聽，有雨水從芭蕉葉片上滾落的聲音。白居易《夜雨》所謂隔窗知夜雨，芭蕉先有聲，便是這個意思了。與芭蕉有關的詩句，大都入耳進心，比如，此夜芭蕉雨，何人枕上聞。惆悵的很，有些文化的人念著這句擁衣而寢，思念一番，兩滴淚水劃過冰涼的臉，落在枕巾，濕漉漉的夜晚，有了這番思念，人才有了經歷，有經歷的人是豐富的，是我從來都敬重的人。

與芭蕉有關的人，首推日本俳句詩人松尾芭蕉。他的弟子曾送給他一株芭蕉樹，於是取了筆名芭蕉，連帶著居室也被稱做芭蕉庵。他的別號有好幾樣，桃青、泊船堂、釣月庵、風羅坊，與芭蕉一樣，每個名字都是浸泡在詩裡的畫，畫裡的詩。

芭蕉的俳句，看一眼便可記住的有兩則，一是青蛙，二是櫻花肉絲。

據說，芭蕉四十三歲那年，與弟子們聚集在芭蕉庵，以青蛙為題詠詩，「閒寂古池旁，青蛙跳進水中央，撲通一聲響」。從水中央，看到了環狀撥開的清波，撲通和響用的好生動，打破安靜的一響，沒那一響，閒寂和安靜是顯不出來的。其實，只這句，譯者不下二十個版本，好像都說不盡恰好的韻味，漢字再豐富，也有表達不到位的難處，有些意境只可領會，難以言傳。

另一則是《賞櫻》，「樹下肉絲，菜湯上，飄落櫻花瓣」，詩是文化，食是文化，涼拌蘿蔔上灑幾瓣櫻花，清蒸秋刀魚旁點綴幾朵櫻花也叫文化。廚子做了湯，從爐上端下，徑直走出廚房，來到櫻花樹下，食客舉勺的瞬間，幾瓣緋紅的櫻花款款墜落，掉進湯水上。另一解該是，烹了櫻花瓣湯，端去給正坐在樹下讀書或下棋的人，溫潤的棋子，溫潤的書，伴著溫潤潤的湯水。食的環境比過了食物本身，這好比日本的茶道，早已比過了飲茶本身，日本是個過於注重形的國家，凡事拿到他們手上，都會像模像樣地賦予一些複雜的形式，武士發展成武士道，茶演變出茶道，樣樣事物都要端起很正式的架勢，但是，凡事皆有度，過了，就有裝腔作勢的嫌疑了。這是話外語。

再說芭蕉的俳句。一眼看去，以簡單構建水墨意象，讀著比唐詩更顯意境。唐詩追求格律，讀多了久了就古板了，一板一眼像教授的黑邊眼鏡，作詩的人與吟詩的人被框於規範之中。而俳句自在，景緻不大，比不過唐詩宋詞的大氣象，卻也峰迴路轉，曲徑通幽，它是一種極端私人化的情緒，這種情緒簡單，清爽脆生，我因此而覺得讀俳句的人是簡約流暢、心思純美的人，是乾淨的人。這等乾淨難得，不沾染什麼，不被什麼玷污，不介入、不排斥，凌駕於是非之外，這種乾淨原本是自然天成，是輪迴之後的重回起點。

芭蕉能把台榭軒窗染成碧綠色，也有叫它綠天的。我家的芭蕉樹越長越大，小書房盛裝不下時，它被挪到涼臺，葉片肆意瘋長，陽光穿透葉片，葉片變得透明，我常常躺在沙發一角，享受著視窗照射進來的陽光和陽光中的綠天。

後來，芭蕉樹死了。又過了一些日子，和家人說起芭蕉時才恍然，書房那棵芭蕉樹原來是香蕉樹。對於我這種不懂得南方植物的北方人，特別是新疆人，香蕉芭蕉原是分不清楚的，無論香蕉還是芭蕉都是亞熱帶的植物，喜高溫多雨，新疆的乾旱和寒冷的冬季於它們來說都是一種折磨。

果園延伸出的邏輯

果園是豐盈的容器，是女人的暖宮，生養繁殖，不厭其煩。接近的繪畫作品有波特羅的肥胖，比如《橘子》，通篇一幅巨大的橘子，橙黃滿盈，佔據了整個畫面，豐碩也是強權的、不講理的，佔有全部而不給別人喘息的機會。橘子上有極小的孔洞，與小蟲子對比，橘子浩大無邊，是蟲子的地球，是他的宇宙，同理《有香蕉的靜物》，刀叉的小與鼓脹的香蕉也形成強烈對比，象徵出果實的肥碩飽滿。

波特羅來自南美，南美式直截了當的藝術體驗直面衝擊而來，對人感官刺激迅速激越。這陣子在讀《春天沒有卡夫卡》，書中有這樣的話：藝術，作為另外的一種語言形式，是直指人心的力量，它的訊息不是要讓你「聽聽」，而是要讓你「被擊中」。讀波特羅，便是那種只看一眼，即被擊中、令人沸騰的效果。

波特羅筆下的女性，多似圓滾滾的玩偶，他是在說趣味，還是在說一種南美式的態度。他自己的解釋是，他雖然畫過大量肖像，可從不喜歡直接照模特畫，他們會限制他的畫風，使他喪失自由，他願意處於完全隨心所欲的狀態，聽憑自己想像力的指引。問題的結果出來了，這就是風格，體現著畫家內心的意志。而我只所以被擊中，想必是在那圖畫的氣氛裡體會到了自由、隨心所欲，體會到了珍貴的自我。

波特羅又說，他第一次，感受到了，原來生活可以變得更加快樂。看他的畫，忽然發現，原來一種畫可以這樣去畫而不是那樣去畫，一種心情可以這樣表達而不是那樣表達，一種人生可以這樣度過，而不是那樣度過。

水果鼓脹欲滴，以肥美為上是普遍的認同。每一棵果樹都豐滿著自己的身體，生育出眾多果實，果實懸掛著，搖搖欲墜，氣味在空氣中撒了歡地跑，東奔西撞。果子熱鬧，果園也跟著豐盛起來、誘人起來，像母憑子貴的皇太后，地位堅實，不可動搖，有母儀天下的權威，誰讓他生了一堆的皇子，又培養出了個皇帝呢。

記憶中童年的果園，是一座浩瀚迷宮，是圈閉的、有界限的，分園之內、園之外。園之內，是圍牆之內，深綠似海，陣陣清涼和植物幽軟的氣息由裡而外散發出，氣息裡包涵著蘋果花的香氣，蘋果有性感的體態和豐滿的水氣，在水果家族中，是健康的青春女性。

我站在果園外的土丘上，遙望果園的圍欄，圍欄不是磚砌或鐵欄桿，而是種植了一圈荊棘，荊棘有尖銳的刺，沒人敢涉足，那是果園最為貼切的武器，遠看，一片綠樹成蔭，不設防，無偷竊，天下太平，只有走到近處的孩子才明白，這是成人的招數，嚴厲又陰險。

黃昏時分，有兇悍的狗把持大門，狗的叫聲嘹亮，兇狠，叫得西邊天都要淌血了。那是一條我從未謀面，卻無數次聽到他沸騰的狗，他叫啊，叫啊，許多個夜晚被他的狂吠驚醒，驚醒的瞬間身體像被荊棘刺傷一樣地縮回脖子，痛感長久地停留在肌膚上，雖然，我從沒有涉足雷池一步，也從未被那尖銳的利器碰過，但我一樣有著被刺傷的隱痛，並且是長久抹不去的隱痛。有人說，那是一條黑狗，周身塗滿了夜晚的黑漆，長著勇猛的頭顱、尖利的耳朵、機警的眼睛，但卻毫無辨別能力，常年封閉在果園裡，見到人就叫，無論是行竊還是路過，只要被他碰到，都要狂叫一氣，他的叫聲常惹怒經過果園門口的正人君子，坦坦蕩蕩的人，是見不得懷疑目光的，只要他懷疑的大吼大叫，君子們就會衝上去大罵一頓，君子此刻不再是君子，而是維護正義的勇士。

果園有看門人，也是我從未見識過的，據說是一個蓄著鬍鬚的老人，戴一頂麥稈編製的草帽，肩上扛著鐵鍬，他要挖開渠水，放水澆灌；澆灌是定期的，他卻幾乎所有時候都扛著鐵鍬，向大人們炫耀、向孩子們示威，除了挖兩鐵鍬水渠外，鐵鍬還可以驅趕悄悄潛入果園的偷竊者，可以壯膽。鐵鍬是他的武器，他扛著鐵鍬，就是一種威懾、一種告訴：小心點，竊賊。

龍應台寫過一段關於蘋果被偷的文字：我伯父有一片果園，他日夜施肥加料，殺蟲遮雨。到秋天風吹起的時候，纍纍蘋果每一粒都以最鮮豔、最飽滿的紅潤出現。路過果園的人沒有一個不駐定觀賞而垂涎三尺的。如果有人經不起誘惑，闖進果園來偷這些果子，你難道還指責這些果農不該把果子栽培得這麼鮮豔欲滴？難道說他「自取其辱」？難道為了怕人偷竊，果農就改種出乾癟難看的果實來？到底是偷果的人心地齷齪，還是種果人活該倒楣？究竟是強暴者犯了天理，還是我「自取其辱」？

你偷了別人的，不說自己道德敗壞，卻怪罪果子誘惑了你。果農不該把果子栽培得鮮豔欲滴，而只能種植的乾癟難看才放心？這是哪裡來的邏輯。

擴展一下，將其放到《古蘭經》裡，等同於經文中對女人的教誨：不要向外人展示你的美豔，以免引起男人慾念。

我有了慾念，就是你暴露了美豔，你不展示，我哪裡會憑空生出邪念。國際象棋手渚辰遠嫁卡達國際象棋手穆汗默得，進了阿拉伯世界，男方家為她打開眾多綠燈，可以逛街，穿短裙，可以與男人們同桌進餐，可以不必戴面紗，穆汗默得不畏懼美豔惹人，使別人心生邪念，信心上大大邁進了一步。也可見，面紗並非不可取，露了，未必就使人生出邪念，藏著掖著，人心也未必就純潔到一塵不染；如同那果園，偷者，就是偷者，偷了鮮豔的果子，而果子不鮮豔的，他也未必就不偷，這是偷與不偷的問題，至於偷的什麼，那是兩回事。

下面是果園的另一個邏輯。

屬於我的果園在南疆基地，沒有圍牆、沒有孩子、沒有狗，也沒有看門人，只有一圈低矮的柵欄，果實從不丟失，收穫的季節會有人將果實摘下，洗淨後放在每個公寓的房間裡，下班回公寓休息的人，推門便有果香飄來。

果園無門，北面和西面各有兩條小路通進果園，小路進了果園後，伸展出許多條戈壁礫石鋪成的小路，小路彎彎曲曲，從蘋果樹、杏樹、梨樹和棗樹身邊經過，果子就掛在頭頂。夜晚，月光透過疏密的果木葉子落在斑駁的小路上。果園的南端是一排沙棗樹，五月的夜晚，沙棗花開，整個基地漂浮著沙棗花香，果園也被惹了滿身香氣，引了許多人前來尋香，藉著植物的青碧深深呼吸，那氣味便沁入了心房。

據說，當初基地準備買地的想法剛萌生，當地政府就慷慨相贈，給出整個縣城的版圖任由挑選，這份慷慨無人能比。最後選定的地方位於縣政府東側，其中包括大片荒地，一片果園，和一片農戶群。土地很快劃撥下來，原住戶的鄉民很友善，他們快速拆除原房，拉走廢棄的土坯、木板，拉走了家裡的罎罎罐罐，將院落打掃乾淨，又扯來大鋸，準備鋸掉大片的果樹。

鄉民們說了，要贈送一塊規整潔淨的土地。那邏輯是，我送你的是乾淨整潔的土地，地上凌亂的樹木和雜草應該清除出去。相似的故事是一個收藏家在鄉間發現了一把十九世紀的提琴，與琴主說好價錢後，收藏家返回取錢，待趕回到鄉間時，那把十九世紀的老式琴，已改了頭，換了面，一層靚麗的藍塗抹上琴身，收藏家扼腕痛惜，久歎一聲，轉身離了去。琴主一直都不明白，說好要買，為何又要變卦呢。

制止的還算及時。果園終歸是保留了下來。

我在有月亮的夜晚，打開窗戶，窗戶正對著馬路，路對面便是當年沒被砍伐的果園。輕風吹過，一陣陣果香飄進。忍不住穿好鞋，披上外衣，下樓，繞過樓門，穿過馬路，進了果園。月光穿過果樹縫隙，照在發著白色光亮的小徑上，被踩得稀爛的果漿將小徑染成班駁，與樹影輝映。成熟的果實壓彎了樹枝，樹枝承受不住時果實紛紛掉進土壤，樹下堆積著果實，果實上覆蓋著果實，再堆積、再覆蓋，果實成泥成醬，發酵出酒味，醉人的酒香在夜晚的空氣中飄蕩，一股一股地從面前掠過。

偶爾聽到背後有撲通的墜落聲，是掉在腐地裡的果實，悶著聲，竊竊地，像私語的情人。

近期去基地，果園的樹病了，樹葉焦黃，樹幹纏著塑膠紙條，像是給藥的說明，唯一沒被蟲傷害的棗樹翠綠綠的，結著一顆顆飽滿的棗兒，棗樹是年輕的樹，近些年才種上的，受蟲災的樹都是上了年歲的老果樹，果樹也是有年齡的，也會傷風受寒，也有生老病死。

哈密瓜

《西行紀略》中有康熙年間西域為皇宮運送哈密瓜的壯景。描述為路逢驛騎，進哈密瓜，百千為群，人執小兜，上罩黃袱，每人攜一瓜，瞥目而過，疾如飛鳥。寫者慢行在荒寂大漠，途中碰到向皇宮敬獻哈密瓜的隊伍，成千上百的人，一隊排出去，每人衣上罩件小黃襖，襖前有兜，兜裡裝一隻瓜；放眼望去，人人抱著胸前的瓜，急急奔走在夕陽的荒漠裡。這陣勢，比當年廣西敬獻荔枝要壯觀許多，策馬揚鞭，一騎紅塵，哪比的上黃沙滾滾中的一隊人馬，急如飛鳥地奔向清宮，宮裡不知有多少妃子格格在翹首企盼呢，那激動的心思，與楊氏貴妃渴盼荔枝同出一轍，聲勢卻浩大了數倍。僅此一點，就使人相信，哈密瓜身手不凡，與宮廷人戚戚相惜。

哈密瓜，生長在新疆，甘肅敦煌偶有種植，屬於可以忽略不計的地區。因此，在水果家族中，哈密瓜是新疆的標籤，新疆有許多水果，葡萄、石榴、蘋果、梨子、桃杏，這些水果的甜度、脆度、飽滿度以及口感都在內地之上，這個之上是對比出來的，有比較才有鑒別，但他們依舊不能代表新疆，至少他們的存在並不孤獨，大江南北到處都有蘋果桃杏，葡萄石榴。哈密瓜卻沒有比較，哈密瓜是新疆獨有的瓜果，是唯一的，不參與對比，也不需要對比，他霸氣傲人的外表，沁人甘甜的內心，以及哈密瓜三個字都有一種當仁不讓的傑出氣概。

若非要比較，在新疆的水果中，哈密瓜是最像新疆的，從形體到神態它都是新疆的翻版，沒有一個水果示人時，能夠自信地說，我代表新疆，我是新疆，唯哈密瓜能夠如此，哈密瓜是新疆的標籤。

哈密瓜形體碩大，有一流的風範。秋天時，水果店的階梯櫃檯上擺滿各類水果，有新疆地產的，也有來自南方的，西瓜、哈密瓜、榴槤、菠蘿蜜是大型水果的代表，榴槤周身尖銳，菠蘿蜜疙瘩茂密，西瓜圓咕隆冬，有點傻氣，四樣水果橫在櫃檯上，不論味道和個人喜好，只憑外觀，唯哈密瓜龐大，有氣場、有力度，即使將他置放在櫃檯最不惹眼的角落裡，他照樣能奪人眼目，像仰望一張中國地圖，即便新疆再地處偏遠，它依然是惹眼的，一百六十萬平方公里的土地，再偏僻落後，也是坐鎮西部的一具強獸。

哈密瓜色澤由肉色、淡黃向金黃過度，與新疆土壤共為一色。瓜體剖開，細膩的瓜肉如同女人水淋淋的肌膚。讀清代詩人蕭雄「更有甘芳黃玉軟，槖駝筐篚貢天家」時，忽然深有感覺，黃玉軟三個字，既寫實了哈密瓜也寫意了哈密瓜，是將哈密瓜說到了高貴絕頂之處的表達。同時，哈密瓜還有神奇規則的網紋，類似於龜裂的土地。大自然是位超級魔法師，為每一個物種都設計了絕美的紋路圖案，哈密瓜身體佈滿網格狀的細線，網格將一隻瓜分割，裂變成無數的版塊，規劃出無數的空間。網格規範是形式，形式也是一種儀式，關於哈密瓜的儀式，是別的瓜果不具備的。哈密瓜網格於我產生的聯想是龜裂的土地，龜裂的土地在新疆是絕對的存在，那存在說明了一種狀態，即缺水加貧瘠。貧瘠是這塊土地既有的現實，那麼未來呢，他還將繼續貧瘠下去，直至拓荒者的來臨？在南疆，在一些龜裂的土地上，我看見維吾爾鄉民蹲在路邊，敲開一個哈密瓜，掏出一塊乾饢，掰半塊瓜牙就著一塊饢就是一頓飯。

我生活在關中，水果中屬瓜類的只有西瓜、香瓜兩種，哈密瓜是早就聽說了的，卻從無見識過，只覺得那種瓜果遙遠，不屬於人間。一日，父親來電報，叮嚀家人準時接站。姐夫、嫂子帶著我夜裡九點多跳上最後一班市郊車趕往西安火車站。十點時，我們三人出現在西安火車站的廣場中央。寒風習習，燈火昏黃，不遠處有兜售燒雞的小推車，車上掛一盞小燈，罩著紅紙，紅紙照出油亮火紅的燒雞。姐夫買了三個用麻紙包起的雞腿，我們沿著解放路往南邊走邊吃，漫無目的，走至五路口附近電影院時看到大幅日本電影廣告，三人買票摸黑進了場子。螢幕上，山口百惠和山蒲友和正在說話，片名叫《風雪黃昏》，山口百惠剪短髮，著風衣，很幹練，她是那個時代的偶像，從她身上人們認識到清純兩個字，山口百惠就是清純，清純就是山口百惠。雖然山口身上有比清純更多的特質，但是，感受到什麼是清純，在那個時代已是一件緊跟時尚的事情了。

出影院已是子夜。三個人像幽靈，晃回火車站廣場。偌大的廣場空蕩無邊，沒有可停留的地方。溫度急劇下降，候車室擠滿了旅人。冰凍的北方，瑟瑟的北方，刀刮一樣的寒風打消了我對即將到來禮物的神秘期待。我困頓地擠進報亭的長椅，長椅早已坐滿人，報亭裡散發著各種古怪臭氣，我與那些氣味擠在一起，悄悄地偷走別人的溫度。

當指針停在夜裡四點時，我們衝進月臺，感覺遠方一點點移動至腳底的顫動，顫動慢慢加重升級，節奏越來越快，頻率越來越高，終於，顫動變為震動，震動變作呼嘯，強烈的光照與尖利的吼叫同時穿破夜空，一列龐然大物衝進了月臺，又急速停止。

車廂門緩慢打開，車上下來三個男人，抬著一個麻袋，與我們交代幾句後轉身上車。車緩緩開動，駛出了西安站。

我們三人像即將洗手不幹的江洋大盜，抬著最後的珠寶打道回府。下車後又將麻袋橫上自行車，一人推車，兩人扶車，歷經千辛萬苦將麻袋馱回家，放到地板上。

解開繩索，袋裡滾出一個麻黃磨砂的瓜，又滾出一個，接著是第三個，第四個，一共四個瓜。這就是傳說中的哈密瓜，橢圓，形似橄欖，中間圓滾，兩頭略尖，體態渾圓，卻不臃腫肥碩。瓜擺放在案板上，一家人面對瓜竟捨不得下刀，看了又看。待吃到嘴裡時，一股穿心透肺的清涼夾雜著猜不清摸不透、挑戰前沿味覺的奇怪滋味將我打懵了。

那是一種獨特的，從未領略過的，內地省份未曾有過的，一生都無法再次遇見的感覺，像生命中的某些奇遇，伸到你心裡打轉一圈，隱去了，你還沒回過神，它已經逝去很遠，踮起腳尖回望，已是來路茫茫，那種異，模糊不清，懸空在過去的某些不知名的時間裡，文字在她面前成了一堆死去的僵屍，無論如何拼湊都無法準確表達。

幾年後，我來到新疆。住在三樓的房屋中，客廳的沙發旁、臥室的床板下、走廊的牆角邊全擺放著哈密瓜，不但有油皮黑亮的，還有淡雅青白的、黃綠相間的，每種瓜身上都佈滿了網格狀線條，分明流暢。剖開後有兩種效果，一是細膩的黃瓤，就是那種黃玉軟的效果。另一種青白透碧，雪天裡吃，冰清玉潔，這種瓜的皮色油亮亮地，墨綠，網紋也緻密緊湊，是那種有年歲的皺紋，卻並不顯老，是恰好的成熟。

那時，紅山郵局門口每至寒冬都有推著板車叫賣哈密瓜的維族男人。一塊線毯鋪在板車上，毯子上橫擺一排瓜牙過去，像衛兵列隊樣整齊。雖是冰天雪地，新疆人的內火似乎都很旺盛，我推測與吃羊肉有關，羊肉是補腎壯陽、暖中驅寒、溫補氣血之物，平日裡新疆人又是躲在溫熱的暖氣房中，渾身燥熱自是難當，行至此地，見冰鎮甜蜜的瓜牙難有不動心的。

賣瓜人舉起一隻瓜，以小刀順著瓜的長度從尖端一線拉到底，復又拉一刀，兩刀在瓜的極點相交，一牙瓜剔了下來。為不使瓜吃到臉頰，他還在瓜牙的上甩幾刀，不斷皮，瓜牙拉成一條直線，只左右移動瓜牙就可以順利入口了。穿大衣戴絨帽的男人女人，走到這裡就再也走不動了，站在車邊吸溜溜啃著瓜牙，臨了，將瓜皮丟進地下的簍子裡，像是完成了生活中一件必須的事情。重新端起架子走路。烏魯木齊是個移民城市，漢人多來自內地，各地人薈萃一堂，相互攀比，又汲取了維吾爾人不存錢只消費的觀念，大都捨得往身上貼金掛銀。那些人自有體面的性格，架子是要端起來的，雖說路邊啃瓜牙不算雅氣，啃完後整頓衣帽，重新步入街道時，依舊是一派風範。

我對火熱中的透心涼有著別樣偏好。有一年我姐來烏魯木齊，我領她擠上人山人海的二路公共汽車。印象中二路公車從沒卸下過負重，無論何時何地只要一啟動，四個車輪便像粘稠滯重的高血脂病人，吃力地碾過北京路和友好路。

我們在紅山郵局站下車，倒行五十米，看到了平板車上的瓜牙，嘴裡頓時分泌出清口水。那是我姐第一次吃哈密瓜，不記得她吃瓜時的模樣，只是後來憶起當年的烏魯木齊，她雙眼放著光芒，講起了紅山郵局的哈密瓜，一副極度陶醉的樣子。

哈密瓜有很多官名：納西甘、黑眉毛、青皮脆，這些瓜名我從未對應上，也似乎對哈密瓜無關緊要，新疆人從不用哈密瓜這個稱呼，直接呼其甜瓜。甜瓜就是哈密瓜，哈密瓜即是甜瓜。哈密瓜是秋天的果實，知曉她的新疆人火氣旺盛時多不碰她，遠避她，或若即若離。只有內地來的不知真相的人，才親近她，與她打成一片，結果一覺醒來，滿嘴上火起泡。

我來新疆後對哈密瓜大開殺戒，最熱衷的吃法是切開後放入冰箱，下班回家拉開冰箱取出，站在廚房就地解決一塊，頓時燥熱全無。但是，哈密瓜本身是燥火的，吃時透心的涼爽，吃後火氣更旺，在認定她是高熱量高糖份的水果後，我像被蠍子螯了一樣，對它矛盾起來，不去碰她，又捨不得離她，在吃與不吃中糾結了許多年。一日，看報導說，哈密瓜是寒性水果，並且還是減肥水果，這世界真是寬容，竟有這般高糖分的減肥食品，大開我心，復又對她放肆起來，無所忌諱地享用至今。

無花之果

涓涓是睡在我上鋪的姐妹。晚自習回宿舍時，她早已進入夢鄉。同宿舍人陸續洗漱完畢躺進床鋪蚊帳裡，每人手捧一本書閱讀。宿舍安靜下來了，沸騰的走廊也漸漸沒了聲響。忽然，熟睡中的涓涓深情朗誦：無花果，無花果，不開花，就結果。

蚊帳裡的人紛紛鑽出腦袋，輕聲喊，涓涓，涓涓。無應答。涓涓處於熟睡狀態。原來是夢話，夢話也可以說的如此詩意、如此煽情。

白天的涓涓內向靦腆，不愛說話，敏感，極易受傷害。涓涓是個文學青年，所學與所愛不甚一致，但她決不放棄文學，從圖書館抱回一摞又一摞小說，全是外國名著。她和我們議論《苔絲》的無奈，毛姆的現實主義。《飄》中灑脫的白瑞德是她崇拜的角色，她沒看過費雯麗的《亂世佳人》，她為瑪格麗特・米切爾著迷。她讀了許多文學作品，但我從沒見過她讀詩、作詩，更不知道她會滿腦子詩文，連做夢都在詠詩。

我在內地待了十八年，未曾見過無花果，同學當中也從無人見識過，對無花果資訊的唯一獲取管道是書本，書本中對無花果極盡描述，更抽象了人的想像空間，無實物對比，那無花果終究是個空中樓臺。涓涓來自新疆，是唯一見過無花果的人，因見識過、品嚐過，讀出來的腔調才使我們一驚。私下裡想，那無花果必是哪方神聖，才使平日裡少言訥語的涓涓能在夢寐裡詩意揮灑。

這是個懸念，沒有破解的秘密。

後來，在深度閱讀中得知，無花果與宗教有著釐不清的關聯。眾多植物中，蓮花被佛教選擇，無花果被基督和伊斯蘭選擇。無花果是諾亞在大洪水之後種在裘蒂山上的果樹。在基督世界裡，上帝造了一個伊甸園，園中央有兩棵樹，生命樹和智慧樹，上帝又造了亞當，讓他去園中，告訴他，除了生命樹和智慧樹上的果子外，其他果子都可以吃，亞當睡覺的時候，上帝取下他身上一根肋骨，造了夏娃。邪惡的蛇引誘夏娃亞當，偷吃了智慧樹上的果子，之後，他們彼此對望，看到了自己和對方赤裸的身體，也明白了男女身體有別，有了羞恥感，兩人摘下果葉蓋住害羞的身體，那果葉就是無花果的葉子。在早期的愛情圖畫中，無花果葉子被繪製在一幅幅故事中，人類焦渴的眼睛，企圖穿過葉片，看清背後的事物，無花果葉是一道屏風，蒙著磨沙玻璃，虛幻在有與無中，是一個尷尬的角色。

伊斯蘭的說法是，無花果需要精心照料，被人養育的無花果枝葉茂盛，果實豐美，而野外無人經管的乾癟枯澀，它可以是最美的，也可以是最卑劣的，所以要有真主引導。這是以物喻人，說的是只有在真主引導下，人類才能除去了卑劣罪惡，具有了最美的形態。

與宗教瓜葛上的植物，誦讀時需莊重，付諸感情，涓涓滿含詩意的夢話，是否是暗含了某種神性的隱喻，我們不得而知。

阿圖什來人，送我兩瓶維吾爾人自釀的無花果醬，果肉切割成塊，浸泡在蜂蜜中，看不出果實完整的模樣，即便是吃了，也對無花果的形狀毫無概念，而那比蜜汁更烈性的甜膩，如一頓悶棍撲來，打的人大腦暈糊缺氧。甜蜜，掩蓋了果實原本的味道，因此，無論從形、從味、從外表，還是從內裡，一枚無花果於我始終都是虛擬的，像玻璃上的冰凌花，看不出規律和走向，它們或發散、或聚攏、或成圖、或流溢，熱氣一上來，便香消玉殞，化為蒸汽，消失的無影無蹤。

查翻資料得知，這果子與新疆血緣相近，源自於阿拉伯、土耳其，唐時，波斯國稱它為阿驛，維吾爾語稱它為安吉爾，安吉爾，一個撐開翅翼、輕慢飛舞的天使，來自西方的天使，落戶在南疆綠洲。如今華北地區、中原地區都有種植，但，離開了西域，沒有伊斯蘭的薰陶，所謂的無花果也是徒有虛名罷了，無論華北還是中原的土地多麼肥沃，也難以養出漢唐風、宋明韻的無花果來。這便是地域為物質所賦予的意義。

在烏魯木齊南門附近的維吾爾小飯館前，我見到了無花果樹，一株一株種在碩大的陶盆或廢棄的油桶裡，小樹苗蓬勃昂揚，比其他花卉都氣派，但總歸是盆景，看不出與宗教的關聯。顯然，它於烏魯木齊也是舶來品，烏魯木齊不是它的歸屬地，在無花果問題上，烏魯木齊與華北、中原無甚區別。這使我一度對烏魯木齊產生懷疑，無花果既與新疆近親，作為新疆首府的烏魯木齊怎麼就不能種植它、善待它，而要將養育權交給喀什、阿圖什、庫車等南疆任何一地。

在最炎熱的八月，我去庫車拜訪林基路舊居，進得大門，一股清涼襲來，抬頭望去，眼前是參天古樹，枝葉茂盛、遮天蔽日，巨大的樹冠罩著庭園，葉片有點像梧桐，卻比梧桐更肥厚油綠，這等闊葉植物在新疆不多見。有人說，這便是無花果樹。無花果，竟然有這麼浩大的氣場，整個舊居深陷在無花果樹木的綠蔭中，而我也似乎漸漸感受到了它的某種神性的由來。

滿庭院的無花果樹葉，卻不見一枚無花果。無花果，以名字直譯，是不開花就結果的植物。涓涓夢中詩：無花果，無花果，不開花，就結果。這樣的過程，如同一個沒度過青春期便嫁了人的女子，一個沒有青春的女人，於自己的人生是悲戚的，於別人的議論是惋惜的。不開花，就結果，要令人不住地揣摩，一個人，或者一種植物，需要多麼強大的修養和定力，才能沉得住底氣，忍得了寂寞。我一直以為，這世上所有的沉穩背後都有著一個明確的目標，所有的沉默，都是為將來的綻放做準備，它們積聚，積聚，將能量一點點裝載進密不透氣的器皿中，然後，選擇某一時期，在人們困頓懈怠的時刻，像爆竹一樣忽然釋放。但，在無花果身上，這種聚集和釋放的概念是沒有的，它一生都不會張揚一次，永生保持著隱蔽形態，花朵深藏在果實裡面，不為外人所道。它是暗地裡怒放的花朵，是神秘的西亞女人，蒙著面紗，穿著長及腳裸的長裙，包裹住美貌，她的青春只獻給一個叫丈夫的人。她比強大的修養和定力，比那些沉得住底氣、受得了寂寞的人更有一種壯闊、超越的力量。一朵不開放的花，是一個沒有青春期就老去的女人，在享樂主義世界裡那是一種墮入深淵的絕望。

而直至此時，我還沒見識過無花果實。無論如何都想像不出偌大的樹木上會結出什麼樣的果子。有一日，家人出差阿圖什，帶回兩箱水果，打開蓋子，箱內鋪滿了無花果葉片，掀開葉片，一種圓形扁黃的植物果實整整齊齊碼放成行，依次壘疊在箱子裡面。

我將疊放的果實一枚枚取出，觸摸過的手漸漸有了感覺，放入口中又是一種更新的感覺。無花果，這就是無花果實，如同一個黃色荷包，果皮是棉質的平絨布面，沒有其他水果的水澤、光亮和飽滿，它是亞光的、磨沙的、懷舊式的，果色杏黃，果肉為幼稚年輕的奶黃色或鵝黃色，果肉裡有籽，類似於火龍果的籽，但不是黑色，是果肉樣的本色，果肉軟糯、甜蜜，細細的籽，被牙齒咬到後砰砰地響。

雖然，無花果有著樸實的外表和不招搖的內心，但是，無花果的叫賣方式卻很風情。在喀什街頭，夜裡十點多太陽才偏西，走在的大街小巷裡，看到維吾爾巴郎戴著小花帽，將無花果略微拍扁，疊成羅漢樣碼在托盤上，整個托盤繁茂重疊。我喜歡觀望那種右手將托盤舉起，搭在肩上，肘抵著腰，穿梭在熙攘巴扎裡的風景，喜歡那種以肩、頭傳送物品的集市，喜歡看小生意人精明的吆喝，手工藝人專心的打製，那種閒散著的心情，彷彿有大把的時間可以揮霍，大把的陽光等著消磨，那裡面有原始的、小農的、小私有者的私心，那種私心是小生意式的快樂，卻抵著人們內心最本質的真實。而這類有風情在身體裡遊蕩的夜市，除了喀什，其他地方是滋生不出來的。

維吾爾巴郎並不精心看管自己的無花果，他將無花果托盤置於路邊臺階上，自顧自地與人說話去了。一盤躺在臺階上的無花果一直靜靜地待在那裡，街上來往的行人悠閒散步，無人問津於那盤杏黃色的熟透了的無花果。看著那盤無花果，我又想起了詩意的無花果：無花果，無花果，不開花，就結果。而如今，夢裡誦詩的涓涓早已不在了，她走的時候才二十五歲。

石榴

榴字極少用，與水果有關的是石榴和榴槤。榴槤產自熱帶、亞熱帶，渾身長有尖銳利刺，果肉嗅著臭，放進嘴裡卻甜糯膩滑，像正在融化的巧克力，又像輕薄的絲綢在風中游走。石榴也叫若榴，丹若，沃丹、金罌、天漿，還有阿娜爾。天漿是個充滿神性的名字，天宇瓊漿，神的飲品。阿娜爾是維吾爾女孩的名字，維吾爾人給女兒起名阿娜爾罕，罕在維語中意為國王，阿娜爾罕，也是石榴花女王，火紅彤彤的，光芒四射。如果說漢地女子還在修習禮儀，含蓄內斂著心思的話，那麼，維吾爾人一開始就將女孩的美貌放射出去了，也因此，漢人女子美貌維持十年八載不成問題，三四十歲後依舊可美麗示人，而一個維吾爾女人，結婚生子後便匆匆凋零了。開放的過早，則不能持久。哈薩克人也用阿娜爾為女兒取名，一個叫阿娜爾的哈薩克女孩從北疆來烏魯木齊，她長著白皙如泥的臉龐，散在著零星雀斑，黃而軟的捲髮向後束成馬尾，眼睛是透明的淡棕色，像看不見低的海水。她將一大包風乾牛肉和一桶駱駝奶遞到我手中，我將那些吃食帶回家，把風乾牛肉放進清水中回軟，煮熟撕絲，烹成燈影牛肉，享受美味時腦海中不停地閃現著阿娜爾的面容。

文人愛拿石榴說事，唐詩人元稹就有「何年安石國，萬里貢榴花」的美句，安石國是中亞的安國和石國，在今日的烏茲別克斯坦，雖遙遠，但在遙遠的歷史中曾與中原是常來常往的密友。石榴花火紅似火，有些家庭自養的石榴開花一點都不遜色於果園裡的石榴花，花瓣若緞面，色澤如春天，有人將石榴花喻為石榴裙，眾多的文人秀才、武夫將相為石榴裙傾倒，拜跪在裙下。

石榴酒比石榴名聲大，啜飲石榴酒，腦子裡會冒出暗地妖嬈四個字，是作家潔塵一本書的名字，書沒看過，但見這四個字，覺得是一本可以放在枕邊，或者旅行袋中的書，睡覺前或躺在臥鋪床上讀，不緊不慢，乘飛機最好不讀它，飛機太急促，破壞了氣氛。我對讀書的氣氛很講究，也挑剔，不同場合適合不同內容的書，讀錯了地方，則會錯失一部好書。再者，我基本還算是個珍惜書籍的人，凡是能買來翻閱的書，都存有緣分，既是緣分，就要珍惜才是。

用暗地妖嬈比喻石榴紅酒，再也找不到比這更適合的效果了。和闐石榴酒是國宴用酒，遠近聞名，據說這個酒廠做過三個牌子：石榴酒、冷美人、玫瑰香。單看這三個酒名，都無與倫比的香豔。石榴酒是灼熱的，一簇嫣紅，是加了紫的紅，不斷加重深度，加到暗，成暗紅，那種暗紅在酒吧的燈光下顯現光澤，與太陽的光澤不同，陽光下的光澤明媚豔麗，酒吧裡的光澤流動透明，光影交錯，妖妖嬈嬈。

盛夏。冷美人在冰箱中盛放了一個下午，晚上取出，熱浪中呼啦一道白煙閃出，寒流樣掠過，意識豁然冰清，慵懶的心頭一微顫，這樣的清涼，在暖暖的燈光中，顯出冷峻、拔萃，人立刻愛上了冷美人。

玫瑰香是我的處女酒，那之前，我滴酒未沾，是個腸胃清純單調的人。早先玫瑰香的價格便宜，三元多一瓶，還是漲過的價錢。印象中酒瓶似啤酒瓶，後來改成棱角渾圓的四方柱型，標籤底色墨黑，鎏金，上面斜躺著一支紅玫瑰。掀開酒瓶，斟一滿杯，輕啜一口，是回甜加了濃郁玫瑰花的氣味，自此以為玫瑰香便是酒的滋味，酒的滋味就是玫瑰香的滋味，就想，難怪有眾多人喜飲酒，還且飲且醉，原來酒的滋味是甜加花香，後來品嚐各色乾紅、乾白，全然不似玫瑰香的甜醇。

在新疆，無論烏魯木齊還是南疆小鎮，只要有巴扎，就會有鮮榨石榴汁的小攤點。鮮榨的石榴汁，味濃烈、澀麻，比石榴酒的來勢還傲慢，石榴酒夏日裡加冰，大口暢飲，酣暢淋漓，有著貴族的謙虛和親近民間的淳樸。到是街頭擺放的鮮榨石榴汁咄咄逼人，碰了就不容釋懷。這種石榴汁比石榴酒更顯活力，是那種暴露在陽光下不掩飾的妖嬈，妖嬈的明目張膽，妖嬈的一點都不暗地。

石榴汁有著類似於酒的效果，要安靜地坐下來，慢慢呷，像品酒一樣先輕輕舉起，放在燈光下，轉動高腳杯，杯壁掛著還在流動的枚紅色果汁，這時最好有點音樂什麼的，在音樂的流瀉中含一點在舌尖上，繼而，充盈滿口，酸甜苦澀奇妙混合。這才是石榴汁最好的去處，在酒吧，而不是在街頭。

寒冬初上，在南疆巴扎裡閒逛，逛到正在榨汁的兩個石榴攤前。一家的石榴色澤紅豔，另一家光影暗紫。兩個賣家搶著推薦自己的石榴汁，那紅的發紫的或許更甜更濃烈。我以判斷明星的標準揣摩該為哪一家買單。

提著五元一瓶暗紫色的石榴汁回公寓。手握瓶身，冰澤澤地涼。含一口，深酸澀的口味，吞咽後有石榴的回甜。這是我喜歡新疆水果的原因，那些口味不單一，同時並存著幾種轉換，甘甜了、清酸了、微澀了、薄苦了、冰涼了、暖濕了之間過度互換，總使人想起人生中的某些轉換，那種不自覺無意識的轉機，有著絕處逢生，瞬間頓悟的效果。

整個午後，我都像啜飲美酒一樣一口口咂著石榴汁，含在舌頭與上頜之間，慢慢順著嗓子滑下，每一瞬間的口味、溫度、甜酸、生澀，都在冬天陽光下變的舒緩安靜，如同流淌著的鋼琴曲。

在水果集市上，石榴汁是輔助石榴出現的。石榴有兩種味道，甜和酸，甜的不必說。酸石榴中含有澀的成分，但凡酸澀的石榴個個都紅豔照人，最是搶眼。比起石榴酒和石榴汁的妖嬈，石榴是明明白白清清楚楚的傻妞，水果攤一排看過去，最搶眼的是石榴，她們好像從來都不知道掩飾自己，沒有壓成汁後的驕傲，更沒有釀成酒後了優雅。她們不知道什麼叫含蓄，個個飽滿鼓脹，出奇地紅豔，在暴烈的陽光下，紅彤彤地閃耀在蒼黃漠土上。她們的籽兒比她們更扎眼，張著即將掉落的牙齒，喜不自禁地傻樂，多麼地質樸無華，多麼地發自內心。

而石榴籽一旦剝入碗中，情形全變了，紅澤晶亮，玲瓏剔透，簡直是貴族家的小姐。進了食客嘴裡，只有一點點的酸溜，使人很不過癮，她決不讓自己淪落地像顆葡萄，飽滿著大包的汁水，等著別人來吞咽。石榴籽要作出扭扭捏捏的態度，讓人們覺得她是專門為有耐心和毅力的人準備的。

秋天以後，有朋友從南疆為我捎來兩隻箱子，是葡萄酒的包裝盒，放在飲水機旁。冬天漸漸來臨，家裡暖氣燒的如火如荼，從雪地裡進屋，脫去大衣靴子、毛衣毛褲，差不多這個時候，屋裡會飄出一股股的酒香，先是淺淺的，似有似無，飄忽不定，似曾相識，後來，味道越來越密集，越來越濃厚，成了重重的濃郁，帶著度數的濃，帶著烈性的濃。

這使我驚訝，坐在餐桌旁細想，從廚房到櫥櫃到冰箱，想找出蛛絲馬跡。最後，眼睛停留在兩個紙箱上，細觀底部，有一道海水樣的濕影，立刻過去拆開來看個究竟。竟然不是酒，是一層紅豔的石榴，伸手下箱底，觸到了軟爛，取出上層石榴，看到了整箱的腐爛，呈灰褐和灰綠，還有薄薄的白。

石榴腐爛，發酵出醉人的酒香。我對這種味道並不陌生，還有著某種偏好。每至深秋，都要去南疆基地的果園，果園的果子沒人採摘，落滿一地，逐漸地腐爛，且年復一年。那種濃郁的香氣是被時間蓄積後發酵的，自然有著不一般的醇度。

石榴皮比較討厭，沒吃掉多少石榴粒，雙手已被浸染，像染指了隱諱的事物，以後幾天裡都清楚明白地寫在手上，有點要想人不知，除非已莫為的意思。曾經在庫車博物館看到牆壁上掛著的織物，圖紋精巧、古意盎然，織物色彩多為棕、棕紅、藏藍、黑，這些色彩都是從植物中提取的，而石榴汁和石榴皮就是其中之一。在蠟染、紮染和印染中，維吾爾先民選擇了後者，模具在一塊潔淨的麻布上蓋印，植物的顏色繪出不同風格的圖案，那些圖案競顯出對稱、規範、諧和美滿的格局，於我，那樣的風格便是伊斯蘭，伊斯蘭便是那樣的風格，雖然在伊斯蘭進駐新疆之前，印染之作就有了相當的造詣。

葡萄一族

我長著一個北方舌頭，味蕾敏感，能輕易嗅出有瑕疵的味道，比如我在木瓜和芒果中嗅出了柴油的味道，在榴槤中吃出了豬油的膩滑、豬腦的軟糯。在我的觀念裡，新疆水果口味適中，跟新疆人一樣，厚道、傳統，保守、略顯笨拙，不曲裡拐彎，甜和酸中略加些過度，只做調節，不做顛覆。

夏天以後，我的體內漲滿糖份，糖快速轉化，在短短的時間裡身體膨脹起來，西瓜、白杏、蟠桃、哈密瓜、蘋果、梨、石榴、無花果，還有剛剛放在唇齒間的一粒葡萄，一起聚會在這個時候，為我的身體召開著長達兩季的隆重宴會。

無法拒絕，可愛的水果們，競相開放在果盤裡。其中，葡萄上鏡率最高，在我看來，能夠為新疆做標識的水果，除了哈密瓜，葡萄也可以算為一種，當然，葡萄更具地域性，屬於吐魯番。

葡萄是我鍾愛的水果之一。葡萄的品種眾多，名字異常美麗，除了馬奶、玫瑰香、木納格外，還有無核白、百家干、和闐紅、喀什哈爾、粉紅太妃、梭梭、王中王、女人香、香妃，每一個名字裡都透著水滴清香。每年烏魯木齊街頭都會流行不同品種的葡萄，今年流行的是玻璃脆、黑加侖、木納格、提子、紅馬奶，而無核白是新疆不變的經典。

我才十八歲時喜歡一種叫馬奶子的葡萄。那是我第一次到烏魯木齊，天氣預報說首府最高氣溫三十度，最低二十一度時，首府兩字注滿了西域氣息，與此相似的還有，早晨十點上班，下午八點下班，夜晚十點多時太陽還不情願地斜在西邊天際，飯後散步街頭巷尾，正在收攤的瓜果車款款走過水泥路面，醉人的果香飄蕩在傍晚的空氣中，整個城市都要陷落了。

隔壁女孩和我坐在一張方桌前，中間是一盆從集市買回的馬奶子葡萄，葡萄上掛著剛剛沖洗過的水珠，青色透明，伸手探一顆，端著它的腰部，另一手溫柔地剝去皮，剝的動作輕微，青綠的半透明的衣裳落下的瞬間，一顆汁水欲滴的馬奶子葡萄如出水芙蓉，晶瑩潤澤。放進嘴裡，分離出核與果肉，一絲甜，一絲酸，一絲涼，這盛夏的傍晚，因為有了葡萄，人生頓時生出了生活的美意。

馬奶子葡萄是葡萄家族的精靈，無論從哪一方面講，都算得上完美。首先他的型，像一個成年人的拇指，跳出圓形葡萄的侷限，曲線流暢，掛在葡萄架上看，加重了欲滴的效果。其次，他的名字起的充滿了西域味道，內地的牛奶，被新疆人在奶後加了子字，喚做奶子，而馬奶子是名貴的奶，是個一叫就響亮，且不容易忘掉的名字，馬奶子葡萄，被新疆人叫出口的瞬間，它的獨一性、不可動搖性就確定了，由馬奶子和葡萄相互組合的水果不具模仿性，他至高無上的地位穩固扎實。還有他的色，是初春式的，淡綠、水澤、光潔，很年輕，年輕就顯得飽滿，飽滿卻不緊密；他的肉質是疏鬆的，放進嘴裡十分溫柔。最後，他的口感涼潤，不似無核白的喉甜，也不似所有有籽葡萄的酸澀，甜、酸、涼都恰到好處的一絲，所謂一絲，是微的意思，是可以慢慢積少成多，是不會一上來就將你胃口打翻，它給出人一段充足的時間，盡享一個傍晚的閒適。

玫瑰香葡萄是馬奶子葡萄之後的另一次流行。逐漸地，馬奶子葡萄被更新換代的新品種替代了，馬奶子葡萄變成歷史了。在馬奶子和玫瑰香之間的空檔裡，每遇葡萄，都要摘一粒品嚐，卻品嚐不出所以然，那些葡萄偏淡、酸澀，肉質水分都沒特點，外形也吸引不了人的眼球，直到遇見玫瑰香。有時候我想，我於葡萄是有戀愛情結的，尋找、專一、逝去、再尋找、再專一，其餘的日子裡，見面、相親、約會，卻難以碰撞出興致，摩擦不出火花，心情靜如止水，毫無波瀾。

玫瑰香是紫色的，黑紫，由淡綠到紫到黑，於植物或花朵而言是從稚嫩到成熟的過程。玫瑰香長得滴溜圓，馬奶子拇指長時期的求新求異已經過去，我的審美也已趨向人生的中年。玫瑰香有濃重的玫瑰花的味道，這時，單一已經不再滿足於我，我喜歡在一種味道中獵奇另一種味道，我已經不再單純，我懷疑地看著盤中的黑紫色葡萄，是的，是葡萄，一顆顆飽滿鼓脹著青春熱血的葡萄，它們是如此地對自己不滿，對過去不滿，逃進別人的盤底，沾染上別人的氣味，再來招惹我，而我居然成了它們的俘虜，我的味覺嗅覺觸覺以及各種感覺在葡萄與玫瑰花的聯手進攻下繳械了。那麼我，是多麼地可恥，多麼地貪婪，多麼地見異思遷，多麼地喜歡在一種事物身上榨出另一種事物的油水。

我一隻手端著一顆玫瑰香葡萄，像剝去馬奶子葡萄皮一樣地剝去它的皮，玫瑰香的果肉與馬奶子果肉一樣，碧綠透明，依然地綠水欲滴。我將它放進唇齒，與吃一個馬奶子葡萄一樣，漫不經心地在口中分離出兩粒或三粒核，吐出來。這是一段悠閒的時光，窗外陽光直端端照進屋裡，在地板上托出明暗陰影，時間悄聲慢走，光線輕微移動。這是我的下午茶。

烏魯木齊人大多喜食的是無核白和掛霜葡萄。無核白大逾蠶豆，滴溜珠圓，色在碧白綠之間，寶光晶瑩，與玉無辨。這是清人肖雄的描述，只看這字字珠璣，就能想像出無核葡萄的甘之如飴來。平日裡，我是不吃這種葡萄的，不是不喜歡，是因了無核的緣故，但凡到說到食上，總被那些能夠將美味延續的食物打動，剝皮、在口齒中分離果核和果肉，吐皮，吮汁，一道道程序走完，才體驗出果子的滋味。這類按步驟吃食，以時間的流失體味食物清芬的程序，使我陶醉。無核葡萄無籽，省略了諸多環節，毫無程序可走。葡萄籽缺失，即缺失了咀嚼，於我，是缺失了一種體驗，那體驗本是我在乎的部分。

秋寒打過的葡萄渾身掛著白霜，甘甜醇香。近些年，南疆阿圖什有種木納格葡萄，維吾爾語是晶瑩剔透的意思，也叫冬葡萄、戈壁葡萄。木納格渾身掛著白霜，粒大，皮薄，肉質緊密，流行於烏魯木齊。掛了霜的葡萄，過濾掉了濕氣熱氣，濃縮了葡萄原有的汁水，這個季節去買葡萄，要比往日多買，可以儲存至冬季。它不壞、不變質、不腐爛，它是慢慢地濃縮，慢慢地萎縮的。

葡萄有一包一包的水，飽滿鼓脹著，聚集在一個個小世界裡，等待著擠壓，刺破，碧水橫流，滿口汁液。在水果的家族中，葡萄以他的小我，呈現出了一個季節的大我，那個季節是秋，秋的滿盈、豐碩，關不住的收穫被一枚小小的葡萄體現著。

吐魯番有天底下最極品的葡萄，夏季漫長，日照時間長，溫度高，晝夜溫差大，降水少，這些地方特色造就了高品質的葡萄。而種植葡萄最糾結的是，眾多的葡萄不易儲存，聰明的吐魯番先人為葡萄想出兩個辦法。先是晾曬成葡萄乾，乾燥的風和乾燥的空氣在吐魯番的山坡和高地上快速吸去葡萄的水分，保留下糖分。葡萄乾是葡萄的另一種表達，是新疆乾果的品牌代言。鏤空的葡萄晾房是一個慢性殺手，將一包包葡萄皮下充盈的水份吸乾，葡萄成乾，精瘦乾癟、色澤陳舊，但，因了這種過濾，剩下的沒有揮發的糖粉凝聚起來了，那種濃縮堪稱精華，是不會丟失的。葡萄乾是新疆的縮影，惡劣的自然將充盈的水分一點點濾掉、濾乾，像抽空靈魂一樣地將滋潤、溫存、柔軟從新疆的土地上抽去、扔掉、隨風而逝，但同時，新疆也像一粒失去水分的葡萄，乾癟的葡萄乾中有意想不到的醉人的甜度。這個過程，是對新疆歷史文化的一種恰當比喻。

另一個儲存的方法是，將葡萄攪碎發酵，釀造成醇香甘露。新疆有兩個葡萄酒基地，一個是吐魯番，一個是石河子。吐魯番產葡萄酒是天經地義的事情，釀造葡萄酒最好的葡萄是糖度高，酸度相對較低的，吐魯番有世界上甜度最高的葡萄，但是，吐魯番葡萄酒卻比不過葡萄出名，全國走一遭，沒有一地葡萄敢與吐魯番媲美，但葡萄釀出的酒，卻不敢自稱美名，據說，上世紀中後期，吐魯番有火焰山和紅柳幾個作坊式的葡萄酒小廠，產品不多，品質極佳，但後來火焰山和紅柳走了下坡路，緣由不一，其中，各種低廉假冒充斥市場是擊垮他們的重要的原因。而就其歷史來算，吐魯番釀造葡萄酒源遠流長，適於釀造具有西域特色的高檔甜型的葡萄酒。

世界上釀造葡萄酒最好的地方在北緯四十度上下，比如歐洲在地中海周圍。中國的葡萄酒基地，大多也在這個位置上下，石河子就位於這一區域，氣候溫和，降水適中，土壤富含礦物質，無污染，是優質葡萄酒的綠色釀製基地。烏魯木齊紅山附近的《新疆日報》辦公大樓上懸掛著巨幅新天國際的看板，正對著友好路，張曼玉手持晶瑩剔透的酒杯，每每經過這裡，浪漫溫情的廣告都會將人心輕輕一敲。

秋天的時候，我家姨夫騎著自行車去農莊，買回大箱生澀青碧的釀酒葡萄，清洗一番，瀝乾水分，用攪碎機攪成肉醬狀，過濾，裝進大容器中發酵，發酵時要儲在地下室，恆溫陰暗的地方酒才能悄悄地生長，再取出時，已是醇香悠遠了。春節我們去石河子，姨夫領著我們去他的地下室，十多平方米的暗室，一盞昏黃小燈發出幽暗的光亮，在天寒地凍的季節裡，地下室溫潤如春，釀酒的桶、盆、攪拌機等工具一應俱全，我對這類家庭式的手工釀造作坊嚮往已久，在我的夢想中，那是一塊屬於自己的地域，任由心性發揮的天堂，而釀酒師，是一種多麼懂得生活的職業。

清蕭雄有《瓜果》詩：「蒼藤蔓架覆簷前，滿綴明珠絡索圓。」農家小院的葡萄架，綴滿蠶豆大小的珠玉。在那樣的秋天裡，以色列詩人紀伯侖也說：「你在果園裡摘葡萄摘久的時候，心裡說，我也是一座葡萄園，我的果實也要摘下榨酒，和新酒一般，我也要被收存在永生的杯裡。」

青澀杏兒

結婚以後，每至週末都要乘坐公共汽車從城北穿越市區到城南老人家中。一日進家門，見婆婆正在廚房忙碌，一口大鐵鍋，被時間燒煮成老舊色，鍋下是青磚砌起的土爐，上面架著煤氣灶。鍋裡盛水，燒開，放進攪成糊的玉米麵，瞬間，鍋面上氾濫出鮮亮的黃，濃郁的糧食的香氣騰騰升起。飯食的芳香是人間最美意的味道。

剛從樹上摘下的未成熟的庫車小白杏，像羚羊的眼珠，一個個精靈古怪、青亮光滑，又生硬硬地不解風情。它們被摘下，從庫車捎帶回烏魯木齊，盛在一個小盆裡。比它更光亮的刀放在它身上，輕輕一剖，青杏成了兩瓣，脆爽的截面躺在案板上，接著它們被一瓣瓣扔進鐵鍋裡，與玉米糊摻和在一起，被一隻大勺子不停地攪動，在慢火的煉獄中熬煮。

玉米和杏的清新溢滿廚房。清新使人想起稚嫩的青春、懵懂的青春。青春也是有區別的，鵝黃、嫩綠、翠綠、稠綠、墨綠都是青春的顏色，卻有著不同的內容，鵝黃與墨綠在青春的坐標系中是兩列相去甚遠的列車，剛剛出發和即將達到有著不同的意義，被賦予著不同的價值。眼前的玉米和青杏熬煮的清香是鵝黃色的，是青春的初期，初期的青春的滋味正在召喚我的味蕾，請它慢慢張開，真心迎接。

端起小碗，就像端起了一碗春天。我試著用筷子夾起半瓣杏，杏的周身掛滿淡黃色玉米糊，送進口中，置上下齒之間，等著咀嚼。那一刻，我突然停頓，肯定是意識到了什麼、預感到了什麼，人所懼怕的，不單單是野獸、黑夜、地震、洪水、迎面開來的火車，墜落的天花板，不單單是那些可以致命的事物，許多微小的、不起眼的陌生，同樣會使人神經緊張。我一定是緊張了，肌肉、血液、笑容都停止了。然後雙眼一閉，豁了出去，像一次蹦級，全部交給命運處置了。

我聽到了自己怪異的吸溜聲，頓時啞了下去，一絲絲地從杏中抽出的青澀凝成一股暗流溢滿兩腮，衝上雙眼，逼出淚花，又倏地竄進了頭皮。烈性的不能饒恕的酸澀，這就是所謂的青澀嗎，青澀是青春中的一種滋味，青春的不同階段會有不同的青澀滋味。此刻，論及青澀，蘋果、桃、李、柿都比不過杏，杏的青澀是尖酸、生澀，微苦和不知所措，是每個人在某一段年齡中必經的過程。

酸澀不依不饒，楞楞地給別人下不來台，這絕不是鵝黃的青澀，鵝黃青澀的主色調是膽怯和害羞，它應該是嫩綠的、翠綠的青澀，是膽怯之後莽撞又固執的青澀。回想自己的青春往事，類似於青澀的經驗比比皆是，數不勝數，但又難以說出口，全是些尷尬狼狽的秘密。

比如，我在中學校園學騎車。用的是紅旗牌二八型自行車，有前樑，上車時一腳踩腳蹬，另一隻腳尖繃直，腿像燕子一樣飛起來，繞過座位，屁股才能安穩坐下。但我不敢乍起翅膀，只學會了保險式的上車法，即從前面掏出腿越過橫樑，坐到位置上。這樣的上車方法練習三天後，我便上路了，從學校大門口出來，橫穿公路，正對面迎來一輛吉普車。看到車的瞬間，我的手把哆嗦了幾下，車便躺倒在了地上。我是被嚇倒的。吉普車在我身邊嘎地剎車。我抬頭環顧左右，滿是驚訝的眼睛。我的行為看上去很像故意，騙錢、勒索，或者敲詐。這一想法掠過大腦時，我羞愧難當，好像天都塌了下來，死的心都有了。

激烈，是青澀反映的一個特點，不丁點的事兒，在青澀的年齡都會生出極端的想法，哪怕是一次簡單的交通誤會，都會有無臉見人，甚至有活不下去的決心。

杏過了青春期，漸漸豐滿，準備開花。杏與桃一樣，從花到果都是尤物。都與女人有瓜葛，桃、杏開花，比桃、杏本身要知名。桃花運是遇見了心儀的女人，紅杏出牆是自己的女人進了別家的院子，像損失了一生的財產。杏花比桃花稍早一步盛開，也比桃花更素些，多虧是趕了個早，否則是要被桃花攀比下去的，杏花雖也是鋪天蓋地，卻不及桃花的火豔妖嬈，桃花是內外都不靜的女人，既鬧又豔，豔到妖氣浮出。杏花要優雅一些，繁重的方面也不輸桃花，色彩經得起細觀，不像桃花，眼睛會疲勞，傷身傷心。杏花多為白色，有胭脂點點，道白非真白，言紅不若紅。那紅是點上去的，是水墨圖中的效果，最後的運筆在點，點睛之筆，全是神來。

杏花盛開的季節往郊外去，鄉間田野裡看杏花，粉白一片，大地添了新的色彩，有了新的活力。元時有個閒閒老人叫趙秉文，寫了一篇〈青杏兒〉。

風雨替花愁。
風雨罷，花也應休。
勸君莫惜花前醉，今年花謝，明年花謝，白了人頭。
乘興兩三甌。
揀溪山好處追遊。
但教有酒身無事，有花也好，無花也好，選甚春秋。

花逝本是傷情的事，傷情才替花發愁，風雨中，花期已過，年年如此，花開花謝，白了少年頭，春天的凋零傷感的很，遲暮，物哀，傷春。但畢竟是經過蹉跎的老人家，筆鋒一轉，乘興滿上兩三盞酒，選了溪水長流的地方，有花也罷，無花也罷，通篇甩開了杏與杏花，只說春光乍逝，該很好珍惜才是，有花無花，心裡裝著春天就好。

這老人家很正派，不像李笠翁那老頭兒，一上來便是杏之風流韻事。近日讀李笠翁《閒情偶寄》，他說，是樹性喜淫者，莫過於杏，予嘗名為「風流樹」。在李笠翁眼裡，杏比桃的風流有過之無不及。又說，若種的杏不結果實，用處女常穿的裙子繫在樹上，便可結出果實。還說他最初也不信，但他試過，一試，果然靈驗。於是慨歎：竟有這等與人有一拼的好色之樹。好一棵風流樹。

文字到此並無不恰當，但他試的過程不可細推，細推一番，則覺出這老先生好不正經，為求得一字風流，竟去找來處女的裙子，又攀上樹幹將其繫於樹上。那暗地裡的心思、四下裡找裙子的偷偷摸摸，以及攀樹繫裙後的偷窺、下樹時的慌張，將那心理的活動和行為一一做個動態還原，放置到真男兒和陽光下，簡直是一幅光明與猥瑣的對照圖。

事情到此並未結束。他還有言論要表，繫了裙子的杏樹被感動，結出果子，感情能打動植物，何況人呢？杏樹結果之所以一定要繫上處女的裙子，是因為感情貴在專一，已婚女子的感情有所分散而不再集中了。他不知道此言一出，世上的已婚女子會罵他個狗血噴頭。誰說已婚女人感情有所分散，即使真的分散了，也是當事者私下裡的心知肚明，用不著你來挑明示眾。

李笠翁繼續說，這方法既然用在杏樹上靈驗，也就可以推而廣之，凡是不結果的樹木，都給他繫上處女的裙子，因為，世間貪慕女色而愛慕處女，可以被情感所感動的，難道只一種杏樹而已？想想，給不結果的樹們全部繫上處女的紅裙，跟給全天下的男人都打了雞血有何不同。

但凡事物，都有正反兩個方面。話說回來，雖說遭了女人罵，也是情趣使然，並非公堂對證，李笠翁那老頭兒本就是個雅俗共賞的人，即可高山流水，撫琴弄雅，又可飲食男女，情色人間。他本就是個上廳堂下廚房的主兒，是活出情趣的人，寫些風情的段子，招致罵聲，於他，也是會心一笑，情願之事。

論及天下的杏，庫車白杏是要記上一筆的。細小、光亮、淡綠或淡黃。在新疆待久了，口味也跟著挑剔起來，平日裡吃杏，惟獨庫車白杏，其他的，面色再好也不輕易去碰。往往是有人從庫車帶回杏，盛一小盆，抱在懷中，盤腿坐在沙發上，邊看電視邊往嘴裡送杏。新疆人吃杏多半這樣，一口一包甜蜜，一次咽下一盆。

桃之夭夭

胡蘭成寫《桃花》，一上來就是桃花難畫，因要畫得它靜。後來又說，桃花是春事爛漫到難收難管。既爛漫，又難收難管，那桃花確實鬧得厲害。桃花本就是春天裡最鬧的花，怎能將它畫的安靜。真要畫得安靜了，那才是一種別樣的清新。有一種人，是可以達到鬧中取靜的境界。胡蘭成要的就是那種效果。但是，通常情況下，桃花是靜不下來的，文學作品中的桃花與女色相輔相成，這樣才能編出跌宕起伏的文學效果，《桃花扇》、《桃花影》、《桃花豔史》無不與情色有關。《本事詩》中有青年才子崔護，在桃樹下遇見一位妙齡女子，第二年鬼使神差，又到了這裡，可桃花依舊，人是已非，於是寫下「去年今日此門中，人面桃花相映紅，人面不知何處去，桃花依舊笑春風」。

早先讀桃之夭夭，灼灼其華。以為夭同妖，覺得拿妖說桃再合適不過。妖不能說蘋果，蘋果豐滿，像唐朝仕女，雍容華貴，豐腴肥美，卻中正不妖。妖也不能如梨，梨的線條像中年男人，遲鈍笨拙，臉面坑凹不平，生了痤瘡似的。再換了橘之夭夭，更是不行了，橘色是寓言或童話式的，橘色橙色都是童年的顏色，說得是金色童年的事情，另一方面，橘又滿懷滄桑，針孔樣的橘皮密集著如臉上的毛孔，似乎藏滿黑頭，哪能擔當起妖字。換了杏之妖，也不妥當，袖珍的杏，是豎立不起來的，同類的如櫻桃、草莓、桑葚，都是小家中的碧玉，用得起可愛，卻擔不起成熟的美豔，美是個略大的概念，更高一籌。

作為果子的桃，才夠得上妖字，從桃尖往下，不唐突也不生硬，好看的流型線條，勾劃出適中的弧度，色彩也曼妙，從嫩嫩的粉，到豔麗的粉，再到快要著火前的粉，有本書名叫《桃花燒》，以燒解桃花的背景，恰如其分。字典中直接借用桃字，叫桃紅，桃紅是老練的女孩，老練的女孩是女人，後來又演繹出了桃色，稱桃色新聞，是一個男人不檢點的行為被公示。而妖字，分明是桃贈給熟透女人的第一頭銜。

其實，對妖的定位一直存有紛爭。擱在當下，妖是眉眼高挑，塗脂抹粉，是引起異性關注的強烈表達。妖與精屬同類，精是妖的更高層次，擁有妖的女人都在努力修煉，渴望成精。狐狸精、兔精、蛇精，除了難以抵禦的美貌外，還格外地忠貞、善良，捨得以自己的性命換取對方的生命，但是，既高尚又大義的愛情放到我們那一代人眼中，則全然不同，人與妖精搭腔，必定是受了蠱惑，中了邪毒，那妖會吸附於人，將人啃噬乾淨。有人將妖精的淫威恐怖一股腦灌注到了我們的大腦，初始元兇是香港影片《畫皮》，朱虹美麗漂亮，是大陸演員無法比擬的，但她不是人，是嗜血妖孽，看罷電影，「美麗是有毒的」成為一句忠告，在我們的觀念中生根發芽，這是我們的前輩們告訴我們的道理，因了這類告訴，我們這代人一狹隘就是幾十年、半輩子。如今我們的子女已經有了新的認識，他們對世界變得寬容、接受、理解，他們為漂亮的妖裝飾了善良，為美麗妖賦予了高尚。

睡前，舉著《詩經》翻讀一陣，睡後書平攤在枕邊。那一夜，便會沉浸於上古時期的某一時段，那種感覺很原生態。細讀桃之夭夭，灼灼其華，此處的夭並不與妖同等，這裡的夭夭是繁茂的意思。錢鍾書《管錐篇》中說夭夭是花笑，李商隱的《即目》中有夭桃唯是笑，舞蝶不空飛。用花笑貼切了許多，是那種被陽光照耀著的美麗。

翠綠繁茂的桃樹，桃花開的燦爛，正要出嫁的姑娘，去了後定會使那個家庭和順美滿。與《詩經》中其他女子相比，桃之夭夭的女子是好人家的好女子，端莊賢淑，雖不如窈窕淑女，君子好逑中的宛若楊柳，不如所謂伊人，在水一方的衣袂翻飛，嫋嫋婷婷，但卻端莊淑德，賢良溫存。

一首祝福的桃之夭夭，引來多種曲解，實在是這四個字用得太不普通，使人產生了歧義。讀了釋義，恍然一下，對自己掩面一笑，常常，我會生出一些非分之想，亂點鴛鴦，東拉西扯一番，而妖與夭的辯解也大都是文人們無事生非出的種種橋段罷了。如此再說桃花之妖，簡直是誤解，好在這世上的事多有誤解，書有誤解，曲有誤唱，連人生都會誤入歧途，誤解也是可以被諒解的，去偽求真，才是正道。

在桃之夭夭的生活版本中，最為突出的該是春秋時期的息媯。唐詩人王維在一次飲宴中談到息媯，有人向他索詩，王維轉瞬念出「看花滿眼淚，不共楚王言」。詩中所贊的息媯容貌絕代，目如秋水，面若桃花，被喚做桃花夫人，桃花夫人好顏色，好到了一傾城兮再傾國的程度。

息嬀出生在陳國，嫁給了息國息侯。楚王愛色，全不顧念朋友息侯之情，發兵將息夫人搶了去。又將息侯安置在汝水，息侯悲極而死，息國滅亡。息夫人時刻懷念故國忘夫，三年不語。楚王問息夫人緣由，息夫人說，身為婦人而事二夫，不能守節而死，又有何面目與人談話呢。

息夫人終而自盡。有一種說法是她乘楚王外出，跑到宮外，與息侯見面，兩人約定同生共死，自殺殉情，鮮血漸紅了土地，後人在濺血之地遍插桃花，紀念桃花夫人息嬀。曹雪芹也曾慨歎過，千古艱難唯一死，傷心豈獨息夫人。

更為決絕的是《詩經》中的《王風・大車》，轂則異室，死則同穴。兩千六百多年前的愛情誓言，將話說絕了，說滿了，說徹底了，既然活著不能與你相依，那死了也要和你葬在一起，以太陽為證。謂予不信，有如皎日。楚王終究是被感動了，將息夫人與息侯合葬一處。

桃花夫人的花容月貌，妖嬈風韻，嫁於人妻端莊淑德、賢良溫存，是桃之夭夭的夭，隨著劇情的變化，有了剛烈堅毅，以死踐行忠誠的品德，這才是桃之夭夭更深層面的表達。

當我見到土桃的一瞬間，對桃及桃花千百年裡修得的妖豔之氣徹底地否定了。那是在南疆的陽霞鎮，陽霞位於庫爾勒與輪台之間，是個大鄉鎮，路邊白楊樹下擺滿果攤，乾果和水果，土桃是其中之一，土桃大若核桃，蒙著一層薄綠胎毛，臉面溜著桃膠，半凝固著，像鄉下小孩子沾了土灰的青鼻涕，全無姿色可言，更談不上妖豔。論說歷史，這果子不比任何一個市面上的水果年輕，且沒有變異，是同根同宗祖祖輩輩延續下來的，多數人從來不知，水果家族還有這麼個角色，躲在不為人知的邊地。或許正是這份遠離，才有了一支世代不變的桃子保持著祖制，延續著桃的種族，集市裡水靈光鮮的桃子們是他的子孫，是土桃的變異。

土桃貌似青澀，掰開，裡面汪著甘甜，放進嘴裡，更是水大汁蜜，有濃郁的桃味，才覺出這麼多年熱愛的桃子，水蜜桃也罷、蟠桃也罷，都是走了樣的甜、單一的甜、甜而無味的甜，而土桃充滿著植物的清芬，一股股被陽光照射過的味道、被雪水澆灌後的味道、被空氣滲透進去的味道，甚至是濃厚的泥土的味道，這樣的桃，汁水，果肉都濃郁到了純正，是從童年到少年到青年再走到盛年的味道。

城市的果盤裡看不到土桃，城市人看重相貌，青春少女細絨毛的桃面，是很惹人的，輕輕扎你，卻不疼癢，且持續時間長，總是提醒你，別忘了桃子，別忘了桃子，這樣桃才具備了優勢的。雖然，土桃的果肉是不折不扣的完美，卻還是登不了大雅之堂，出了南疆，便沒了市場。即便是在烏魯木齊的街市，都難以找到土桃攤子，偶爾在即將關閉的菜市場前見到土桃，委屈在角落裡無人問津，我蹲在地上挑揀，老闆生出感慨，這桃子蜜一樣甜，吃了絕不後悔，但過往的人沒有願意嘗試一口，沒人相信一張貌若加西莫多的臉上會生出一幅漂亮的心靈，被妖字洗過腦的人們依舊固執，堅守著初衷。

第二輯

生食澀味

陌生烤肉

羊是有辯證法的，百斤之軀，宰割之後，只得一半，待到煮熟，僅剩二五，這種折損，令人心疼，明明一隻活蹦亂跳的壯年羊，幾經折騰，端上餐桌，只小小的一盆。另一面，羊肉又最易飽食，吃時沒太多感覺，越吃越香，停箸推碗後，一陣飽漲感在胃裡湧動，進了人身體的羊肉逐漸膨脹，像河道裡的淤泥，堵塞在腸胃的每一寸角落，往後的兩三頓裡，全無饑餓感，似乎正對應了新疆人的熱情，不斷增溫加碼，冷靜的人、謙虛的人、孤僻的人、獨立意識強烈的人面對這類的熱情都難以擔待，沒法消受。

賣烤肉的人在羊肉串上撒下辣椒、鹽、孜然，左右手各握四五串，上下翻兩個身，相互沾染調料。數分鐘後，羊油掉進碳爐，木炭發出油火相遇的滋啦聲，火苗竄起，又熄滅，木炭與羊油混合的白煙一股股騰起，追著人的鼻孔，有人嗅著這羶焦的氣味，骨頭都要酥掉了。

油亮、微辣，外焦裡嫩，據說，好吃的不得了。新疆羊肉串好吃的理由是，羊的品質極優，新疆大多地方土地鹹性強，羊吃了鹽碱地長出的草，肉質才鮮嫩不羶，依照這一規律，從東北、內蒙古、甘肅、寧夏、到新疆，植物由喬木而灌木，由灌木到高草，由高草而低草，由低草到零星草灘，最後到戈壁石縫，越往西走土質越貧瘠，鹽鹼越深重，吃了深重鹽碱地的青草，新疆羊來了個脫胎換骨。我周圍的人說，新疆羊中塔河羊是最為鮮美的，塔河羊是生長在塔里木河畔，喝塔河水、吃塔河草長大的，在新疆大有名氣。

離開三一四國道垂直南行，就能遇見塔里木河，那是中國最大的一條內陸河，想橫穿塔克拉瑪干大沙漠的人要先行跨過塔里木河，過往塔里木大橋的人在橋邊聚集，路邊的小飯館跟著熱火起來，飯館前有維吾爾人架起了烤爐，小巴郎舉著碩大的肉串在爐上燒烤，與別處不同的是，這兒烤肉不是單純的羊肉，而是垛成塊狀的小羊排，穿肉串的釬子也不似其他地方的鐵釬，而是用沙漠紅柳枝削成的比筷子還粗的木扡。紅柳木扡將羊排一塊塊串起，放在烤爐上，爐內木炭燒的通紅，如此炙烤出的肉串散發著濃郁的木香味。

對於烤肉的製作方法，只能平鋪直敘，其中的遺露是我不能自覺認識的，不會吃羊肉的人自然也不會做羊肉。而我深信，食物中那些特別之處是事出有因的，全在不起眼的忽略之處，所謂秘訣，就是在別人不在意的瞬間做下手腳，火候高一點、矮一點，炒鍋掂一下、翻三下，調料是先放還是後放，通曉這些秘密的人，烹出的菜肴才獨到。菜譜是不可靠也不管用的技巧，照那個學習，淪入了平常，還限制了想像，若是霸道一方的習武人揀來練，無異於斷了氣脈。

塔里木河邊的烤肉有巧妙之處，獨到之方，至於巧妙於哪一處，獨到於哪一點，會吃的人總結出一二三在席間交流，而我，很享受那種經驗碰撞飛揚的時刻，一些知識，一點點往腦子裡灌，灌著灌著，某一刻，滿了、溢了、飛躍了、頓悟了，我羨慕地看著會吃會做且會想的人，都是琢磨出門路，感悟出大道的人。

我自幼不食羊肉，至於緣由，常被問起，將與羊肉有關的事例通想一遍，如電影重播，從默片時代到彩色時期，竟然是沒有找到吃羊肉的經歷。小時候家裡做羊肉，母親上班之前在爐子上放鋼精鍋，裡面盛水，下羊肉和米，在母親的食譜裡那叫羊肉稀飯，是冬季溫潤補品。放學回家，開鎖推門，滿屋蒸騰的羊味撲面襲來，進屋，出屋，低頭一聞，人像從圈裡拽出的羊，幾乎要被自己薰倒。那樣的羊肉稀飯我咽不下去，以後的羊肉也一概不理會。

相信常人對口味的論調，人的口味是在三歲前形成的，像語言，首先聽到的說出的，是母語，吃食也一樣，先入為主的飲食將伴隨一生，而那些後來者，會被莫名拒絕，沒有理由，僅是習慣。不習慣的，便不吃，不動筷子，因為不習慣，這世上有多少的美食與自己交臂而錯，算是遺憾；但換種想法，不清楚失去的是什麼，也算是沒有失去，對自己無所意義的事物，存在與否也是無所謂的。常有人狠著口氣說我，不吃，是沒餓著。那意思是，不吃，是心理作怪。每遇此，我只有沉默，在新疆這塊熱土上，不吃羊肉，已屬矯情，再辯解，豈不成了撒嬌。

好多次，正在左右開弓往嘴裡塞烤肉的人，對我搖頭嘖嘖說，人生遺憾，人生一大遺憾。我笑，也在心裡回應，從未得到的東西，何來失去，無所謂失去。拒絕羊肉，就像拒絕那些陌生人，好比某一個月臺，兩個等車無聊的陌生人相互問話，去哪裡？烏魯木齊。你呢？喀什。然後彼此點頭，相視片刻，眼光默然，所有的都結束了，各自想著各自的心事，以沉默打發其他的時間。然後上車，下車，從此不再見面，即便再見面，也憶不起曾經謀面，就是那種拒絕，沒什麼反感也沒什麼熱情，平淡無奇，羊肉進入不到我的飲食鏈條，我不接收它任何一絲資訊，孜然的、燒烤的、手抓的、大鍋裡水煮的、拉麵上漂浮的，我都不接收，都視而不見地繞過去。

有一年，路過塔里木鄉，塔里木鄉坐落在塔里木河邊緣茂密的灌木叢中，鄉里有條街面，高音喇叭正播報著維吾爾新聞，我們進了街面上最大的飯館，是一間簡易房屋，牆壁塗成嬌嫩的粉色，在沙漠邊緣，這種顏色像個從良後的風塵女子，莫名其妙地杵在路邊。飯館門前掛著一隻羊的骷髏，肉身被劫掠，剩下森森白骨，如同剛被白蟻橫掃過的戰場，與嫩粉的牆壁一起暴曬在南疆八月的烈日下。

有人遞來一串烤肉，建議我挑戰一次自己的舌頭。這是一串比烏魯木齊烤肉至少大一倍的肉串，中間夾著兩塊肥油，放鼻下嗅，草木煙燻，火燒火燎，有山野古樸的氣味。小嚐一口，不膻，再嚐一口，的確不膻，除去兩塊肥油，花了不算短的時間消滅了它們。

在此之前，我還有過生吞羊肉的經歷。剛工作那會兒，跟著一個女前輩在大漠裡轉，車只要一垂直於三一四國道，我就沒了方向感，大漠中的車是自由精靈，沒有東南西北的方向，它們的方向只有一個，前方的目的地，在自己與目的地之間畫一條直線，連接起來的路就是方向，車朝著每一個工地進發，左突右奔，一些新開闢的目的地沒有路，石子撒過的路已經很奢華了，我們車從公路下路基，在石子路上奔波一陣後，下到了荒土中，在荒土中行進，眼光四處眺望，見到前方有機器，斷定是目的地了。

看是近，那是遠，像大海行舟，要使出耐心，一點點接近，再接近。一排乾打壘房屋逐漸變得清晰。天，黯淡下來，我們的中午飯還沒吃。工地人憐惜我們，喊了廚師快快端上飯來。很快，廚師笑盈著，端上一個臉盤，盛裝了一盆湯麵條，白花花的羊肉浮在麵條上，番茄給麵條帶來點豔麗色彩。

自幼不食羊肉，這個話我雖已說過多遍，無論是信仰問題，還是口味問題，都不能引起人們注意。在新疆不食羊肉等於人不會吃飯，我端著滿滿一碗羊肉麵條，再次強調不食羊肉。這次，我的話觸動了女前輩，她一貫待我和顏悅色，此刻臉呼啦一下變了色，壓低憤怒，厲聲道：吃了。

我的嬌氣是她所不容許的，特別是在這種艱苦的野外，跑了一天路程下來誰還有資格嬌氣。被呵斥後，我十分委屈地將一塊羊肉塞進嘴裡，先將口腔打開，到最大限度，將羊肉塞進嘴裡，避免碰觸到太多地方，儘量關閉所有味蕾開關，生吞一口，我聽到了羊肉咕咚下去的聲音，從放大的喉嚨處下滑到胃裡，那裡是沒有味覺的地方，我對那裡感到由衷地放心。依照如此方法，我將一碗麵條和羊肉放進了身體。我的身體變得暖洋洋的，沒有任何不適感。

此刻，在塔里木鄉，一個維吾爾人聚集的地方，我破除了自己的禁忌。不是生吞，而是從一串紅柳釺子上撕下一塊肉，咀嚼到嘴角生油，細細地咽進肚子。

既然已破戒，就再來一串吧。有人建議我。瞬間，我意識到，這一時間這一地點對我是有意義的。打破心理的自我約定，也是破了戒律，如同戀人之間撕毀了婚約，父子之間斷絕了關係，破戒這兩個字是莊重的，具有歷史轉折的重大意義。

出小飯館時，那只被刮出白骨的羊骷髏依舊掛在那裡，透徹、乾淨、赤裸裸地，與它擦身而過，舌頭舔舔嘴唇，羊油遇冷，是厚重的膩，像品質不高的口紅。腦子裡重播一遍剛才破戒的事兒，好像沒堅守住貞操，又失落地想，這世上的事，怕就怕第一次，有了第一次之後，人不是提升了，就是墮落了。

那次開戒時，對身邊正在啃噬羊骨的人說，從此與羊和解了，對它不陌生了，熟悉了。我以為是這樣的，但是，後來的實踐證明，習慣很頑固，難以更改，回到烏魯木齊後，我又開始抵觸那些腥膻的氣味，拒絕不是一時一事，是長久的，永遠的，開戒並不意味著打開殺戒，意味著熱愛和忘我。我的開戒更像是作秀，一場風花雪月的邂逅。之後又天各一方。

昔日重來，對一種特別氣味的嚴謹和保守，在我，是一生一世的事情。

饢

吐魯番阿斯塔娜墓出土過幾個風乾的饢，被印在教科書上，類似於現在滿大街維吾爾人叫賣的饢。上千年歷史變遷，風雲轉換，饢保持著自己的原生態，一如既往，體現著物質恆定不變的原則。我一向傾心於這類有生命質感的傳統，特別是人到中年，對過去事物的認同越發強烈，對夢回故里、懷舊、追思一類的心理活動越發看重，偶爾也膽怯，對正在固化的心境擔憂一陣，就像那些懷念的秋天，在飽滿的果實中，嗅到的竟是一道陰鬱的暗光。

我是吃燒餅鍋盔長大的，初到新疆時，心理不接受饢，不習慣饢的發音，鼻音太重，像在潤滑油裡灑了一把爐灰，乾澀地帶動不起軸承；不喜歡饢表面印製的花紋，如同尖利器物扎在肌膚上，陣陣疼痛；討厭沾在饢餅背後的爐渣，像美女臉上冒出的痘瘡，我甚至想像到了裡面的膿，黃色稠狀物，這些不良想像，破壞了我對饢的熱情。

然後，我懷孕了，胃裡像揣著一把秋日的麥稈，直愣愣戳痛了胃壁，我想折斷它們，截去棱角，再壓上一塊石板，將它們壓成草漿。想這事時，我正穿著藍底碎花闊裙，挺著醜陋而驕傲的肚子，趿拉著紅色塑膠拖鞋，穿過馬路，去醫院接受每月一次的產前體檢。

醫院旁邊有家打饢店，打饢人正探下身體去饢坑取出烤熟的饢，一股濃香竄出，是新磨的小麥的香氣，直勾勾衝上來，舌頭上的味蕾如雨後小花，清風掠過，瞬間全部盛開。饢，我發出了饢的聲音，陌生晦澀，從狹窄的嗓子裡擠出，音道是不規則的鋸齒，將饢字割裂，變成無數碎片，紛紛跌落。打饢人停下手裡活計，看我，一臉疑慮，深陷的大眼珠正在問，是不是要買饢。

我用一元錢交換了一個熱騰騰的饢。捧著饢，撕一塊塞進嘴裡大口咀嚼，急切地想，我是魚缸裡極度缺氧的魚，正在被放回大海。

我的食道清晰可見，肉色，環狀，有彈性，饢既酥脆又柔韌，有棱有角滑過暗色食道，抵達胃部，重重壓在麥稈上，枝椏的雜草被漸漸修剪整齊。那段時間，饢字被我頻繁叫出，漸漸地，饢表面的花紋不再令我疼痛，它們變成了一個個正在跳舞的阿拉伯文字，驚豔迷人，我凝視它們，揣摩著它們的實際意義，妄圖找到某種玄機，打開某扇神秘大門。我用食指摳掉饢背後的爐渣，不假思索地塞進嘴裡，填滿口腔。書上說，女人懷孕後，會有新生。這個新生大概說的是背叛，徹頭徹尾地，毫無理由地，不講道理地，否定過去，顛覆從前。

饢對維吾爾人來說是生活本身，一日三餐，不吃它就直不起腰板。傳統饢的打制很樸素，以水和麵，牛奶芝麻之類的奢侈物全都省去，代以簡單的孜然和皮牙子沫。傳統饢吃起來有韌勁，是新疆一季麥特有的韌，它們早在生長初期就被陽光提取了純度，如同釀製的老酒，是新疆特有的度數，因此，用新疆麵粉打製出的饢，放進嘴裡要反覆咀嚼，能嚼出回甜，嚼出陽光、雨水、風和時間對麥子所下的功夫。

在傳統饢中加進新的元素，饢脫離了原有狀況，這叫創意饢。維吾爾人先是註冊了商標，新疆第一家註冊的品牌叫阿不拉，阿不拉的饢在製作和包裝方面都下了心思，在製作上加入鮮奶、芝麻，這些遇火燒烤後香氣滿溢的配料給傳統饢當頭一棒，當純白奶液小股瀑布樣流進麵粉裡，當密密麻麻的芝麻像佈滿星空的繁星一樣遮蔽住饢的身體時，阿不拉饢餅店的生意紅火起來了。我家樓下排隊買饢的人延伸到了二路公共汽車站邊，旅客與食客攪合在一起，急切地站在雪地裡，分不清哪些是等著回家的人，哪些是等著帶饢回家的人。

創意饢適合外省人口味，也適合像我這樣對饢沒有經驗的人，我成了阿不拉饢的擁躉者，有空就去樓下提只饢回辦公室，就著老乾媽辣醬偷吃，偶爾有同事進來，抽抽鼻子，露出驚喜，我不太好意思，說，阿不拉。若是女性同事，直接伸手遞出，那女士必定是毫不謙讓，掰下一塊，沾了辣醬，轉身離去時也必定是吸溜著口水，心滿意足地。

以傳統眼光看，芝麻，奶香，酥而不韌，是對饢的背叛，雖然，我情願吃這類改良過的饢，但我這樣說，地道的烏魯木齊人要罵我，說我不懂得吃，對饢無知，無論在哪個地方，都有太多恪守傳統的人，堅守在即定的位置上，保持本色，初衷不改。對這類人，我滿懷敬重。

那些傳統的饢，遠不如阿不拉饢善行銷，它們不會開在鬧市街頭，也不會跟著時尚走，打饢人不會穿著統一的藍色制服，也不會是清一色的小夥子，傳統饢店基本都開在居民聚集區的院內，一間小房，一個頂棚，一座囊坑，一張木板上疊著剛剛出爐的饢，打饢人是普通的維吾爾男人，是掉進大海的針尖，沒有特點，不抓人眼球，也不會提高人的食欲，但他們絕不會因此而影響生意。恪守傳統的人下班回家時，在饢攤上提三、四個回家，就是一頓晚餐。

饢具有很大的包容性，包容所有的維吾爾人，居家的、離鄉的，饢不容易變質，十天八天，只要想吃，用水輕輕一泡，麵粉新鮮如初，饢是經得起旅途疲勞的食物，維吾爾人生活在絲綢之路，遊走經商是這個民族的遺風，遊走的人隨身攜帶的食物就是饢。每送客人去機場，滿眼望去，提著綠色饢餅盒子的人到處都是，突然覺得饢很偉大，維吾爾家常的饢餅，安慰了那麼多即將遠行的人，而在遠方，又有多少人翹首以盼，等待著饢的到來，那些人，是懂饢的人，對饢有知的人，是曾經在饢餅中咀嚼出各種況味的人。

差不多每個月，我都去南疆出差，腳步停泊在一座小縣城裡。縣城袖珍，只有一條商業步行街，東西走向，街東是漢人開的店鋪，街西是維吾爾人的巴扎，這種平分秋色的開店法新穎獨特。兩邊走一遭，視覺聽覺都被清洗一番。街東是對開的兩排店鋪，時裝店、鞋店、藥店、書店和小飯館，街西依次排開的是縫紉店、地毯店、雜貨店、鐵匠鋪、木匠鋪，街東清淨平坦，街心空空蕩蕩被陽光炙烤著。街西擁擠狹窄，各類農用品、家用品鋪在街道中央，圍巾、帽子、日常家什、水果筐、乾果車，還有鮮榨石榴攤、優酪乳攤、羊肉烤爐、麻糖板車樣樣俱全。街東店鋪裡傳出宋祖英、韓紅的好日子、青藏高原。街西有維吾爾老人在吹奏嗩吶敲擊納格拉。街東店鋪的玻璃光亮照人。街西的塵土飛揚燥熱。街東人稀少買賣清淡。街西人頭攢動生意興隆。街東館子招牌上寫著漢字杭州包子、四川小吃。街西地攤上火燒火燎地出售烤肉。整條街，只有一處烤饢店，在街西的盡頭。

我從街東深入進街西，潛入嘈雜的人流中，那些說著嘰裡咕嚕維吾爾語的老人孩子不看我，中年婦女和男子招呼我，讓我看他們的物品，成全他們的生意。我是極愛這種閒散自在的遊逛方式的，人與人擦肩撞背，相互點頭致歉，抑或，根本面無表情，在密集的群體裡，碰撞是件合情合理的事情。

南疆有遼闊的土地，寬敞的公路、寬闊的田野、寬大的房間，以及寬泛的夜空，一個巴扎可以任意擴展，擴展到不再擁擠的程度，但是，維吾爾人不做擴展這件事，內心裡他們喜歡擁擠，在擁擠中感受人的氣息，密集、融入、不孤獨、不寂寞，巴扎具有這樣的功能。而我，也是由衷地熱愛著這種人與人摩擦的氣氛，人情、世情都陷落其中，近距離的觀看每一張異族的臉，毛孔、血絲、指甲的形狀、捲曲的長髮，近距離碰觸每一個身體，溫度、體味、汗腥、以及要將你擠碎的強壯，遊走在這樣境遇裡，我漸漸體會到了一個地域的養育、一種成長、一種個性的鍛造。

饢坑在店門外，三個巴郎圍在饢坑打饢，頭戴鴨舌帽的巴郎衝我邪邪地笑，指著案上的饢，讓我買兩個帶走。維吾爾人個個都是做生意的料，在生意場中，他們的周旋、巧辯、溝通是與生俱來的能力。另兩個厚道、善良地微笑著。我上前去，跟他們寒暄幾句，買了兩個饢，提在手中。

黃昏，微風掠過，我提著兩個饢，在巴扎裡逛來逛去，走累了，站在路邊石階上，看驢蹄清脆地踩在馬路上，拉著小車疙瘩疙瘩從身邊駛過，看街面小店門頭上的看板，寫著我不懂的維文，看遠處清真寺裡高大的穹廬，被暖紅色晚霞襯托，看穹廬頂高高矗起的月牙兒，神性地舉在人們頭頂。

手伸進塑膠袋，掰一塊饢塞進嘴裡，邊走邊吃，大口咀嚼，這也是我喜歡這座小縣城的另一個原因，每隔一段時間，我都有一次這樣的機會，遊手好閒，無所事事，不用假裝優雅，不必偽造淑女，按照自己的意願行事、做事。

珍珠抓飯

在一條偏僻的小巷裡有家清真飯館，門框上橫批著飯店大名：珍珠抓飯。店名大好。每吃抓飯，盤子攞在眼前，覺得那一粒粒晶瑩飽滿、透亮光滑的米不是食物，是什麼呢，也沒想出來。如今被珍珠兩字提示，像隔著窗戶的紙，捅破了，不確定的事物，瞬間有了定論，心裡像被擦亮的火柴，照得通透。珍珠，在混沌中落入人間，有著撥開迷霧的清澈。

抓飯，一鍋米飯，以手抓食。字面聯想總歸是不雅的。看電視上中東、印度人吃抓飯，三手指併攏，在熱騰騰飯食上刮幾下，塞進嘴裡，極不文雅，極不衛生。抓飯出於新疆，外省人對新疆的聯想也不外乎如此，粗鄙、簡陋、落後、野蠻，是不文明、不開化的地域。

可是，在新疆待久了，明白了抓飯的品食方法後，這種認識被改變，還反戈一擊，生出另外的懷疑，抓飯以米水蒸煮，放入羊肉、胡蘿蔔，或者杏仁、葡萄乾之類乾果，這等的奢華排場，哪裡是米飯可以比擬的，真正簡陋的吃食該是南方的米飯，一年出二季、三季，米粒鬆散不精到，還常常為陳米、糟米，只以清水淘淘，便下鍋打發人的胃口了，那種味道，遠不及抓飯來的豐盈實惠。

抓飯有葷素之分，都說羊肉抓飯才是最好，雖無緣體驗，但我認可，無論謊言還是實話，說一千遍後就成了真理，當所有新疆人和到新疆一遊的人都說羊肉抓飯最好時，我跟在善食羊肉和善於表達羊肉之美的食客身後，搖著小旗吶喊，羊肉抓飯最是佳餚。

天山區解放南路有家維吾爾餐廳，叫米拉吉，維語意思是雲梯，也叫步步高。餐廳是臨街居民樓改裝的，店面的牆磚呈立體菱形，是一塊塊鑲嵌到牆上，再用黑色顏料勾勒而成的，牆的整體色澤偏土黃，像秋季晚霞升出前薄薄的天際，柔和得很，烏魯木齊的土質燒不出這種磚塊，它們遙遙顛簸，來自一千多公里以外的喀什和阿圖什。夜裡，霓虹燈光閃爍，店門前盆栽的無花果樹搖曳晃動，掩映著一種比維吾爾人更具阿拉伯氣質的古典情調，據說那裡的老闆是阿圖什人，曾經居住在土耳其。

北京路上也有兩家相似的店面，一家叫五月花，店面是與米拉吉相似的磚瓦砌成，其中的味道如何，不可得知。另一家在我家附近的社區，名叫撒拉曼，除卻外觀相似於米拉吉、五月花，每個包廂都散發著濃郁的維吾爾風格，接近屋頂處環繞著一圈格擋，擱置了土陶罐，土陶碗、都塔爾，手鼓，雕花葫蘆，喀什銅壺和印度銅盤，屋正中一張長方形餐桌上鋪著考究的方格桌布，比米垃吉富貴堂皇許多。但，論及氣息，撒拉曼卻沒有營造出米拉吉那種身在小鎮的華麗情調，每進米垃吉，來往的食客、逼仄的過道、牆壁的飾物、狹小的收銀台、倒掛的高腳杯、昏暗的燈光，身著古典維吾爾服裝的服務員匆匆的腳步，烘托著情人的低語、溫熱的呼吸和無花果樹的植物香氣，一切都彷彿身在異域，時光與地點流溢轉換，糾結出白日裡不常有的曖昧來。

米拉吉內有兩個禁忌：喝酒、照相。沒了喝酒人，安靜的像咖啡廳，沒了照相人，排除了商業運營的焦躁，吃飯就是吃飯，除掉浮華和作秀，才真正有了生活的品位。桌上的優酪乳純的像粥，接近膏狀，大杯的駱駝奶極度酸澀，澀的人腦袋直往脖子裡縮，眉頭擰成麻花，習慣酸澀味的人嘖著舌頭說，夠味夠勁。精緻的碗盤裡盛著牛排、烤包子、烤羊排、土耳其肉餅、饃饃爾，與此搭配的是玫瑰花茶，高腳玻璃碗中的草莓果醬和黑加侖果醬。

我一直覺得烏魯木齊的米拉吉是維吾爾貴族的餐飲形式，對於維吾爾食物來說，沒有貴族與民間之分，沒有正餐與小吃之分，不比漢人，宮廷餐與民間餐是天上地下的關係，是滿漢全席與炸醬麵的區別，是海參鮑魚與河溝小蝦的區別。維吾爾沒有這類區別，貴族人吃烤肉與抓飯，百姓也是烤肉抓飯，區別在於吃多還是食少，有的人天天烤肉抓飯，有的人只有趕集時才有福分吃到，有的人只等過年才有，還有的人幾年不見油腥。所謂米拉吉的貴族餐飲，是指它的禮儀和講究，華麗的碗盤、精緻的高腳杯、考究的桌布、水晶四射的燈光，以及身著古典傳統民族服飾的服務生。

米拉吉的素抓飯晶瑩透亮，一粒粒米不即不離，相伴著枸杞、核桃、杏乾、葡萄乾，各種色彩散落在盤中，星星點點，端起勺子不敢下去，怕攪了一池的璀璨，打破了圓滿。飯吃到這種程度，竟然被自己感動了。飯本是飽食的，能將簡單的吃出複雜，在簡單中停頓，想那些不簡單的事情，比如一盤吃食，成了一幅圖畫，欣賞的心思還沒了結，破壞掉了，會內疚。而一盤吃食，可以在吃之外，獲得一些意想不到的收穫，飽食的同時有了另一種享受，精神上的、意識領域的，實在是意外之美。

在南疆路邊，民間的抓飯豪放地盛在一口大鐵鍋裡，鐵鍋龐大，置於爐上，頭重腳輕，半鍋油晶晶的大米下滲出厚厚的清油，被胡蘿蔔和清油染成亮黃色的大米上鋪著一層羊骨，老闆娘為食客盛一盤油汪汪的米，外加一塊羊骨肉，食客啃幾口骨頭，吃幾口飯，心思綿密的人、內心秀氣的人、謹慎內向的人往往先吃米，吃完米後獨自啃骨頭，將最好的留在最後，是熱愛享受、將享受當做生活重要內容的人，這種人基本通曉生活的本質。

抓飯的主要原料是米，做抓飯的人對米性有充分的把握，米的種類很多，不同的米性吃水能力不一樣，掌握不好，是斷然做不出一粒一粒珍珠樣的抓飯，一般的米，不是軟了粘了，就是乾了硬了，而抓飯的質感，是來自恰到好處的米，恰到好處的水和恰到好處的火候。

新疆水稻只一季，生長期長，日照時間長，結出的米粒不糟不疲，精道有韌，早先烏魯木齊流行阿克蘇稻米，後來流行米泉大米，出名的還有溫宿大米、伊犁大米，這兩年東北大米賣的起勁，東北米與新疆米都是一季稻，一年一收。內地米不敢恭維，內地人也不做抓飯，沒做抓飯的傳統，更關鍵的是，沒有上好的大米，做不出油亮、晶瑩、剔透的質感。抓飯挑剔，拒絕陳米和糟米，據說，抓飯曾嘗試著打出新疆，一路東移，但到了星星峽便被打住，成了傳不出新疆的地方特色。其實，新疆小吃裡對原料挑剔的不止做抓飯的大米，天天為生的拉條子也認人，出了新疆的麵粉，硬是拉不出新疆的長度和韌勁。

抓飯裡另兩個主角是胡蘿蔔和皮牙子，這兩樣是提升抓飯西域風味的食材，缺了他們做出的飯，只能叫甜米飯或肉米飯。「抓」字裡有濃郁的伊斯蘭氣味，而這個氣味的主要來源便是胡蘿蔔和皮牙子。嚴格地說，抓飯用的蘿蔔是黃蘿蔔，黃蘿蔔跟胡蘿蔔模樣一樣，味道一樣，不同在色，胡蘿蔔心黃，肉呈橘色，黃蘿蔔心與肉都是黃色，總也沒搞明白這兩款蘿蔔的差異，按照讀音，一個是胡蘿蔔，一個是黃蘿蔔，九十年代之前新疆好像只有黃蘿蔔，吃胡蘿蔔似乎是近些年的事，但就胡字來說，應該是西域傳入內地的，菜蔬中凡是沾染了胡字、番字、洋字的，幾乎都是舶來品，來自西域之外，西域之外才是它們的土生地。

皮牙子在內地叫洋蔥，皮牙子與洋蔥也略有不同。新疆皮牙子色淡黃偏白，形似鴕鳥蛋，長相愣頭愣腦，有降低血脂血壓的功效。洋蔥圓型偏扁，像被門擠過的腦袋，橫剖來，潔白水潤，一條條紫紅流線好看地排列其中，如同工藝圖畫，但氣味嗆辣，刀下去的瞬間，眼睛一紅，淚珠吧嗒吧嗒掉了下來，做飯人憂怨的樣子，像似做了一輩子的奴，滿腔委屈。

新疆人吃抓飯用盤子，除了抓飯，還有拌麵、炒麵，全盛在盤子裡，以盤盛飯的好處是滿眼開闊。內地人看到每人面前一張大盤，驚嚇一跳，以為新疆人食量大，其實，是盤子沒底，哪像碗，不知深淺。

當然，新疆人的食量也確實很大。

纖纖拉麵

陝西關中扯麵寬若褲帶，那是誇張說法，意思是很寬，以麵的家族衡量，是奇寬，褲帶一般。麵煮熟撈碗，灑上乾辣椒麵，醋、鹽、蒜蓉、燙好的豆芽青菜，鍋底放油，燒辣後潑濺到麵上，伴著刺啦啦聲響，騰起一股紅色煙氣，名字也跟著出來了，叫油潑辣子「biangbiang」麵，biang字讀二聲，寶蓋頭，坐個車，車裡橫豎撇捺複雜的厲害，那字在《新華字典》裡找不到，據說《康熙大詞典》中才有，沒去專門查找過，陝西關中滿大街的麵館招牌上都寫著漢字的biang。其實關中人的家常飯是麵條，關中女人個個都會擀麵條，以水和麵，放鹽，如此擀出的麵條才精到，煮到鍋裡才不爛，醒麵時在麵團上蓋一白布，保濕保鮮，醒好的麵團置於案板上，女人手持長長的擀麵杖，將麵團一點點擀開，繼而捲起再擀，逐漸擀開擀圓擀大，擀得像張薄紙，再將紙樣麵折疊、切條、攤開，一條條細長的麵告成，煮熟撈起，盛一勺哨子，陝西人稱哨子麵，最著名的是岐山哨子麵，哨子是大眾口味的，肉丁、胡蘿蔔、土豆、黃花菜、黑木耳，炒時調料裡不忘放醋，哨子麵一定要有醋，有醋才提味。

湯如甘露麵似金，說得是蘭州拉麵。蘭州拉麵且長且細，全憑了蓬灰，蓬灰是鹼，戈壁灘有種野生植物叫蓬蓬草，到了秋季，葉枯黃，拿來燒成草灰，收攏起來，加進麵裡，麵吃蓬灰的哄，一見蓬灰立刻滑爽勁道起來。有心人拿了蓬灰去實驗室，找出裡麵微量的鉛和砷，一紙訴狀，告到了全國人們面前，也有捍衛的人，幾乎全是西北人，西北人認準了蘭州拉麵，他們說，自己祖祖輩輩世世代代都這麼吃的，蘭州拉麵不僅是日常食物，還有情感在裡面，凡事只要有了情感的摻和，事物就失去了理性，我就是愛他，哪怕刀山火海，哪怕毒藥千杯，也敢赴湯蹈火、暢食無阻，指責歸指責，蘭州拉麵在西北地方始終是所向披靡，深入人心的。

讀大學時，暑假路過蘭州，住在親戚家，親戚一早敲門，帶我去吃早餐。他騎上自行車，我跳到後座上，車一拐彎出了小巷。蘭州清晨的街道，行人匆匆，薄灰浮現，灑掃的、蹬三輪車的、叫賣油條豆腐腦的、遛鳥散步的，都是典型的北方作派，大多數北方城市的早晨都是這樣開始的。

到牛肉拉麵館前，親戚將自行車斜靠在牆角，安置我坐下，自己跑去外面，端著碩大的碗，靠牆腳蹲下，和他一溜排過去的是眾多食客。陽光正灑進門檻，拖出一道陰影，牛肉拉麵裡夾雜著晨光和淺淺的塵土，略膻的油脂和白蘭瓜發酵的氣味在空氣間散發，醇且悠長。挑起一筷子麵，瀑布樣傾瀉，跟當年市面上女孩流行的長髮一樣，心想，這就是蘭州了，蘭州就是這個樣子的。

蘭州拉麵風靡西北地方，尤以新疆為最，烏魯木齊更是當仁不讓，只是烏魯木齊的蘭州拉麵館多是連鎖速食式的。蘇氏牛肉麵和白家牛肉麵是烏魯木齊蘭州拉麵最為出名的。兩家風格相似，速食式運作，遍及大街小巷。區別是牛肉在碗裡款式，一家為丁狀，另一家是薄片，而對口味不是萬分刁鑽的人來說，是區分不出所以然的。但是，沒了城年舊事的光陰掠過，缺少了牆根、舊木桌椅和灰磚地，便沒了甘肅滋味，這種牛肉麵也僅限於飽食的範圍。

烏魯木齊不是蘭州，烏魯木齊人對蘭州拉麵從不苛刻。蘭州拉麵在新疆大有市場的重要原因之一是，蘭州拉麵可做早餐。早餐的蘭州拉麵，在某種程度上講鑽了新疆美食拉條子的空，拉條子不適合早餐，蘭州拉麵館異軍突起，活躍在烏魯木齊的晨光中，一碗牛肉湯汁麵下肚，腸胃溫潤，舒適無礙。

江蘇東路有家蘇氏牛肉麵館，賺了大錢後蓋建了樓房，成了蘇氏清真餐廳，繼而再上臺階，成了蘇氏酒店，如今，蘇氏牛肉麵館列在蘇氏酒店的一角，門面不大，人流眾多，一碗牛肉麵，骨湯清香、肉酥爛、麵韌長、飄著幾片香菜，搭配幾碟小菜。鄰居老趙是我的前輩，就愛吃牛肉麵，每天早晨步行兩站路去吃牛肉麵，一碗熱乎乎的麵下肚，散步加早餐全部進行完畢。近些年，老趙身體狀況急劇下滑，腦子記憶減退，走路越來越吃力，但吃牛肉麵的愛好從未消減，老趙有挑剔的口味，再累再不方便，他都會挪著步子趕去牛肉麵館，為一碗牛肉麵堅持不懈，這使我不得不對牛肉麵另眼想看，對做牛肉麵的人另眼相看，一家小館子，廚師走了一茬又一茬，味道卻在老闆的呵護下始終如一，一種不變的口味需要秉承一種什麼樣的態度，堅守一種什麼樣的毅力才能延續下去。

新疆也扯麵拉麵，但不是關中人的寬扯，也非蘭州人的細拉，新疆人是圓拉粗拉，拉出的麵是柱狀，粗的氣勢毫不亞於寬的海量，筷子般堅實，新疆人又給出一個結實的名字，叫拉條子，拉條子是土話，學名叫拌麵。

比起西安和蘭州，新疆拉條子的製作方式剽悍又豪邁，和好麵後放盆中，醒大半天，那意思是之前的麵與麵之間，麵與水之間尚未充分調和，是死睡著的，放進盆裡，蓋一塊潮潤白布，麵和麵在水的牽線下悄悄融合，逐漸你中有我，我中有你，彼此融入，成為一體。當麵初醒後，將其滾成棒狀，再搓成條型，塗抹上清油，盤在搪瓷盆中繼續醒，要待全部清醒才行。

入鍋前，主婦像繞毛線卷一樣將醒好的麵纏在雙手，用力抻，在案板上上下啪啪地摔，抻出筷子粗細時放進鍋裡。待三滾後出鍋盛碗。食量小的，一根可以飽食全家。

內地人對這種食物消受不起，吃下肚過不了半個時辰會覺得一團死麵貼在胃壁上，不透氣，也活動不了，那種憋足的勁，會在以後的三天裡敗掉胃口。但，新疆人的胃是鐵打的，結實又有力量，一盤麵、一盤過油肉，兌在一起，拌勻，咬口生蒜，麵下肚就是別樣的舒坦，出了門的新疆人，心裡記掛著的總是拉條子。有一年單位組織去港澳遊玩，帶隊的人叫居來提，維吾爾族，是旅遊公司的經理，離開新疆時許願，待回到珠海，請大家吃拉條子，果然，外出一周的人們，肚子裡清湯寡水，雙眼餓的失去了光澤，盼到珠海，直奔著去了清真飯店，看到身穿維吾爾衣裙的服務員時，一群人激動地心臟都跳到了嗓子眼上了。居來提太瞭解新疆人的胃，也太瞭解南方人的菜了。那一頓拉條子下肚，所有人當夜才睡了個踏實覺。

新疆最有名氣的拌麵在托克遜，托克遜在天山北坡，是由北向南橫跨天山的最後一站。沿國道路兩邊一溜排過去的小館子，全是拌麵館，館子外搭著陽棚，棚下三五張桌子，來往的車停下，先上磚茶，再剝蒜皮，沒說兩句話，一盤精到的拉條子就端了上來。其實，這種拉條子這個時候吃並非最佳，結結實實一頓後，胃裡水泄不通，上路後直奔乾溝，翻越天山去南疆，那一路崎嶇、盤旋，拐彎處胃裡便開始翻江倒海，不堪擠壓後火山噴發，出現了後果。後果是結果的一種，是闖了禍的結果，那種狼狽樣，被我親身體驗過。人被一盤拉條子徹底打翻，悲壯的一塌糊塗。

在南疆返回烏魯木齊的路上，有家記憶略深的拌麵館，叫小白楊，味道很一般，地點偏僻，卻能長久支撐下去，每在往返南疆的路上遇見，我都驚訝它堅持了那麼久，還沒關店，一個沒有人往來的小店面，能長期堅守下去，必定有它與眾不同的一面。我想探個究竟，於是和司機一起在它門口停車。小白楊無人，生意清淡，我們要了兩盤拌麵，我是吃不出拌麵的好來，問司機好在哪裡，司機笑說，人餓了，什麼都好吃。原來，小白楊拌麵館只是為餓得心慌的上路人準備的，一頓飽食，這個理由雖不充分，卻是必須的。若僅僅為這一點兒存在，小白楊是要被人刮目相看的。

去年入冬前，離家不遠的步行街開了一間金酷火鍋店，有個十七歲的小少年，手持寸把長的一塊麵進門，兩手各執一端，稍用力扯，瞬間咫尺，成一段寬綢，小少年上下拋甩，寬綢加長，超過了身體，小少年就著慣性起跳，有節奏地揮舞雙手，甩出的弧線在空中花樣飛舞，正應了那句詩，誰持彩練當空舞。

麵在空中舞蹈，飛花流長，劃過座位，大家仰起頭，眼睛跟著飛鏈走，緊張擔心，生怕飛麵拋了出去，沾到別處。小少年沉著冷靜，一臉自信，左右開弓，風嘯雲捲，待雙手合攏，拉出的麵已進鍋，大家驚呼，能甩而不沾，是本事，絕活。

麵到嘴裡時腦子還盤旋著飛揚的細鏈，這桌飯吃的花哨。當然，偶爾一次很助興，不能再多了，吃畢竟是本，花哨多了就像西餐盤中點綴的刻花蘿蔔，中看不中用，消減了本體，也是件不快的事。又繼續想，這等的絕技看一次兩次也夠了，總不能每頓都來一次。絕技慢慢失傳的道理就在此吧，現世的人，按現世的好惡衡量，全然不顧及未來，沒了市場的事物，漸漸衰落，消失，待後世再揀起，多半是形似而神不在了。這便是歷史的滌蕩，剩下的未必都是真理，而流逝的也未必都是沉渣。

大盤雞的江湖

一次在山東出差，看到路邊飯店招牌上寫著大碗地吃肉、大杯地喝酒。印象中，大碗吃喝的事是西北人的專利，而且專指西北的新疆，其他地方說大碗都顯牽強，比如陝西關中也有大碗公吃麵的風俗，但身處關中，畢竟是在古皇城根下做事，即便海，也是情趣使然，未必出於真實性情。

上世紀末期，新疆地界上冒出了大盤雞，出名的有沙灣大盤雞和柴窩堡大盤雞，消息流傳到外省，聽內地人說起這事，才覺察出大盤雞的不平凡。那年秋天，夕陽像醉酒的嬰兒，紅彤著面頰，給大地塗上了溫暖色彩，車從北疆鹿角灣牧場出來，直奔沙灣縣城。到了縣城邊緣，見到前方一店鋪，掛著杏花村大盤雞的招牌，一車人再也走不動了，喊著嚷著要就地下車。

店內食客滿滿當當，店外涼棚下擺著四張圓桌，一大群人圍在桌旁。不一會兒，夥計托出兩隻大盤，置於桌面，大家伸出脖子張望，舉手投箸，果然是白浪滔天，大氣凜然，沒幾塊下肚，吸溜鼻子的聲音便此起彼伏起來，行車的勞頓立刻散盡。店主人指著門框上黑底紅字的杏花村大盤雞說，她家的大盤雞註冊了商標，是大盤雞的正宗起源。

吃罷調頭回烏，仔細回想，盤大、味辣、火爆、實惠，除了幾個常用於飲食的評價語外，似乎再也說不出大盤雞別的好處。那樣的結果顯然是只識皮毛的初級吃法，算不得上道。所謂上了道的吃食，背後必定是有底牌的，好比欣賞一個美女，有品位的人哪能只盯著別人的裸體看，美麗是全方位的，衣著得體、髮式漂亮、妝容清淡，這之後還要打探她的禮儀、涵養、道德感，最後是她的思想，水有多深，思考力有多強，那種深不見底，卻可以坦誠相待的女人，才是味道所在。我的盤大、味辣、火爆、實惠的沙灣之行，只是將女人的肌膚觸碰了一下，便打道回府了。

而大盤雞的來路絕不僅限於此。只開篇就有多種說法，我願意相信的是長途司機之說法。大意是說，上世紀九十年代，有四川師傅在沙灣縣城西邊的上海灘開了一家小飯館，他覺得長途司機駕車疲勞，胃口急需刺激，果斷將乾辣椒和青辣椒與雞同炒，至熟時放進土豆悶熟，湯汁濃郁後再把寬拉麵蓋在雞塊上，最後將滿當當的大盤雞端到司機面前，此等做法令過往司機胃口大開，消息隨著傳開，演變成當下的大盤雞。

今年，再進沙灣縣。取巧的做法我不會再繼續了，這麼多年一路走來，我已由一個理想主義者變為實驗主義者，那種溜著城邊走一圈，隨即評判事物的做法早已被輕視。既然知道大盤雞是有底牌的，就要深入其內裡，來次超出味覺的徹底偵探。

車進縣城放慢了速度。烈日高照，熱氣騰起，搖下車窗見人便問，誰家的大盤雞正宗，將各種資訊綜合起來，篩選一遍，最終將目標鎖定在上海灘。上海灘是外來詞，上世紀上海支邊青年到新疆，多在北疆石河子周圍，沙灣比鄰石河子，上海知情在沙灣是有名聲的，想來上海灘大盤雞與上海人會有所關聯。

沙灣縣城與北疆所有的縣城一樣，土腥乾燥，車馬混亂，樹木稀少，街道兩邊店鋪林立，五金百貨小吃零食一應俱全，低廉破舊。車在縣城裡轉悠，沙灣大盤雞的招牌比比皆是，好像整個縣城的館子都被大盤雞收買，做起獨家生意了。經過多個路人指引，上海灘大盤雞店的招牌終於紅晃晃在眼前出現了，以紅色為基調，青春火爆，可令人糾結的是上海灘大盤雞並非只此一家，一路排查過去，所有大盤雞招牌的一角都印有上海灘三個字，無論是高調出場的，還是隱約暗示的，都鄭重地強調了上海灘的品牌。似乎上海灘是大盤雞的發源地，如沱沱河於長江的意義。

我們只得在眾多的上海灘中選擇一間大盤雞店。進得店堂，幾張方形桌椅，還算乾淨，店主引上二樓包廂，樓梯逼仄，差不多是側身而上。點菜，主打大盤雞，配菜大盤魚。大盤魚是大盤雞的延伸菜品，同為延伸的還有大盤兔、大盤肚、大盤胡辣羊蹄等等。

待大盤雞端上桌，令人一震撼，盤子碩大，只略小於玻璃轉盤，擠掉了大盤魚的位置，紅辣的雞塊，青碧的辣子，沙綿的土豆和幾段寬粉活躍在盤中。品食一番，味道與烏魯木齊的沙灣大盤雞無甚差異。但是，此時的沙灣大盤雞與烏魯木齊大盤雞卻有著本質的不同。

沙灣炙熱的太陽照進小店，沙灣溫熱的茯茶上浮動著燥腥味，沙灣的轉盤桌上伏著薄薄一層塵土，店家老闆抱怨昨夜下了風沙，剛擦過的桌子又是一層薄土。他一手提壺倒茶，一手拿抹布擦拭灰塵。我就想，如若沒了這烈日的焦躁、伏茶的腥氣、塵土的泥味，大盤雞裡會滲入多少烏魯木齊式的孜然味、香水味和薰香氣味，那些典型伊斯蘭的氣味會將沙灣大盤雞的鄉土氣消解融合到什麼程度。

另一個衝擊感覺的是，在沙灣，我才品出了大盤雞的漢式氣息。沙灣大盤雞出自沙灣的泥土，由漢人種植的土豆、辣子、大蔥、大蒜以及野地裡放養的土雞，它是帶有鄉土氣的漢家大盤雞。沙灣以外，大盤雞更像是回族小吃、維吾爾小吃，而在漢人口占百分之七十的沙灣縣，大盤雞才有了漢人的模樣。沙灣縣有劉亮程一個人的村莊，讀罷黃沙梁上的沙土後，就知道窗明几淨大酒店的大盤雞是吃不得的，燈紅酒綠大城市的大盤雞是吃不得的，大盤雞是長途司機的菜，要吃到塵土、汽油、夜色、孤獨，要飽食喝足才下桌子，倒頭便睡。要用漢人的方式吃、漢人的方式享樂，那才該是對大盤雞的真正品食。

傳說中，差不多與沙灣大盤雞同時期，有個湖南人在柴窩堡國道邊開了家小飯館，專營辣子雞。烏魯木齊人不厭其煩，跑到幾十公里外品吃另一種大盤雞。柴窩堡大盤雞的名聲不比沙灣大盤雞差多少。但兩者的烹飪方法大有差別，比如沙灣大盤雞是紅燒的，從做到吃一整套地氣勢磅礴。一隻土雞，剁成大塊，加蔥薑蒜和曬乾的紅羊角辣子，加上新鮮辣椒，熟時放進土豆塊、寬粉，一鍋燒出後置一碩大盤中。沙灣大盤雞有三個吃點，土雞肉、土豆、寬麵。

而柴窩堡大盤雞是乾煸的，原料多是三黃雞，切成碎塊，倒入油鍋煸乾水分，在辣椒的選擇上，廚師用了一種叫朝天椒或大紅袍的來自西南的乾辣椒。柴窩堡的大盤雞是真正意義上的辣子雞，一堆紅辣椒簇擁著一隻剁成碎塊的雞，紅火的不得了，從心辣到肺，待吃到七成，下白麵，寬若皮帶，在紅油裡攪和一圈，提起，渾身掛著濃烈的色彩，食客們像掉進了蹦迪的舞池，個個豪氣沖天、揮汗如雨。

多年前，從南疆坐車回烏魯木齊，行至柴窩堡，沿街清一色的柴窩堡大盤辣子雞店，看得眼花繚亂。選一家進去，店老闆小跑到後院，抓了正在午休的公雞，一刀抹下去，沒待那雞出口惡氣，開水就澆了上去，雞毛跟著滾燙的水脫落，兩杯茶的功夫，大盤雞擺到了桌面，朝天紅椒各個乍著身體，簇擁著雞塊，大有不辣倒你不算數的架勢。

近幾年，偶爾從烏魯木齊殺到柴窩堡去吃辣子雞。柴窩堡辣子雞店早已鳥槍換炮，店面比從前氣派了不少，面積也擴展了許多，食客卻不減當年，依舊熙熙攘攘、熱熱鬧鬧，細觀來者氣度，幾乎清一色的烏魯木齊風格，其實，烏魯木齊市內有不不少柴窩堡辣子雞店，但食客們都知曉，無論吃哪裡的菜，只有腳跟落在了那一地，那一地的味道才是正宗，移了位的風味小吃，風味上絕對是欠了一個檔次的。

每次進廚房，面對一隻雞和一盤辣椒時，糾結得很，到底該將手下的雞炮製出何種口味。我常常是兼而有之，再加進自己的小創意，我一向認為，如果不是大師級的廚藝，做菜時不妨加進去些自己的體驗，沒準會創出新玩意。既然原汁原味模仿不來，那些私人的小感悟，沒準真能演繹出大文章。

選一隻土雞，土雞經得起慢火燉，先按照辣子雞乾煸的方法煸出香味，煸得看成色已熟而實際還生的階段，加入清水，持慢火熬燉，待熟時再大火收汁，如此出來的味道是雙重的，保證了我做的的確是大盤雞，尋根問祖，總脫不了沙灣和柴窩堡。其中加進的小體驗包括老乾媽豆豉、王致和豆腐乳和大劑量的花椒。

近幾年去內地，許多城市都掛著新疆大盤雞的招牌，與烤肉在一個級別之上。北京街上的新疆大盤雞館子赫然醒目，隔窗眺望，沒什麼氣氛，估計是味道竄了，大盤雞是民間菜肴，民間菜講究的是氣氛，香氣噴著鼻子過來，食慾才生。鄭州的五星級酒店菜譜上赫然印著大盤雞，仔細端詳，肉寡色薄，湯水分離，稀裡嘩拉的，燉爛的紅辣椒和蔥蒜，像大雪融化後的路邊野草，一地腐敗。

雖說大盤雞輸出勢頭強悍，新疆飲食終歸有了一個萬民青睞的結果，但見類似的發展趨勢，還是憂上心來。任何一道菜，都有它的出生地，那才叫正宗，出了宗祖之地，幾乎所有的吃食都失去了精神氣。

內地來了朋友，常常點吃大盤雞。大盤雞待客，和盤托出，客人驚異片刻，若大的心意，怎就全托了出來，這便是新疆人，沒有隱私，全給了你，厚道的客人頓時激動，別人給你和盤托出了真心，這等的熱情已經是很久遠的事情了，好像一種回歸，與這盤雞今朝相遇，握手兄弟吧。

圍坐在火辣辣的大盤雞旁，額頭冒出細汗，繼而渾身淋漓，席間兩杯伊犁老窖灌下，海口即出，那份豪邁是內地人不曾見識過的。酒至酣處，半寸見寬的扯麵白汪汪蓋到雞上，浸在紅油裡，筷子提起周身紅亮的寬麵，客人再次驚訝，原本和盤托出還不足以表達，硬是要下刀放血，使出這一招，才使真心深入骨髓，客人於是再次盟誓，新疆，一生的牽掛。

杯盤不乾，歡欣無限。送走客人，像戰場下來的逃兵，拖著疲憊的腳步回家，臥床。情用盡，心憔悴，回味猶在，卻不堪承受。試著站在對方的立場想，別人也辛苦，憑什麼你一盤雞就得叫別人地老天荒、海枯石爛。

野魚

年輕時，在沙漠邊緣的小飯館吃飯。席間，老闆娘端上一盤魚，整條，弧形彎曲在橢圓盤中，身上斜著蔥絲、薑絲、辣椒絲，魚身滴了麻油，盤中有乳白湯汁，夾一小塊放嘴裡，肉質極端細嫩。買單人頻頻相勸，請客人動筷，又用神秘游離的眼光掃視周圍，悄聲介紹，這條魚叫新疆魚，是活著的化石魚。雖不知新疆魚是什麼，卻深知化石的含義。我身邊的寧寧果斷拒絕，那是禁食動物，叫人如何吃得下。

新疆魚是禁捕動物，魚販們膽大包天，從附近拜城的水庫裡捕來，裝進麻袋，定點送到路邊小飯館，飯館與魚販鬼祟勾結，其中有利益驅動，利益使人不惜捕殺，斗膽販賣，罪惡暴食。那時的寧寧是一面鏡子，反照出一群貪婪的人。

回烏魯木齊查書，新疆魚也是新疆大頭魚，又叫虎魚，扁吻魚，是中國的土著魚，起源於三億多年前，有古魚活化石之稱，僅存於塔里木河水系，現在只有阿克蘇河下游的艾西曼湖群、車爾臣河的喀依拉克湖和渭干河水的拜城縣孜爾水庫有少量的，按照產地推測，我們吃的新疆魚是拜城縣孜爾水庫產的。

我曾去克孜爾千佛洞看壁畫，路途遇見幾位同事，拉著一起去孜爾水庫吃魚宴。魚宴所上，皆為草魚、鯉魚和鯽魚，被紅燒麻辣清燉出不同口味，那是否說明，孜爾水庫已無新疆魚，新疆魚已被捕殺，送到了附近餐館，被像我這樣的人有意和無意地消滅了，或許，我吃的那條新疆魚，是孜爾水庫最後一尾，那麼，我的肚子早已惡貫滿盈、罪惡滔天了。食用新疆魚是我人生中的一次惡性事件，我不能將它視為意外，它長久地沉澱在我記憶的管道壁上，變成了一枚警示的化石。

起初，五道黑是一種可以食用的野魚。第一次見五道黑，是冰凍的僵硬屍體，身體兩側有五條橫跨體背的斑帶，裝在白色尿素袋裡。從未見過活著的五道黑，那種冷水魚，生長速度極慢，暢遊在巴音郭勒蒙古自治州的博斯騰湖水中。五道黑離開水不久就會死掉，它的死像與其他魚類沒太多差別，只是死後很快被速凍成冰棒樣的長條。

新疆人的吃食，一向剽悍，買食物都是批量的，買西瓜論麻袋、買蘋果論箱、買杏子論堆、買冷水魚五道黑，論板。五道黑不長，巴掌大小，被凍成長方體的板裝在尿素袋裡，搬回家，放在涼臺外，被雪覆蓋，吃時將魚板拿回家，放在廚房地下，找來匕首，將魚一條條分離開。

在有暖氣的廚房裡，五道黑堆在瓷盆裡，冒著青白色的冷煙，雙目無神，鱗片銀白，堅實犀利。魚的身體漸漸消融，一點點轉暖變軟，手指放上去輕壓，凹陷成坑，沒有彈性。倒提著軟弱無力的魚尾，用刮鱗器一點點刮去身上鱗片。魚鰓蓋骨後緣有一排弧形小鋸齒，鋸齒鋒利，劃破了我的手指，腥鹹的水流過傷口，血鮮紅地滲出，滴進盛魚的盆，一朵紅色梅花在水中綻放，快速地凋零，與洗魚的水渾濁一起，我聞到了鹹寡的魚味，以至於在很長一段時間裡，每次遇見洗魚，我都能嗅出一股與疼痛連在一起的血腥味。

我因此而不願意再去洗魚，我在任何一條死魚身上都能看見鮮血，像抹了脖子的雞，血汩汩地流到地上，滲進土壤，很久之後，被浸染的土地都會氾濫著沉重的殺氣。在我意識的某一空隙中，印染著一塊暗紅，它們常在夜裡悄然入夢，漆黑中突兀出一片紅色，魚和我的血混同在一起，凝固、停頓，揮之不去。

翻書後知道五道黑的學名叫赤鱸、河鱸。給熟悉五道黑的人講，不信，更不認同。新疆人習慣了五道黑，一種很義氣的稱呼。

五道黑不是大雅之堂的必備，常出入的場合是那些風味小酒館。早些年每路過庫爾勒都要去吃五道黑，那時庫爾勒幾乎每家小飯館都有五道黑，最常去的是國道旁不遠的重慶酒家，店面不大，黑黢黢的包廂，大師傅圍裙油亮髒膩，在廚房裡一頓熱火朝天、鍋鏟鏗鏘後，端盤上桌，淡醬色，氣味濃，一條條五道黑壘得像寶塔，漲滿盤子，厚道得很，只嗅那飄起的味兒，就知道是燉到了家的魚。大家相互招呼著，伸出筷子，紛紛指向魚身，這種江湖的吃法與五道黑名字適中匹配。

若真是換了鱸魚，便雅了起來，范仲淹有江上往來人，但愛鱸魚美，君看一葉舟，出沒風波裡。元代詩人張庸也有何人泊舟秋色裡，釣得鱸魚三尺肥。雖然此鱸非彼鱸，赤鱸是赤鱸，或叫河鱸，鱸魚是鱸魚，但一個鱸字都極其地雅，三國中有曹操設宴，歎息宴席上缺少了鱸魚羹，左慈說，這不雅，跑去廳前水池裡釣出鱸魚來。乾隆皇帝下江南時，特地到松江府吃四鰓鱸魚，還下指令以後年年往宮裡供奉鱸魚。懂吃的人去上海大些的酒店，都要點清蒸鱸魚、清燉鱸魚湯、鱸魚羹、鱸魚肉丸，都是美味佳餚。

鱸魚的雅緻，得益於皇家將相、文人墨客的推崇，皇家宣揚，文人迎合，便成了尤物，新疆的河鱸，雖也味美無比，卻與有能力提升名聲的人相互失臂，而每每交往的人，不是山野之民就是江湖之俠，雖然，最初它是有可能登上大雅，有可能將自己的名字河鱸像鱸魚一樣進行到底，也有可能贏得雅仕共賞的，但終了，還是沒能抵過聲勢浩大的民間佔有，他們為他取了新的名字：五道黑，就是那種大打出手、旁門左道的江湖義氣。鱸字從此消聲，隱於山林，這也好比某些混跡於井市的高貴血統，沉於民間，便若淹於滄海。

近些年，五道黑以幾何倍數迅速減少，價格標升，尺寸漸短，好像一夜之間，五道黑全部金盆洗手跳出江湖，要正身修傳，恢復名譽，重建河鱸威信了。庫爾勒有家魚莊姓隋，叫隋家魚莊，一個主店一個分店，主店在千蘭路，分店在金露水景花園旁。隋家的魚品種多，鯽魚、鯉魚、草魚、連魚、黃花魚之類，還有魚漂、魚子都成菜肴，味道濃郁分量足夠，當然也有五道黑。點了五道黑，不大的盤，橫躺著四條，彼此間君子風範，相互致意，卻不相近，全無了先前館子裡的親密無間，疊加壘塊的架勢，燒出的味道也大不如從前，細細辨來，盤中的五道黑略顯風乾，肉質緊密，不鬆動，邊尾處撕咬不下，個頭也小了許多。自歎一聲，故人已乘黃鶴去。竟無端地失落起來，轉念一想，來踐約河鱸的人，都是這番慨歎，卻似乎並無心生悔意的，那就從自己開始吧，從此不食五道黑，讓他們好好地繁衍生長，在博斯騰湖和北疆的某些湖域中。

如今，烏魯木齊人所食野魚分兩類，酒店飯館的多是高山冷水魚，比如常見的喬爾泰來自額爾齊斯河流域，那魚是酒店專用魚，是待客的野生味，身材超大，眉眼兇悍，擺到餐桌上遠比桂魚、鱘魚和鱒魚顯霸氣，肉質也是野生的特點，未必細膩，卻獨特，也是一道美味。

百姓家烹製的野魚，多來自南疆的博斯騰湖，湖中最大產量的是野生草魚，烏魯木齊超市有賣，比一般的草魚價格貴出一倍。每去南疆，路過和碩、焉耆、或者烏什塔拉，總要掉轉車頭拐進縣城或鎮上，見魚販們拉著架子車，車上躺滿了死去的野生草魚。為證明魚為野生，魚販們將魚肚剖開，平攤在一旁，青綠色的野生水草從魚肚中流出，看得人心不忍。野生草魚壯實、個頭大，比一個男人的胳臂還長，流線身材，魚鱗光亮，一條能賣到一百至二百元不等。

烏什塔拉小鎮有一條短暫的街，幾間雜貨店、幾家汽修店、幾家小飯館、幾家蔬菜攤。在那種小鎮裡，沒有陌生人，大家都相識，隨便進了哪家小店，問起鎮上的人和事都能說出八九分來。我們在烏什塔拉小鎮上找吃食，阿龍川菜館是較為突出的一家，掀起門簾進去，館子不大，靠門處立著大型魚缸，缸裡有兩條要死不活的魚，靜止在渾濁的水裡。我們點名要吃博斯騰湖的野魚，小老闆誠實相待，說明魚缸裡的魚不是野魚後轉身出門去找野魚去了。再進來時手裡拎回一條野魚，體重二公斤九百克，不輕的一條。令我們驚訝的是，這條魚我們認識。

在進阿龍川菜館前，我們轉遍了小鎮。街裡只有兩家兜售野魚的，一位中年婦女和一位中年男子。中年男子所售之魚極不可信，以我們無知的眼光，看不出是野生還是家養草魚。中年婦女的草魚旁有碧綠色的水草從魚肚中流出，我們信任這種現實，雖看似殘忍，卻顯得真實。中年婦女的魚攤中多為一斤左右的魚，較大的只有兩條，置放在顯眼的位置。小老闆手中拎著的是其中的一條。

小老闆的媳婦在鐵爐邊桶火，母親在揀菜，父親出出進進，看似忙活，又不見手裡有什麼活計，幾人全操四川話。四川人在新疆有著超乎想像的生存能力，無論多麼偏僻的地方他們都能生根，並且生存下去。

我們認識的草魚，壯碩肥美。小老闆為我們烹製了一盆帶湯水的麻辣野魚。這時，電視裡開始播放新聞，有關日本地震的，核外泄的。水煮麻辣草魚端上來了，火辣辣地冒著熱煙，比酒還烈性。

餡

米拉吉餐館的烤包子很惹眼，焦黃、油亮，雖有不食羊肉的習性，卻也忍不住剝下外衣，將餡掏出送人。皮脆生生在牙齒間碰撞，滿口留香，是麥香，剛碾出的第一鍋麥子的香。

更精華的是餡，整塊的羊肉，抱團在一起，看著喜食羊肉的人忘情盡興的樣子，也能猜出幾分滋味。烤包子沒褶，如女孩兒玩的手絹，前後一疊，左右一折，疊成一塊紙盒，放進饢坑裡去，待取出時，已經焦黃噴香了。漢人的包子跟漢人的心思一樣，一褶一褶，一溜折疊過去，像衲著鞋底的山西女人，每一針都有說頭，一針一念想，這情，讓你一生一世都還不上。

維吾爾人的包子對折，前後左右折疊，就這麼簡單，沒什麼說道，也不用背負重擔，一切都是你看著辦吧。

包子是民間吃食，近些年烏魯木齊流行起大包子，醬肉的、地皮菜的，出現在各大酒店，像瑞豪、吐哈這類的四星級以上酒店。包子從民間走上大堂，也算是雅俗共賞了一回。

我和寧寧去青海找老席，老席是同事，調任青海西寧前夕我們為他送行，席間他強烈邀請我們去西寧遊玩。兩年後的八月，我和寧寧到西寧一遊。出機場時，老席還未趕到，我們站在機場門口張望，西寧的天高遠、湛藍，空氣通透明了，我們做深呼吸，希望將烏魯木齊的肺中雜質更換一新。

一輛白色牛頭車風一樣在我們面前嘎然。司機摘下墨鏡，笑著迎接我們。原來是老席。

坐上老席的車我們直奔酒店，沒及洗漱就去了小圓門美食宮。老席沒跟我們商量，自作主張點了地皮菜包子，一籠八個。肉眼看地皮菜比黑木耳略薄，以舌頭品味，才覺出包子的不同質地，一股鄉野的氣息撲面而來。老席說，地皮菜最旺盛的生長期是雨後，雨後跑到曠野裡，羊糞上會厚厚地發出一層地皮菜，拾撿回家清洗乾淨，就是現在的包子餡了。西寧海拔兩千三百多米，夏季涼爽，雨水後最適宜生長地皮菜了。寧寧悶著頭吃，又認真愛惜地說，她小時候在西寧生活，吃過的地皮菜，就是這個味道。看寧寧吃得奇香，我也無妨，一個接一個地吃。萬物皆有輪迴，就當下來看，若論及乾淨，原生的總是比合成的潔淨，哪怕是洗潔淨，與工業文明掛了勾的未必就文明了，舊時的，因結了地氣，才本真，本真的才乾淨。如今烏魯木齊大酒店裡也有地皮菜包子，每每吃時就想，羊糞上摘取的地皮菜也能進大酒店，可見當今乾淨衛生的標準也在悄悄被改寫，純天然的、有機的，要比化學製作的乾淨純淨的多。

小時候吃灌湯包子，琢磨過好一陣，好端端一個包子，餡裡怎麼就出了那麼多的汁水，像道謎題，從小琢磨到大，翻了菜譜書後才知道，是給熬肉的湯汁降溫，成凍，切塊，和著餡一起塞進皮中，包子上籠屜，大火一蒸，肉凍遇熱融化，成了肉汁，和著餡皮吃，一包肉味湯汁，先喝汁，再吃餡皮。這是經驗，稍懂點烹飪技術的人都知道，我卻琢磨了好多年，期間也知道問問人、查查書，就有了結論，但就是不桶窗戶紙，硬是悶著頭皮自己想。終也沒想出個門道。再去翻書，恍然徹悟。認知的過程拉長了也有好處，認識更深刻了，並且可以擴展出去聯想到許多事情，凡烹飪的事、凡世間的事，皆為如此吧。烏魯木齊大街小巷有許多上海城隍廟包子店，其中的包子便是灌湯包子，但卻不是上海味道的灌湯包子，新疆的包子早已偏離了上海包子的精緻細膩，肉質粗糙、有腥臊味，放了大量的胡椒遮蔽。開張之初，只城隍廟三個字就吸引了不少食客，漸漸的，此種小吃店紛紛倒閉，烏魯木齊人嘴刁，並非和了新疆口味就受追捧，不認真的食物，終究是要被淘汰的，如今的上海城隍廟包子店已越來越少了。

餃子餡中規中矩，大多是豬肉加剁碎的韭菜、芹菜、大白菜。有了回歸鄉野的意識後，也用苜蓿剁餡。我家人於餃子都充滿自信，以為可以創辦一間餃子鋪，生意必將興隆，我家的餃子，精到、渾圓，餡取白菜、芹菜與豬肉，除基本調料外，還加入了蠔油，橄欖油，味道大為提升。吃餃子時還要配幾盤涼菜，涼拌豇豆、黃瓜，或豆芽粉條，餃子煮進鍋裡也有技巧，蓋著鍋蓋煮皮，揭開鍋蓋煮瓤，通曉這一道理後蓋蓋、揭蓋就要把握節奏。餃子漂浮在熱騰騰的鍋面後，澆進涼水激餃子，餃子皮會更勁道。

餃子的品種眾多，但街巷裡的餃子店不算多，新疆本地的餃子並不突出，餃子都回到了家庭中，熱愛餃子的家庭，都有融融的親情氣氛。我家親戚從石河子來，拿出大兜碧綠苜蓿要給我包餃子。苜蓿是草，牛吃了產奶豐富，人應該比牛吃的細緻些，但基本的營養成分該是一致的。苜蓿畢竟是草，乾澀，無油性，調味時放了許多清油，再將雞蛋打碎炒好，苜蓿雞蛋調拌均勻，往擀好的皮裡一擱，對角捏起，左右各捏出三個或四個花褶，立在麥秸篦子上，一個個鼓著肚子玉立著，白胖喜人，如同大唐時期的仕女。苜蓿餃子吃時不算很香，但想到綠色環保食品，以及高蛋白低脂肪之類的，吃的還是心滿意足。

麥趣爾是新疆品牌，從牛奶、優酪乳到餃子、餛飩、湯圓、月餅，凡有餡的食品，他們都銷售。平日裡，喜食甜品，粽子湯圓月餅都是麥趣而拿手的。端午的粽子，在北方大多是豆沙餡、紅棗餡、八寶餡，後來學著南方方式，有了牛肉板栗餡、叉燒餡、豬肉餡，品種多樣。我不會包粽子，見別人包粽子很是羨慕。有一年端午節，家裡人都外出了，我一個人過，早晨上班，見辦公室門口掛著一個塑膠袋，裡面裝了四個粽子，心裡暖融融的，下班時，又有同事喊我去他家裡吃粽子，進得家門，眼淚骨碌碌在眼眶裡打轉，擔心我一個人獨自過節的同事們，心細如棉，讓我一記就是一輩子。那些粽子都是家裡人親手包的，紅棗、紅豆都還帶著鐵鍋的溫度，吃在嘴裡，暖在心裡。

麥趣爾黑芝麻湯圓是元宵節的首選，除了皮細膩糯滑外，餡也分外留香。咬一小口，餡潤滑著流出，跟原油從井口溢出一樣，黑黑的一股，急忙用嘴去接，生怕黑了碗裡的湯，沾染了別的湯圓，湯圓是白色的，羊脂一般的膩滑，像進了湯浴的楊貴妃，若被漆黑一下，就是最大的玷污。

麥趣爾的月餅也是品牌，這年頭，月餅越來越富貴了，餡大，皮薄，薄的心生憐惜，薄到皮比餡還倍感珍貴，餡也越來越吃不出本質了，棗泥板栗蓮蓉呼啦一起，綜合的沒了界限，這時就越發想起過去的月餅，皮當然是厚的，因為餡的材料比麵昂貴，餡的內容也分明，核桃仁、花生仁、瓜子仁不是粉是渣，青紅絲一線一線盤在餡中間，每一口都清楚，明白舌頭正在觸摸的是棗泥，還是蓮蓉，或者板栗，甚至是沒來急溶化的糖。當下的月餅，細膩的很，彷彿很關懷很體貼，體貼到把你的牙齒都節約了，全沒了從前那種清楚明瞭，只有模糊的甜、混沌的香，看著一團棕褐色的塊，想半晌，想不出是哪些種類的混合物，這種對味覺的考驗，我是喜歡的，雖一頭霧水，也激發了探索終極的熱情，當然，一團餡裡是發現不了真知的，打開菜譜，全寫在上面了。於是，從理論到實踐，回頭再來，好像明白了一些滋味，又好像有更大的不解。

燒麥在新疆不常見，我把它視為離別食物。燒麥的餡，很撩人，半隱半露，一半的海水一半的火焰。每離家，臨走之前，母親都包了燒麥吃，南方的燒麥上面是米，米與油一浸，汪汪亮。母親的燒麥只是肉和捲心菜，蒸熟後擺在盤中，一個個凸著肚子，像孕婦，味道也一貫不變，從沒有改進，也因為這沒有的改進，才使故鄉的概念每回去一次，都深刻一次。

燒麥的餡露了，路人皆知，都不恥笑，若真的合閉起來，成了包子餃子，也就沒了燒麥這一說，問題是，燒麥可以露，其他的，就露不得，餃子包子湯圓餛飩都不能露，露了，就掉價，好比滿街的吊帶裙，有的人穿了，依然是淑女，另一些人穿了，就成了妓女，無價與廉價，全都由了人的愛好去說三道四。

餡是豐富的，皮包餡，有曲徑通幽的功效，一張麵皮，蒸熟煮熟烤熟煎熟都是麵皮，捅破了，才露出廬山面目，素的葷的甜的鹹的，盡顯在破的一瞬間，因了這原因，那一瞬間也被競相爭奪，什麼都可以入餡，小時候我家鄰居秦姨，是北京人，愛吃餃子，只要有麵，幾乎全成了餃子皮，除芹菜白菜蘿蔔之外，還有西葫蘆，黃瓜，豆角，番茄，青椒，茄子，只要是可食的東西，進了餃子的滋味，她是都領略過的。

帶餡的食物常帶給人懸念，想像食物背後的故事，這種迂迴是我所鍾愛的，每一種餡都有自己存在的道理，都有成全一樁美事的能耐，餡，有隱蔽性，深藏不露，只有愛深究、有耐性的人才能與好餡相遇，品嚐餡是一種打開萬物看到新世界的享受。

南疆的城，常使人心生感慨，遠遠望去，一座土城，灰灰的，只待深入進去才發現，裡面也會春光無限，宋時阮閱說：「城外土饅頭，餡草在城裡。」大約就指這個吧。在新疆，草是城市的餡，昂貴得很。

水性食物

車開到哈薩克帳房前，一群人下車走近羊群，指指點點。人的眼睛這一刻犀利光亮，充滿著貪婪和鑒賞力。一隻褐色的、捲曲的、溫順的羊被指定，像接受了神諭，羊被主人拉拽出圍欄，拉到偏僻的帳房背後。人是知道的，殺戮見不得天光，要在背地裡執行。站在山坡上，羊的宰殺過程被清晰呈現，所有的人都默不做聲，扭過臉，裝作沒看見，快速離開山坡。他們去爬更高的山，站在山頂極目遠望，藍天、雲杉、綠草、野花，一切都沉靜在美好之中。

太陽偏西時，爬山的人返回帳房，草地上的血跡已發乾泛黑，像似很久以前發生的事情，鐵鍋裡有嫋嫋香氣，燉煮好的羊肉湯濃厚、溫暖、棉軟。待眾人圍著地毯坐定，主人端上一臉盆的清燉羊肉，色純肉嫩，湯汁上漂浮著青碧的芫荽和幾絲皮牙子。手伸進臉盆，抓起一塊，大口地吃肉，大碗地喝湯，再配以烈性的杯酒，這種遊牧式的吃法剽悍豪放，像某些人生，毫不顧忌，隨性而來，放縱到底。

其實，新疆的羊肉湯看似粗糙，內裡實則是很講究的。北方人做湯，多是一鍋水滾開後，甩進一個雞蛋，蛋花遊雲浮現，幾滴香油、幾絲蔥花，一碗雞蛋湯成了，端上桌打發人，絕不如南方的煲湯見功底，南方人愛說煲湯，煲靚湯，煲的好與壞區別在時間和火候上。而在新疆，做羊肉湯叫燉，燉比煲更深入的地方是除了時間和火候外，還下料足夠、食材新鮮，出的湯汁也更厚道、更顯精華。

和著水的食物，體現最完美的是湯。清燉羊肉對羊本身的要求極高，比如要用新疆的羊、要剛宰殺的、要小羊羔。其次，對水質的要求也格外講究，最好的羊肉湯不是在酒店飯館裡燉出的，也不是自家砂鍋裡煨煲的，而是在山裡，具體點說，天山山脈橫亙在新疆大地，一道道自東向西褶皺過去，其間的凹槽叫溝，比如白楊溝、水西溝，溝裡有草灘牧場，溝底有泉水潛流，清冽甘甜。被宰了的羊，身體尚未涼下來，便剁塊扔進大鐵鍋裡，以山澗泉水和林間松木溫火燉煮，這樣出的湯，潔白濃郁，才配得上鮮字。造字的人在冥想鮮時，心裡必定是想著兩種食物，魚和羊，沒有比這兩樣與水相融更熨貼、更適當的食材了，於是順手拈來，往一塊一湊，先放魚，再放羊，一個新漢字誕生了，用了幾千年，凡識得幾個字的人，一見鮮字，都美從心來，腦海浮現出魚、羊燉煮出的味道。

我的枕邊長年放著一本《本草綱目》，它是一本醫書，也是一本是藥書、一本科普、一本文學讀物、一本植物大全，許多書籍讀罷都要放歸書架，唯《本草綱目》，只要願意，便可以天長地久地讀下去，思量下去、實踐下去。水性食物關鍵之處在於水，即便是單純的水，作為飲食用，也是有講究的。《本草綱目》對水有著深刻的敘述，比如，書中將水分為天水和地水，天水中又有立春的水、露水、甘露、半天河、夏冰、冬霜，臘雪液雨水、梅雨水、屋漏水等等。其中每種水又都有說道，如露水，是陰氣積聚而成的水液，是潤澤的夜氣，在道旁萬物上沾濡而成的，秋露秉承夜晚的肅殺之氣，宜用來煎潤肺的藥。而甘露白如雪、甜如糖，產在川西人煙罕見的地方，像糖稀，不易獲得。雹是天地陰陽之氣相搏而形成的，是不平和的氣彙聚的結果，就是從天空飛墜的冰塊，小如彈丸，大若斗升。讀這些時，想起薛寶釵的冷香丸，製一枚冷香丸所需的功夫，皆因時間季節而起，天地孕育的水氣才是膳食之本

水的這些細分道出了水的不同凡響，最完美的湯汁都是以水為本的添加和取捨。羊也罷，魚也罷，沒了水，便沒了依託，沒了依託，鮮字也就成了神話。不同的水有不同的飲法，新疆水質原本很硬，含鈣高，燉出的羊肉色鮮味美，但燉其他肉食未必就好，而當下的人早沒了水的法則，所飲之水是放入漂白粉的自來水，燒開後飲用，壺底結著厚厚的水垢。桶裝的純淨水，過濾掉廢渣的同時也過濾掉了礦物質。而更多的桶裝水裡不知道埋伏著多少細菌。水早已不清潔甘冽，用這樣的水烹出的食物是缺乏信任感的。人，總是離不開水的，水性食物是所有食物中最養人的一種，對水保有信任就是對世界的信任，這份信任正在慢慢地失去。

一道蓴菜端上桌，仔細觀望，分明是少年時代苗圃裡浮萍的懷舊版本，一朵朵雨滴樣的草葉浮在水面，區別是，浮萍是活躍在湖水中的初春，青碧蘿綠，蓴菜是斜倚在湯盆中的晚秋，殘破黯然，陳舊，卻很古典。

蓴菜是水生草本植物，可做湯羹。我只在新疆的飯館裡吃過，半盤的酸辣湯水，清涼透心，浮在盤面上的蓴菜像沒盛開就夭折的落地菊花瓣，懦弱地不能以筷子夾住，需用勺子舀，湯汁和葉片一起送進嘴裡，滑嫩的蓴菜如同泥鰍，順著湯水滑進腸胃，那滋味沒及細細品味，就沒了蹤影，口舌像捏不住雲彩的手，無力的很，這便是陸遊說的「蓴絲滑欲流」了。身處新疆，一直懷疑所吃蓴菜是走了樣的，不是你的，就不是你的，模仿來的，總不地道。蓴菜是道江南菜，我是吃不出實質問題的，況且是拿來主義，更難保其中真偽，像隔岸觀火，總是虛虛晃晃、黏黏糊糊。這是我對南方的整體認識，也使我對南方陷入了一場懷疑之中。

在懷疑中我登上了飛往南京的班機，落地後立即聯繫阿娟。阿娟是我大學同學，畢業後在學校做教書先生，她家住在學校筒子樓裡，沒有專門的廚房，每家門口都擺著爐灶和教課桌，桌上放著案板和調料瓶罐。

阿娟下班回家，換下職業女裝，穿了碎花棉布居家服，拉著我去市場，買了青菜蘿蔔，又挑了活蹦的鯽魚，去鱗剖肚，拎著回家。鍋放爐上打著火，去提油壺，空的，搖一搖，再倒，還是空無一滴，送回原處，折身邁出一步、胳膊一橫，隔壁家櫥櫃中的油壺到了她手上。油吸溜著進了阿娟的鐵鍋。那動作靈巧生動，想必不是第一次了。我笑她，她也笑，臉微紅著說，借點。良家女子偷摸一次，會像風塵女子忠貞一生一樣，竟也令人生出了感動。

油熱，放兩片蒜，嗆出香味，再溜進整條魚，翻個身舒展一下。茲啦一聲到進半鍋涼水，蓋上鍋蓋。我們開始天南地北海闊天空。每隔一些時候，阿娟會用小勺在鍋邊舀起湯汁，吹口涼氣，放嘴邊抿一下，那種對食物的投入和專心是南方少婦才有的心氣。靠耐心煲出的湯，喝起來也是不同的，要格外珍惜，才對得住煲湯的人和湯裡的食材。

待阿娟再掀起鍋蓋時，奶白的湯汁，水乳交融，浮著熱氣。覺得阿娟像魚湯，水潤白皙玲瓏，還處處生趣。那次之後，不但阿娟，我連整個南京城都喜歡了，對南京女人的認同感也一路領先，賽過了蘇州女人、無錫女人、上海女人。更重要的是，南方於我突然清晰了許多，那些在我觀念裡一直被視為黏糊、虛晃、不實在的過程，被阿娟演繹的可圈可點，具體到位，南方原來是這樣的，與北方有著相似的直接和具體。

今年夏末再去南京，電話給阿娟，她帶著孩子回了江北老家，老友未見，有些遺憾，得以彌補的是學到了一手好湯製作。那些日子，住在紫金山腳下，天悶熱，南京人說平日裡也不這麼熱的，但每年都有幾日特別的天氣，這幾日恰好被我們撞到了。服務員端上一盅雞湯煲，一改南京菜肴的溫和謙遜，先是有點回辣，再品，漸漸辣的中肯，然後烈性尖刻，一碗碗喝下去，喝得大汗淋漓。這南京雖熱濕難耐，卻也因熱而酣暢了一回。

那刻薄的辣原本不是南京人使用的，它出自四川泡椒，是將朝天泡椒丟進砂鍋與土雞同煲的效果。回烏魯木齊後，拿出金陵師傅寫的方子如法炮製，先買來土雞切塊，煸出香氣，加水，滾開後放入老薑、枸杞、黨參，再選四隻朝天泡椒扔進砂鍋，覺得不夠滋味，又加進些泡椒水，蓋上鍋蓋，等著肉爛湯濃的時候。起鍋後，一股泡椒濃郁的雞湯味撲鼻上升，舌頭根頓時浸出了酸水。我給這湯起了名字，泡椒酸雞煲。

與水最密切的配合者是米，是食物中的基本要素，米與水契合共同熬煮成粥，北方叫稀飯，稀飯讀起來不粘稠，粥比稀飯進了一步，是煮和熬的時間更久的稀飯，是米粒炸開了花的綢稀飯，粥裡放些蔬菜和肉，可以出不同口味。皮蛋瘦肉粥，紅棗蓮子粥幾乎都算到了補品中，這類米多水少的飯，做不地道會起膩的。

北方人喝的是稀飯，稀飯簡約樸素，清湯寡水擱在早餐吃，就點泡菜、榨菜、豆腐乳，很是爽口。偶爾去單位餐廳吃早飯，提著勺子只舀浮起的薄薄一層，有米色米味，卻無一粒的米，這種稀飯米與水完全交融，其中的水性是完整的，吃了這樣的早飯，一夜的心肺塵雜都被清洗乾淨，人也不再浮躁了。

風乾肉

一直懷疑，風乾肉最初的創意來自乾屍，是乾屍的啟迪，為即將腐敗和有可能腐敗的肉轉換一種形式，處理成能夠持久存放的食品。懷疑是沒有根據的，很快被否定了，在沒有乾屍之前，人類就將獵取的動物風乾，更長久地保存，不至於腐爛。只是我有不雅的聯想，見到風乾的肉食，便想起了乾屍，更準確的說法，是在博物館看到乾屍時，想到了風乾肉。畢竟，風乾肉是常吃的，而乾屍不常見。

風乾肉是醃肉的一種，早先沒有冰箱，殺了豬吃不完就醃製起來。小時候，每至冬季都有四川人湖南人撿來柏樹枝，在平房前支起鐵爐，薰製臘肉，滿院子煙霧繚繞，薰香氣引得饞蟲蠢蠢欲動，講究的女人躲著濃煙走，抱怨身體和頭髮裡全是煙氣。我家祖籍北方，父母不會薰製臘肉，他們醃製的方法是北方式的，將肉切成大塊，煮熟，放進一口瓷罈，再將煉製的豬油澆上去，以油封閉住空氣，絕了空氣的肉食自然也絕了細菌，不會變質，如此醃製的肉食烹熟後有股清香味。我還見過甘肅人醃肉，將肉切條，滾在麵粉中，肉條渾身掛滿麵粉，儲在木製櫃子裡，這種醃製的味道如何、醃製能保持多久都不得而知。

新疆人將內地人稱口裡人，口裡人跑到新疆打工的多為四川人、河南人和浙江人。浙江人做精細的活計，裁縫、木匠、小商品，後來做大了，做到了南疆各地區，到處都有浙江人的店鋪，喀什、阿克蘇、庫車都有溫州大酒店，這些年浙江會所、會館也紛紛成立。河南人幾乎壟斷了烏魯木齊蔬菜市場，只要進了農貿市場，滿場子全是河南腔。四川人在新疆，都愛開館子，四川小吃店遍佈各處，無論多麼偏僻生硬的地方，只要有人居住，哪怕只此一戶，那一戶必定是四川人，幹的活計必定是開館子。

在縣城裡開館子的四川人，臘製品都是自製的。春節前，去南疆出差，下班後出單位大門，過馬路是一條不長的街面，幾乎全是小飯館，小飯館中又幾乎全是四川人開的。招牌上寫著川菜飯館，峨眉酒家、川蜀飯館、山城火鍋，與招牌合拍的是滿街飄浮的麻辣氣焰，總有點囂張的東西在裡面。寒風中，每家館子前都支撐起木桿，拉了鐵絲，上面掛著臘肉、臘腸、剖開腹部撐成紙板狀的燻魚，還有臘豬臉、臘鴨、臘雞，臘香味一路飄過出。其他季節去這條街，總想要鑽進一家館子，總忘不了點盤臘味，腮幫子裡的一口清水早就與這條路勾結在了一起，使人糾結不已。

另一道獨特的臘味在塔里木河畔，臘味的原材料是魚，自然是塔里木河裡的野生魚。是哪一家館子率先引領的風乾潮流已不重要，重要的是，每經過塔河大橋邊，就會惦記起這道風乾魚。

店家說從塔里木河打撈來的魚，剖了腮肚，不洗，渾身抹上鹽和花椒，肚子以小棍撐開，個個像懷了孕的女人。或者徹底剖開，將魚頭劈成兩半，腹部壓成一張薄紙，再看那魚，張著大嘴，眼睛移到一張平面，酷似人。用餐間隙，跑到店家後院探虛實。果然，滿院子的塔河魚晾曬在木桿和鐵絲上，像無數面旌旗，招搖在黃沙中，陣勢巍然壯觀。暴烈的陽光灑在魚屍身上，清一色乾癟的眼珠，被吸乾了水份的身體向一邊傾斜著，魚們憂怨憎恨地看著來路不明的食客，看的人心驚肉跳。

塔河邊的風凌厲，風乾魚不幾天就可食用，廚師取來，放清水裡回軟，剁條，爆以乾辣椒皮，蔥薑蒜、鹽、花椒、醬油、糖，還不忘噴上些白酒，顛翻幾次出鍋，端上桌來。

與塔河風乾魚有一拼的是福海的燻魚，福海在北疆，是新疆著名的產魚區。福海的風乾魚有袋裝品在超市出售，燻味正宗，但它避免不掉罐頭類食品的通病，骨頭酥爛，綿軟碎小，拎不起來，沒筋沒骨，沒了一般肉食出鍋見人第一眼的靈氣，在食物中，我叫它沒精氣，跟做人沒了靈魂是一個道理。食物要活生生的才好，並非是生食，而是要有風骨，比如一些揣在兜裡了風乾牛肉，撕扯、咀嚼、吞咽，一招一勢都得有章有法，每一個步驟都鮮明到位，絕不溫吞，食者更是不馬虎、不敷衍，一口一嚼，硬是將陽光和風的味道咀嚼了出來，這樣的食物才叫有精氣，有精氣的食物才底氣、有分量，才堂堂正正。這與做人是一樣的道理，我常常敬佩生活閱歷豐富的人，他們不突出，不張狂，不招搖，和風細雨，看似平凡，他們的精神中有骨感，又不僵硬，有高貴，又不傲慢，他們富有，但絕不僅僅是財富，他們有信仰，也不僅僅是宗教。

一次夜晚，有朋友送來幾條福海的風乾魚，心裡頓時歡喜，跑下樓梯去取。風乾魚包在紙張裡，又裝進塑膠袋中，風高雲厚，什麼都看不見，提著塑膠袋跑上樓。回到家略略抖動紙張，一股燻香立刻溢滿廚房。牽一條尾巴，高高拎起看，風乾魚立了起來，形體僵硬、雙眼凹陷、呲牙咧嘴，滿身紅亮醬香。扔一條進盆裡，盛滿清水，等著回軟。

第二天，備齊輔料，鍋底放油，燒辣，將整粒的花椒和紅辣椒絲放進油鍋煸，花椒是整粒的，整粒的花椒溢出的麻香才濃厚，放進切條的風乾魚，粗放的烹飪法才配得上風乾肉的原始氣質。上桌的風乾魚濃郁醇香，成了我的絕版手藝，自那之後，再也沒烹出過如此撼動味覺的風乾魚。

哈薩克燻馬腸是少數民族的熏食，燻馬腸的製作方法十分剽悍，一匹高頭大馬的腸子有多粗，以馬腸灌出的燻腸就有多粗。牧民先在馬腸子內放一根馬肋骨，再在裡面灌上馬肉，使燻馬腸挺立，不打蔫，馬背上的民族有自成一體的審美，做事硬氣沖天，充滿著骨感，一根馬肋骨略微彎曲在馬腸中，灌製的燻腸掛在氈房前時，像牧民充滿力量的胳膊，在風中揮舞。但，這種燻馬腸烹飪時難住了我。翻箱倒櫃找出家裡最大的鐵製大鍋，仍然放不進一根馬腸，用斧頭砍下去，肋骨堅強不摧，一根肋骨，在馬身上的某個位置，即使不是最為重要的存在，他也有堅硬的性格，每一斧頭都能感受到它骨中的鈣，鈣中的鹽，鹽中的硬度，硬度中的力量。

無奈之下，只能將清水蓄滿鐵鍋，將馬腸架浮在水面，一半的乾蒸一半的水煮。一小時後，家裡飄出燻香，半天功夫花到後，燻馬腸成功出浴，有型有貌地躺在案板上，那姿態，絕不亞於任何一家四川人和湖南人燻製的臘腸，甚至比四川人、湖南人的臘腸更加醬紅油亮，給食欲以更澎湃的刺激。用小刀拉一塊放入口中，鹹香，略酸，有後勁，越咀嚼越乾香，是真正的我所期待的有陽光、有風、有塵土、有激情和精氣神的食物，底氣分量都十足。

還要記上一筆的是，庫爾勒的風乾豬肘。一次，從基地出發回烏魯木齊，同行人一路上大聊各地吃食，說到庫爾勒風乾肘子時，贊口不絕。庫爾勒是個新型城市，本無特色小吃，但它地處南北疆交通要塞，接待過南來北往眾多旅人，自然帶來許多地方小吃，風乾肘子是其中之一。同行人向我介紹了它的無比美味，害我像患了相思病一樣鐵定了要去品食一番，那旅程也因有了明確的目標而變得動力十足。

進城的第一件事是直奔青年路，找到了滙源酒家，到店門口後才發現，這家館子我曾經拜訪過多次，最近的一次是帶了幾位客人來點吃麻辣魚塊、酸菜魚和豆腐鯽魚湯。對風乾肘子聞所未聞，詢問這肘子是新品還是舊菜時，店家說，招牌菜，許多年了。許多年了，許多事都是這樣，我是個不愛深究的人，一些生命中值得留存的過往，常被我的粗心一筆勾銷，許多情趣逸事，總是被我不小心的忽略了。

輕撚一塊風乾豬肘，味道果然獨特，一改醃製臘肉的烈性炮製方法，選用一種接近北方人的簡約方式，似乎只有唯一的調料，鹽，才能使其味道純正到不雜亂的地步。通體的風乾肉色白、乾淨，脂肪部分的油脂被殺盡，顯得透亮，鹹香不膩。風乾肉做到這種地步，於無聲處見手藝，是過去從未見識過的，而一個廚師，能將風乾醃製的肉類做出清芬、純粹之感，需要積累多少的閱歷和時間才能完成。

風乾肉、風乾魚，雖是美味，卻不宜多食，不說醃製食物致癌種種，只那飽食的缺點就能羅列半筐。過去看新聞，日本工薪階層吃飯，每頓只五成飽，多了，血液全跑胃裡幫助消化去了，大腦缺血，身體困頓，工作無狀態。新疆的葷比素勝，新疆人也多貪戀肉食。肉食吃多了不是好事。清時李笠翁說過，吃肉的人鄙陋。並非鄙視吃肉，而是鄙視不善計謀。吃肉的人之所以不善計謀，是因為肥膩的東西凝結成了脂肪，遮蔽了心胸，就像茅草阻塞了心，使他不再開竅。新疆人總是不比內地人機敏，厚道有餘，聰慧不足，原來，全從這吃上得來。所以肉要少吃，更何況是醃製的風乾肉食。

牛一族

九月中旬，天降大雪，父親披著鵝毛雪花去農貿市場，買回半隻牛頭。牛頭是白水煮的，半成品，放入清水中，面部白森、毫無血氣、雙眼緊閉，活著的牛有好看的眼睛，雙眼皮、長睫毛、眼珠清亮、單純，人們常說瞪著牛眼，一是說眼睛大，二是說倔強，長著牛眼的人多半既厚道純樸又愛認死理。

躺在盆中的半隻牛臉看似平靜，但這都是人的想像，你宰了別人，千刀萬剮還要別人做出平靜姿態，怎麼可能，你一廂情願，是你占了便宜，牛才不這麼想呢，人類不如虎豹，虎豹吃牛，一口咬住氣管，讓你大喘幾下就完了，虎豹不在乎詛咒，動物沒有道德感，不講道德，也不會不道德。不像人，人宰牛，又要為自己開脫，將自己置於道德平臺之上，人很貪婪，婊子要做，牌坊也要立。明知一頭牛死去了，眼淚掉下來了，還要說別人死相平靜，這世上哪有視生死如履平地的事情。

用刀刮洗牛頭，去掉黏塵污垢，復又扔進鍋裡煮。這一煮才發現，叫賣牛頭的維吾爾人做事精明，那牛頭在他家鍋裡只翻打了一個滾兒，就拿來出售，不知節約了自家多少柴禾。

牛頭在鍋裡咕咚，滿屋瀰漫著鹵煮的氣味。那是我來烏魯木齊後，父親為我介紹的第一道美味，另一道是羊蹄。父親說，夜燈下啃羊蹄才有滋味。我不食羊肉，對羊蹄沒有更深的體驗，全身心關注的只是那半隻牛頭。

熟透後的牛頭晾涼，切薄片。牛頭不像豬頭有肥墩墩的脂肪白肉，牛頭上有厚厚的牛皮，碩大的牛眼、精緻的牛舌和佈滿肌肉的牛臉，整個牛頭充滿著膠質和透明感。按照川味涼拌的方法下料，精鹽、醬油、白糖、味精、花椒、紅油、麻油、蒜末、花生末、熟芝麻、芹菜丁。涼拌後紅豔的色澤出奇地誘人。

牛頭肉裝盤很不規整，不適合宴請，甚至不適合正餐享用，最好的食用是在晚飯後，家裡突然來了人，三二摯友，一盞青燈，一壺濁酒，一盤牛頭肉，舉杯邀月，共敘舊情；牛頭肉就酒，是最好的私房下酒菜，適合與閨蜜兄弟同食。我用涼拌牛頭招待過許多人，自然是閨蜜兄弟之類的。

九月，我突然為自己做了一個決定，去拉薩。從成都乘機降落在貢嘎機場，開機門的瞬間，我嗅出了清薄的空氣味，清薄的味道中除了稀薄空氣外，還散發著淡淡的牛羊肉的氣息，而這種氣味的加重式是我在拉薩吃的一道風乾犛牛肉。

藏族導遊扎西帶著我們去看拉薩歌舞，歌舞場地在二層木樓上，每兩人一張方桌，每張桌台前放了小盤的拉薩特產，炒熟的青稞、糍粑和風乾的犛牛肉。風乾犛牛肉乾硬，腥膻味中夾雜著騷氣，是犛牛宰殺後，沒進行任何清洗處理，直接割成條狀，掛在風口裡風乾的。我用牙齒使勁撕扯下肉絲，在嘴裡咀嚼，咀嚼到腮幫子酸睏，我能將它嚼碎吞咽，完全是出於對高原的敬重。腥膻與騷氣的背後是血氣，是宰殺時的對抗，是毫無保留的原生態，這便是精氣所在，即有靈魂在現場。所謂的原始、本真，恐怕就是這些了。

幾年之後，我又在去往九寨溝的路上進了犛牛肉加工車間，犛牛肉一反拉薩的原始風格，被大量的調料醃製出麻辣、五香、咖哩味，這個時代充斥了太多的工業氣息，在這麼偏僻的地方，也有著文明的加工方式。犛牛口味成了典型的四川風味，重口味的牛肉乾牛肉片牛肉絲辨別不出是犛牛、黃牛、還是水牛。四川調料是有這個能力的，它能將萬流歸宗，在每一種食物的纖維和細胞裡滲入麻辣，使麻與辣入血入骨。不僅如此，它還具有強大的感召力、蠱惑力，在西部地區樹立起了不可動搖的地位，它還不滿足，還要將觸角延伸到了各個省區，無論走到全國哪個城市或小鎮，四川飯館的招牌都高高飄揚著，吊足了人的胃口。

從前，新疆沒有犛牛，新疆犛牛是上世紀初西蒙古的多活佛從西藏引進的，放牧於巴音布魯克草原。我們在和靜資助了兩名中學生，冬天，從基地出發返回烏魯木齊路途拐進和靜，去看那兩名孩子。和靜縣城不大，街面灰濛濛的，汽車開過塵土飛揚，馬車碾過有馬糞掉在路上，沿街有賣肉攤，掛著鮮紅的牛肉，牛肉連著牛尾，牛尾色黑毛粗，帶著黑梢子，一看便知是犛牛的尾巴，肉自然也是犛牛肉了。犛牛生活在雪線附近，無污染，價格比黃牛昂貴。

車進和靜縣地界，我們電話聯繫兩名學生的校長，校長回話，在校門口等我們。離學校不遠處，兩個穿長羽絨服的老師站在寒風中。與校長和老師見面後，寒暄幾句，我們一起去見資助的孩子。先看到一個女孩，十三四歲，一張典型的蒙古人的臉，卻有著白而細膩的皮膚，懂事、乖巧，讓我們喜歡。另一個男孩子已經好幾天沒來學校了，男孩子父親去世，母親離去，寄養在叔叔家，整日放馬、幹雜活，他比同班的孩子都年長，個頭卻低矮，歷史學的尤其好，得過獎勵。他跑了，不在叔叔家也不在學校了，同學們四處找不到他。因去和靜是看望兩個孩子，只在車裡看到了懸掛著的犛牛，回家後一直記惦著和靜，記掛著犛牛肉。

買買提簡稱買買，是我們的司機，長著狡黠的眼睛、黝黑的皮膚、燦爛的笑容和潔白的牙齒。買買提是我乘車幾十年裡唯一一個替員警說話的人，員警是為了大家好，沒了員警交通就亂套了，你不違章員警不會罰你，你要違章就一定要罰，不然規矩怎麼能立住腳，並且買買提是幾乎沒有被罰過的，他的理由是，他開了一輩子車，從未出過事情，就是因為遵守交通規則，只要遵守規則，就不會出事。這是他的邏輯，十分中肯。

與買買一起去南疆，車上聊起犛牛，大家一拍即合。買買立即撥通手機，找和靜的朋友幫助推薦犛牛肉。幾個小時後，買買的朋友來電話，告知犛牛已聯繫好，直接去取即可。接完手機後買買得意地咧著嘴笑，還晃悠幾下腦袋，滿臉洋溢著成就感。

車進和碩地界時，買買一個轉向，下了高速，直線衝進和碩縣城。又是一腳油門，車到了農貿市場門口。車裡人伸長脖子張望。四周行人平靜地做著自己的事情，似乎沒人注意我們。

買買左右四顧後拿起手機哇啦哇啦起來。又把好方向盤往農貿市場的另一面開去。沒多遠後停下，繼續電話過去，對方說在電線桿下等他，買買於是將車開到前方的電線桿下。依舊不見對我們的車感興趣的目光。

下面的對話是這樣的：

你在哪裡？

電線桿下。你呢？

我也在電線桿下，怎麼沒看到你？

我在啊，怎麼也沒看到你呢，是不是你站錯電線桿了？

農貿市場有幾個大門，幾個電線桿？

兩個大門，好幾個電線桿。

買買急了，在電話裡喊：看不到，看不到，你到底在哪裡？

對不上暗號，接不上頭。買買跑下車去數電線桿，一路往前去。我們下車，站在農貿市場的大門口的電線桿下，翹首期待。

終於，買買折返回來了，向著我們失望地搖頭。他和他的朋友接上頭了，他在和碩縣農貿市場大門口的電線桿下找人，他的朋友站在和靜縣農貿市場大門口的電線桿下等人。

和靜縣與和碩縣相鄰，都是蒙古人的聚集地，買買是維吾爾人，他不懂，如果他是蒙古人，或許會換個方式思考，犛牛產在和靜縣巴音布魯克草原，從山上下來的犛牛只待在和靜，和碩不產犛牛，若有犛牛出售，也是二手貨了。那次南疆之行，我們沒將犛牛帶回。

又過了一些時日，買買和朋友通了電話，巴音布魯克草原封山了，犛牛下不來了，只等明年再做從長計議。我們只得作罷。

犛牛肉沒買上，犛牛的情結無法消滅。臨近春節，竟有朋友給我家送了兩盒犛牛肉。打開紅色盒子，是兩包犛牛脊椎骨肉，取出洗淨，剁塊，先鹵煮，再紅燒，燒出的醬大排，油亮汪汪，肉汁濃稠，因為是原生態的食材，就覺得這盤菜肴唯美無限。

《呂氏春秋》中記載：肉之美者，犛象之肉。原來這美味我感受的太晚了，古人早就知道何味之美。

後來，去南疆途中，在烏什塔拉一家館子吃拌麵，我不吃羊肉，老闆娘說館子裡沒有羊肉，物價飛漲，買不起羊肉了，拌麵都用牛肉做，她店裡的牛肉全是犛牛肉，每半個月去和靜進一次犛牛肉。我立刻向她請教，只有肉，是否有骨，那骨是否能賣。老闆娘痛快，說大骨可以給我，但要等半個月後她才進貨。與老闆娘的約定並不難，難的是從未兌現過，她進貨時，我在烏魯木齊，她將貨基本賣完了，我來了，總也沒對上眼，這犛牛骨也一直沒買到。

買買為我們買犛牛之事兩年後才兌現。那時，他已離開我們，去了別處開車。一天，他帶著一個同事去了屠宰場，現場看上了一頭犛牛，牽了出去。宰牛人完成屠宰之事後，他將犛牛分成多分給我們捎了回來。我們與買買的犛牛相託總算告終了。

如果還有什麼不完美之處，則是買買給我們捎來的犛牛是烏魯木齊屠宰的，烏魯木齊的犛牛來自東疆巴里坤草原，而我一直惦念著的是和靜縣巴音布魯克草原的犛牛。

米粉姓卓

新疆雖產大米，卻不做米粉。新疆的大米是用來做抓飯的。新疆米粉來自南方，是外來戶。烏魯木齊賣得最火的是卓記米粉、卓氏米粉、卓妹子米粉，只要帶有卓字，烏魯木齊人就認，就覺得正宗。

其實，卓姓米粉並非烏魯木齊最早的米粉。剛工作那會兒，週末下班後常拎著包去擠二路公共汽車，一趟坐到友好，衝進友好商場逛至夜幕降臨，這時，天上飄舞起雪花，雪花在路燈裡飛旋打轉。人不想回家，只想走在紛亂的雪地裡，等著雪花一片片貼到臉頰。

商場側面有條窄巷子，燈火昏黃。在北方，大凡這種黯淡的燈火背後都躲藏著暖和又廉價的小吃店。遠遠望去，一幅好望角米粉店的招牌豎立在雪地裡。好望角，一個地理名詞，大約是走到了地的盡頭，以生意人的眼光看，不算很吉利，不過店家用於這逼仄的巷子，反倒給人以山重水複之後柳暗花明的效果。

上世紀末，烏魯木齊的商業店面無論大小，門上都掛著帆布棉製門簾，防風又防寒。一些店面的門簾被無數次掀起後，變得油膩厚重，尤其是小吃店的門簾，其中川味小吃油重，門簾處的油膩更甚。喜歡肥甘厚味的人只看門簾就頻頻往裡鑽，門簾掀起的瞬間，一股股憋足了勁的麻辣蒸汽順著頭頂向外湧動。

好望角米粉店掛著綠色棉製門簾，只看到油膩膩黑黢黢的一團光影，大致就知道這店裡販賣吃食的行情了。掀起門簾進得小店，人多，光暗，桌上是未及收拾的碗筷，殘留著湯水，碗邊掛拽著半條米粉，擦嘴用過的紙張沾滿紅油，一團團遺落在桌上地上。但是，這些似乎並未影響吃客們的好胃口，飄蕩在空氣中的辣香氣息像冬天裡的大雪，不但將城市的污垢和齷齪覆蓋，還進行了一番美飾，雪是多麼純潔的事物，經過雪裝扮的世界輕易就取得了人們的信賴。

像烏魯木齊所有四川人開的小店一樣，好望角小吃店的每個角落都被極具四川特點的麻辣氣息標識著：油紅的湯料、油膩的桌凳、不忍目睹的後堂、說著椒鹽普通話的服務員，這些四川小店共有的特徵在新疆形成了一股勢力，這股勢力超級強大，一度佔據了整個城市的飲食消費，他們為自己驕傲、自豪，卻不曾想過將後堂清掃俐落、將油污擦拭乾淨。川菜領軍新疆的態勢後來漸漸被弱化了，被更熱烈的湘菜、更豪邁的東北菜、更清淡的粵菜、更親切的浙菜，以及遙遠的福建菜替代了。

好望角小吃店的米粉是新疆米粉形成的早期階段，比較單一，只有牛肉湯米粉和雞肉湯米粉，不比後來，品種越來越多。如今的米粉家族大致分三類：湯米粉、炒米粉、拌米粉，搭配的食材有牛肉、雞肉、芹菜、野蘑菇、土豆絲、豇豆、泡酸菜等等。肉菜與米粉兩兩搭配，混合出不同口味的湯、炒、乾拌米粉來。

說不清哪一天，好望角米粉店出局了。這個城市，林立在街面的小店鋪每天都有點炮開張的，每天都有絕望關閉的，這是幾乎所有小經營者的共同宿命。烏魯木齊的米粉店因循了這個規律，在好望角出局的同時各路豪傑不甘寂寞，競相登場，盡顯絕技，大有你方唱罷我登場，看誰唱到最後的架勢，卓記米粉店大約就是這個期間浮出水面的。

卓記米粉店位於北門轉盤處，藍色招牌被塵土洗刷的略為陳舊。店面不大，食客熙攘，他是當時烏魯木齊眾多米粉店中的一家，尚未形成風格，也沒什麼名氣，僅僅是一家小吃店而已。他的特別之處是，當你離開他時毫無留戀，而當你再次遇見他時會情不自禁，雖說不出好在哪裡，但到了他的門下，就再也挪不動腳步，走不了人了，口腔會像有記憶的大腦，閃現出撩人的麻辣。這一刻，人的食慾被激發出來了，食慾是一種不可控的慾望，隨時瓦解著人的意志，讓人繳械，使人放縱。卓記米粉的回頭率極高，周而復始的老食客硬是將一種普通的米粉炒到不普通的級別，成為烏魯木齊米粉界的一個奇跡。

家門口拐彎處原本有家米粉店，味道與卓記大有一拼，吃客眾多，老闆沒少賺錢。我們常在夜幕降臨後去吃，很奇怪，只有在夜幕裡，燈火闌珊時，著居家服、拖鞋，穿過樹蔭和棱形地磚，才有了吃米粉的熱望。米粉店照樣是昏黃的燈光，這種燈光狠狠地挑撥著我的食慾。米粉是屬於夜晚的，在沒有人的時候，大口地、火辣地躲在小店角落裡，使頭皮發麻、驚悚、渾身淋漓，而後回家大睡，這一天便會顯得特別飽滿。後來這家米粉店也關閉了。我有點固執地覺得，它是在別處尋求大發展去了。世界那麼遼闊。

近年常去走動的米粉店有兩家，一家在鐵路局市場裡。在沿街鋪面的背後，掛著卓妹子米粉店招牌，最近又掛出卓記米粉店。兩塊牌子同時示人，覺得蹊蹺。吃卓妹子時，以為這店是卓記的連鎖店，或是卓氏的妹子，總歸是有所關係的，即便不是血緣上的，也是同族同村的。待看到第二塊牌子補掛上去時，又茫然了，好像卓妹子本身跟卓氏沒什麼關係，迫於某種不可言說的理由，又必須發生點什麼關係似的，於是，再掛一牌，昭示全天下，卓妹子與卓氏就是有關係的。有什麼關係，誰會知道呢。卓妹子米粉的味道高調、入流，絕不輸於卓氏，何必非要扯出卓氏為自己揚名呢。

另一家米粉店在師範大學附近。女兒在師大拜師學藝，至週末學藝前，我們會早出家門，先去米粉店解決溫飽問題，再向老師求教。趕到米粉店時，正值中午，穿校服的中學生們剛剛補課結束，吵嚷著擁進小店，小店像煮開的沸水，咕咚咕咚冒著熱氣，店老闆和夥計們忙的不可開交。這裡的米粉與卓妹子米粉不同，是典型的新疆米粉，是辣乎、粗糙、黏稠的那種。卓妹子米粉較接近於四川和湖南風格。

我曾去內地許多地方吃米粉，雲南的、湖南的、貴州的、四川的，都比不過新疆米粉火爆，都要比新疆米粉溫柔，這個道理我一直沒想明白。論及火辣，四川、湖南、貴州首屈一指，哪個輸過誰，偏偏烏魯木齊要逞強，做出最撩人的米粉來。

新疆米粉的基本味道源於四川與貴州，雖辣不過貴州、麻不過四川，但有比兩者更厲害的方法，即下料猛、調料亂，新疆味道的猛和亂還在於它的粗糙，當粗糙成為新疆特點時，新疆米粉就成為了它自己，而不是別人的附庸或提升。烹製新疆米粉時，肉食只選用牛肉、雞肉，從不用羊肉或豬肉。將牛肉以料酒、醬油、八角粉醃製。油鍋裡放重油，花椒粒炒出香味撈出，下乾紅辣椒、蔥薑沫泡椒，再加入郫縣豆瓣、黃豆醬，然後放入牛肉，快速翻炒，加芹菜、白糖、胡椒粉，最後將過水後的米粉放入，略施鹹鹽，收汁出鍋。整盤米粉突出的是醬，醬粘稠，不清爽，黏糊糊的，加上郫縣豆瓣本身成分複雜，看上去雜草叢生，很不清爽，紅辣辣的油托著大碗的粗米粉，增添了米粉的粗糙感，充滿著邊疆的曠野色彩，也更符合新疆人豪放的審美。

新疆米粉以拿來主義為先導，在完成新疆本土化後又強力外輸了。在內地的菜譜上，論及新疆風味，烤肉、抓飯在第一層次，接著就是大盤雞、新疆米粉。大盤雞是四川人在新疆的自創，而新疆米粉是貴州人在新疆對貴州米粉的昇華。土生土長的新疆人去了內地，四處找尋米粉，全國各地吃了一圈，卻總也找不到新疆味道，好像那米粉原本就是新疆的吃食，被內地人掠了去，變了味道。當新疆米粉成了新疆人懷念的一種方式時，新疆米粉便跳出了米粉群體，成了不折不扣的新疆小吃。新疆米粉形成的一個特點是，用別人的水澆自己的田，即是用別人的調料品調出了屬於新疆人自己的口味。

其實，米粉就是一道家常飯，是民間大眾填飽肚子的基本食物。新疆米粉的粗糙奇辣常常使人腸胃難以消受，每吃完一頓回家，身體都會有一些不舒爽的反應，那時，就會反省，而後發誓，今後不再碰那玩意了。但是，當再次走過街巷路邊，再次經過一家不起眼的米粉店時，當炒雞絲和芹菜丁的香氣溢出時，人的意志又渙散了，腿腳又不聽使喚了，一頭栽進米粉店，安慰自己先吃了再說。於是，有了再次的反省、再次的淪陷。

新疆米粉是什麼，一種外來的吃食，何以若本地土生土長的，類似三歲前養育出來的習慣，它何以欲罷不能，唯一的解釋是，新疆米粉確實在長久的演變和發展中進入了新疆人的骨髓與血液，成為身體裡不可或缺的一部分，他像氧氣、像水、像塵土，像漂浮在空氣中引發過敏性鼻炎的一切化學污染物，是新疆的一部分，也是新疆人的一部分，不可分離，不能分離，新疆米粉是新疆的存在，這便是新疆米粉於新疆的意義，也是新疆人離開新疆後對這種存在表達懷念的價值所在。

溫柔的豆腐

豆腐有南北之分。大體上說，南豆腐是水豆腐，以石膏做凝固劑，色澤細白、質地嬌嫩，擱在水裡存放，易碎，像南方姑娘，撈起後也是水淋淋的。北豆腐是用鹽鹵點的，質地肥厚堅實，老氣，略發黃，獨立在木板上，厚重似泰山，味道也有股生澀的鹵氣，但許多老人就是衝了那股子氣味去的，認定那才是實實在在豆腐的味道，以這口味衡量南豆腐，就覺得清寡了。不過，我到不以為南豆腐屬於南方，北豆腐屬於北方，只是稱呼而已，南方人也用鹽鹵點豆腐，北方的冬天照樣有推著小車賣豆腐的婦女，用凍得發紅的手伸進刺骨的冰水裡將水豆腐輕輕抬出水底，賣給顧客。

離我家不遠處有一條步行街，街口有家飯館叫菜根香。菜根香老豆腐是他家的看家菜，按照南北豆腐之說，菜根香的老豆腐該是南北合璧的，以北方敦實的豆腐烹以南方厚重的麻辣，經過長久燉煮，盛入粗沙碗裡。那豆腐所切之塊像兒童玩耍的積木，個大方正，由於鹵煮的時間長久，豆腐塊上佈滿了蜂窩狀的孔隙，被半碗麻辣醬色湯汁浸泡著，上桌前撒些青碧的蔥花，是道絕頂的下飯好菜。後來，這家餐館移出步行街，想念老豆腐時便四處打聽，得來消息，烏魯木齊還有兩家分店，一家在建設路，另一家在黃河路。又點了菜根香在網上查詢，竟然冒出眾多的菜根香，熟真熟偽，實難辨別。

一些被實踐了多次、被認定的溫柔的事物，是我不敢怠慢的，常常，他們會有出乎意料的極致表現。豆腐便是如此，好幾次都讓我的眼睛為之一亮，心頭為之一顫。

豆腐是有文化的食品，是最接近禪的食物。看到這句話的瞬間，我像一個游雲四方的僧侶，忽地頓悟了某些人間冷暖。話說豆腐的人很多，說到接近禪佛份上的人，該是見到了真知。一塊白色的方，規範敦厚、有格有局、不亂方寸，適宜南方和北方，冬天和夏季，登得國宴、進得廳堂、下得民間，亦能遠走他鄉，更重要的是，無論扮演哪種角色，它都得心應手，顯得心平氣和、不溫不火，若蓮花與日月，毫無攀比之心、得失之心、嫉妒之心、爭寵之心，它能回歸本真，行雲流水，參悟世態，夾一塊豆腐入口，便能品得幾分禪意。

記得在成都讀書時，週末，宿舍的同學跟朋友一道去文殊院，不是行禮拜佛，而是飽食素齋。回來後滿腔感慨，那菜譜上寫的全是葷，用料全是素。比如紅燒排骨，是用竹棒穿了豆腐過油，按照紅燒排骨方法炮製的，以次類推，回鍋肉、粉蒸肉、扣肉，菜單上全葷，實料全由豆腐替代。既然是豆腐替代，何不直接說，紅燒豆腐、回鍋豆腐、粉蒸豆腐，偏偏要叫個肉名出來，是想提醒凡心，還是凡心不死，抑或，是考驗凡心。此舉於肉食主義者來說，扭扭捏捏、遮遮掩掩，實在不夠坦率。但從另一角度講，唯有豆腐才有肉的潛質，是別的蔬菜替代不了的。小時候，物質匱乏，父母買回許多人造肉，冒充肉食解饞，那人造肉就是豆製品製作的。在眾多的食品中，能混跡肉食江湖，又無殺生之舉的，唯有豆腐，能烹出肉的形狀，捎帶出肉的滋味的也只有豆腐。寺院寬待，以葷腥起菜名，食材一關是要把持住的，不能隨意氾濫，而在眾多食材中，豆腐是最具禪意的的食物，也是佛家最為信任的食物，由信任者去臥底潛伏是不會惹出爭議捅出爐子的。

豆腐家族最具創意的下游產品是臭豆腐，一種回味無限的食品，也是豆腐的極致表現，溫柔的豆腐，在磨豆、泡發、磨漿、煮漿、點漿、成型、發酵、生出長長的菌毛等一系列過程中，由香而臭，由臭而回味出奇香。早先的烏魯木齊每個角落都充斥著嫋嫋羊膻，忽有一日，寒風中刮來一股熱騰騰的怪氣，尋著氣味來路追過去，青煙正在四散，一股更為濃烈的、污水溝洩露了的濁氣接踵而至，仔細辨認，味道並不陌生，雖不是新疆土生土長的腥膻味，也是過去常常接觸到的，畢竟，臭豆腐也是有歷史、有文化的吃食。

我在皖南小鎮時，碰到過叫賣臭豆腐的小販。徽州的臭豆腐是相當有名的，據說，明朝開國皇帝朱元璋早年乞討，行乞到徽州，討得一碗豆腐，捨不得吃，過了數日，長出長茸茸的毛，他不忍扔掉，討來些香油，煎了再吃，吃出了奇美的徽州毛豆腐來。小販鍁開紅色塑膠桶，累疊著一圈圈的小方塊，墨色如泥，惡臭難耐。同行人只聞了氣味就回頭追上去，像遇見了美酒佳人，趕緊掏包搜錢。小販抽出一根竹籤，扎進方塊心中，每根竹籤扎五塊，扔進油鍋煎炸一番。同行人為大家每人發放一串。雖說心裡明白是美味，可還是有人懷疑，那黑，墨汁似的，吞進肚裡，得黑臭多少年才能見天日啊。

我家老人是個美食家，整天裡琢磨著吃什麼、怎麼吃，最拿手的是烹食怪味肉食，只要一上手便能演繹出無數煽動味蕾的佳餚。比如，他清晨去市場，提回一瓶王致和臭豆腐，將五花肉橫切出涮鍋樣薄而不透的肉片，在兩片肉之間塗抹一層碾成泥的臭豆腐，下油鍋微炸成型備用。又去市場購得二十塊錢臭豆腐串，從竹籤上一一取下，和著煎炸出的肉片一起回鍋乾煸，加適量老乾媽，投入蔥薑蒜糖料酒等一系列調料，爆出的香味若重磅炸彈，直直衝著腦門開來，簡直是不得了的美味。這種炮製方法，再厭惡臭豆腐的人都會盡釋前嫌，愛上臭豆腐的。

豆腐溫柔，在某些時候像一張鋪開的漁網，款款地撒在海平面上，不動聲色，等待著穿梭來往的魚兒。待夕陽西下，收網回岸時，漁民們唱起了魚兒滿倉的歌謠。豆腐就是有這樣的滲透力，不緊不慢深入下去，將你一一收編。

庫車巴扎與周邊小縣城、小鄉鎮巴扎比起來更加壯闊、浩大，每個週末，從清晨到日暮，庫車城都會圍繞著庫車河大橋有節奏地沸騰一次，維吾爾人在這一天集體性地從鄉村的四面八方趕著驢車湧進縣城。縣城是個皮酒囊，裝載進驢車上馱來的各樣物品，那些物品在酒囊中發酵出濃郁的庫車味道。

我在巴扎裡閒逛了一整天，傍晚後仍不願回酒店。白天擁擠，人在物品中穿梭滯留，這會兒人煙散去，密閉的街道得以喘息，輕風飄來，輕盈舒爽。

巴扎即將散去的時候，也是夜市勃然興起的時候，傍晚的夜市並不比白天遜色。放眼望去，前方有一堆人圍攏在一起，頭頂上方煙霧繚繞，似圍觀著某些事物。庫車是古龜茲所在地，若在古書中，某些事物包括鬥雞、鬥駝、飲酒、雜耍、藝伎、歌舞。我是個夢想穿越的人，對歷史中過往的事物充滿奇異怪想，見到紮堆的人群頭頂繚繞的煙霧，便產生出不尋常的幻覺，那繚繞之物斷然不似一般的烤肉攤，新疆的烤肉攤跟內地的燒餅鋪一樣，哪裡會有紮堆的人，維吾爾人生性喜歡熱鬧，繚繞的煙霧下必定有熱鬧的事物。越往深裡想，越令人激情湧動。於是，將碩大的背包抱在胸前，雙手壓緊，不問青紅皂白，左推右搡擠進了人群。

烤爐，僅僅是一具烤爐，普通的烤製羊肉串的烤爐，旁邊置一方形小桌。烤爐是傳統式的、木炭是維吾爾式的，但烤爐上冉冉升起的青煙卻不是庫車式的，青煙被輕風吹動，徘徊至鼻翼周圍，絲絲回味一改往日腥膻。伸長脖子往烤架上端詳，熏烤物不再是以往四塊瘦肉加一塊白油，刺啦著白煙的羊肉串，此時，一串串橫陳在烤爐上的，被悶火熏燎著的東西竟然的是內地人街頭巷裡叫賣的油炸臭豆腐。

一個結實的維族婦女，花衣黑裙，梳著高高髮髻，紗巾包住前額後勺，雙耳垂下碩大的紅寶石耳墜，隨著她來回轉動的身體，紅寶石得意地左右晃動。她一手舉著豆腐串，一手執刷，將方型不銹鋼淺盤中混合的辣椒和孜然均勻刷在豆腐上。另一個白胖胖的婦女接過五串燒烤豆腐，像個打敗敵軍的勇士，用勁轉身，旁若無人地擠出了人群。人群騷動片刻，又恢復了正常。

我癡呆在一旁，滿腦子驚訝。我只知道新疆烤羊肉串風靡全國，卻不知道方寸之間的豆腐，何以走進維吾爾人群，還掀起波瀾，惹得一群女人孩子圍觀爭執。溫柔的豆腐，最早是以什麼樣的姿態出現在這裡的，又是誰將它引進推薦。一種以清真為命脈的飲食文化，對漢人古老傳統的豆腐能容忍到什麼程度。

我的疑問是無解的，即便能夠解釋，那解釋也是毫無意義的。我們只消接受現實，現實是，維吾爾人將豆腐引入庫車集市，又將它民族化當地語系化，在麻辣以外，施以自己的當家本領孜然，被孜然醃漬過的豆腐串被伊斯蘭化了。孜然是西亞、中東許多民族喜歡的調料品，是清真食物有別與其他食物的顯著標誌，此刻，孜然在進入庫車的豆腐身上蓋印了維吾爾標籤、伊斯蘭標籤、新疆標籤，豆腐成為新疆的明媒正娶。從另一個視角看，溫柔的豆腐、純潔稚嫩的豆腐，有著水一樣的滲透力，它硬是在不聲不響不知不覺中深入到另外一群人的生活中，佔據他們的舌尖，潤滑他們的腸胃，與他們通融共處，其樂悠悠。

蕙蘭芫荽

不喜歡芫荽，或者叫不重視芫荽，全因了那些不屑的手。

路邊小吃店的廚師們，油膩著大手，在油黑的圍裙上抹兩下，伸進盆裡，抓一把剁成雪花片的芫荽，分撒在即將端出的牛肉麵、哨子麵、餛飩或紫菜湯上。那種分撒，既不認真又不親切，撒的手勢惡狠狠地，極具抱怨，我覺得他們內心浮躁，對食物不夠尊重，那頓飯便也湊合了，以後再遇見輕視敷衍的手勢，乾脆不去吃它了，結果是，青綠碧嫩的芫荽漸漸遠離了我的食譜。

芫荽不像蔥，爆鍋時，細細地一股乾香氣竄出，長驅直入，進了腸胃，也不像薑，煮出的湯喝時平淡，不過數分鐘，七竅全部打通，盡情地歡暢，甚至不像辣椒，劈裡啪啦一陣拳打腳踢火爆，一上場就將人打翻；那份乾脆利索，像海灣戰爭的地毯式轟炸，一點都不隱瞞，直率率逼得你淚水橫飛。

芫荽是袖珍版的芹菜，雖不如芹菜耿直挺立，但我自小就將芹菜與芫荽混淆為一談，以為芹菜是長大了的芫荽，芫荽是幼苗時期的芹菜，我又分不清楚兩者的味道，只覺得他們都一樣的濃重、一樣的怪異、一樣的不招人喜歡，只要出手，就想將別人的氣焰打消，實在是囂張。後來人長大了，分辨能力也強了，才搞清楚芫荽是一年或兩年生草本植物，雖形似芹菜，卻比芹菜細小且纖嫩，莖也比芹菜更細，它原產於亞洲西部、波斯、埃及一代，由阿拉伯人傳入西域，又由張騫從西域引進中原，所以，芫荽也叫胡荽。芹菜與芫荽在日常菜譜中最為鮮明的區別是，芫荽吃葉片，芹菜吃菜桿，這一方法適用於對蔬菜缺乏基本常識的人。

芫荽的香，濃重、烈性、怪異、鬼魅、陰沉，像悟在被窩裡的汗氣，藉著熱騰騰的食物，妖冶地上升，那香氣，是芫荽嫩弱單純的相貌無以承擔的，太濃烈了，壓了食物的原汁原味，顯得歪門邪道。宗教信仰者忌諱食用濃烈氣味的蔬菜，比如道家就忌韭菜、蒜、胡荽。胡荽即是芫荽，因了張騫從西域引進，漢人稱作胡荽，道家不食它，認為它身上有葷氣。《羅氏會約醫鏡》中有芫荽辟一切不正之氣的說法。我到以為它本身就不正氣，何來辟了別人的不正氣，再說，那飲食中的正氣之事，都是公說公有理，婆說婆有理，愛的人有一百個愛的理由，不愛的人有一千個不愛的藉口，西方人反感臭豆腐、中國人討厭芝士，都是一樣的道理；萬一別人本是正氣，你的辟，到成了邪氣。還有個原由，說來又是那愛屋及烏的影響，在新疆，與芫荽結伴最多的是羊肉，如同你不喜歡一個人，順便將他的家人也嫌棄了，甚至管家、傭人、司機。因我對羊肉毫無慾望，芫荽也順便地沒了興致。

單說芫荽，是餐桌上的配角，擺盤時的裝飾材料、煲湯時的提味用料，它不單獨成菜，豪放的師傅在做好的魚湯裡抓一大把芫荽撒下，厚厚的一層，雖然駭人，但即便再多，食客也明白，那不過是調料之一，頂多是個配菜而已。而有格調有品位的酒店從不這麼用芫荽，一盤肉食菜肴烹製好後，在長條盤邊點綴幾顆芫荽，那芫荽，青碧水澤，半弧形彎在盤邊，烘托著主菜，品嚐的同時兼顧著極高的藝術享受。

週末，菜市場的芫荽青碧碧的，攜帶著夜裡的露水，即使放在眾多的蔬菜之中，它依舊是顯眼的，它嫩，嫩的出水，它綠，綠成碧色，它看似細小，不占位子，卻散發出一股股的早春氣息，使人愛憐。帶回家的芫荽，是恰當的點綴，一整條魚，在鍋裡翻江倒海一頓折騰，出鍋盛盤，全是醬色，放兩根芫荽在魚身上，頓時生輝。一碗汆魚丸，白森森的，若湖面浮起的死屍，扔幾朵芫荽葉在清湯上，頓時盎然出春意，全都復活了。但是我，幾乎從不買芫荽，居住烏魯木齊許多年裡，除了麻辣之外，我拒絕幾乎所有的重口味，在我的口味詞典裡，怪異的、離奇的、悶騷的都不待見，芫荽味厚重，除了可避除牛羊腥膻外，它本身也是精靈古怪，我少觸碰牛、不食羊，自然也無需芫荽上臺扮演打擊別人的角色。

芫荽在新疆的地位似乎高於內地，內地餐桌上的芫荽有或無都引不起太多重視，不比新疆的餐桌。在新疆，沒有飄灑芫荽的羊肉湯、手抓肉、牛肉麵會是白森森的，色相食味大打折扣。牛羊肉既是新疆的主力食物，避開腥膻之味的芫荽自然不可缺少，在內地可有可無的，到了新疆就成了必不可少的。芫荽過去是調味配菜，現在仍是，將來依舊是同樣的命運，但，去除氣味濃重，入口的怪異外，單作為植物的芫荽，我是欣賞的。

作為植物的芫荽永遠都是它自己的主角，而不是配料，它能夠主導自己的意志，不做人梯，植物中的芫荽是挺直了腰板的，做回自己並不是件容易的事，對生活妥協、對事件繳槍、對事物放棄是我們生存中的常態，人的一生能夠堅持自己的時候並不多，更多的時候，我們不能教育別人，更不能說服自己，能做到的只有退縮退卻，將自己埋葬。作為植物的芫荽啟示我們，要在紛亂的世界中找尋到屬於自己的位置。再者，芫荽兩個字，草字頭，與草木關聯，草木在新疆尤其珍貴，滿目黃沙，蒼涼大地，嶙峋山脊中忽然跳出個蔥蔥鬱鬱，大腦被綠波滌蕩，整個身體都跟著鮮綠起來，人也變得陰柔起來、婉轉起來，而芫荽兩字，又不常見常用，偶爾遇見一次，像邂逅的夢中情人，心底一亮，想說的話太多，竟無從說起。這也是我欣賞作為植物的芫荽的另一個理由。

記得當年讀三毛，讀到結婚時，三毛說，找了一件淡藍細麻布長衣服，有一種樸實優雅的風味。穿涼鞋。頭髮放下來，戴一頂草編闊邊帽子，沒有花，去廚房拿了一把香菜別在帽子上。荷西打量著說，很好，田園風味，這麼簡單反而好看。他們鎖了門，走進沙漠裡。香菜就是芫荽，一把芫荽點綴的三毛，給荷西帶來了一股田園風味，簡單反而好看。芫荽作植物時，是有這個特點，增輝添色，卻不過分，適時又適宜，更何況是在沙漠裡，在黃沙茫茫的天地間，那一抹綠變成了主角，滋潤到人的心裡。

我母親讀芫荽時，很動聽，她把芫讀做鹽，我以為是方言的讀法，後來查植物圖說，芫荽也叫鹽荽，延荽，鹽是北方發音，讀的時候不如芫字委婉，像含在嘴裡打了個轉又出來，鹽是把舌頭攤一下，嘴型成一字，很樸素很厚道地吐出來，據此，每當她說，放點鹽荽吧，我都學著她的樣子，心裡重複一遍鹽荽，再看一眼質樸的她。她在出鍋前的麵條湯裡撒上芫荽花，嘴裡說，放點鹽荽吧。手撒下去，像天上下了綠草，整個一碗麵條都成了早春的顏色。

青碧碧的芫荽入詩。入歌。才叫出神入化。

早先聽斯卡波羅集市，旋律幽婉，心動了好多年。一個蘇格蘭男子，藉著象徵愛情的歐芹、鼠尾草、迷迭香、百里香四種植物，思念心中的女子。你去斯卡波羅集市嗎？那遍佈歐芹、鼠尾草、迷迭香、百里香的小山坡，代我向那兒一位姑娘問好，他曾經是我的愛人，請叫她為我做件麻布衣衫。

絕妙的譯者，藉了《詩經》的風韻，譯出蕙蘭芫荽。歌詞中那四種象徵愛情的植物，並無芫荽，譯者卻生生寫出個芫荽來，並為題，是看中了芫荽的青碧，細嫩，還是草字頭，要麼是喜歡這兩個組合在一起的漢字吧。

問爾所之，是否如適？蕙蘭芫荽，鬱鬱香芷。彼方淑女，憑君寄辭。伊人曾在，與我相知。囑彼佳人，備我衣輜。竟是這般清雅的譯者，坐在孤昏的油燈下，聽著歌者聲聲傾述，順手牽來一紙，飽蘸墨汁，提筆落案，問爾所之，是否如適？一字一字，字字珠璣，雋永的筆跡微微傾斜，一首千年後的詩經歌詠印到紙張上，她又加了詩名，不再是斯卡波羅集市，而是集市中常出現的蕙蘭芫荽。

後來，傳唱、誦詠，譯者隱沒了自己。因為隱沒，詩的美質在譯的程度上再次被放大，更加地接近了《詩經》本身。而我腦海中的譯者肖像該是，女性、清瘦、美目、蓄著齊眉劉海、著棉布素色旗袍，對著手中的書，書中的詩，謙和地微笑著。

咖哩與孜然

我一畢業就把自己打發了出去，嫁為人婦，不太會搭理生活，每日做飯、洗衣、收拾家，空餘的時間看電視、讀書，浪漫的事是買一盒崔健的《一無所有》，纏上絲帶送給所嫁之人。那時，我不懂得生活中還有別的內容，那個時代沒有夜店、夜市、夜生活，每個夜晚來臨後商店飯店都按時關閉燈光，家是唯一的港灣。我不愛物質，覺得它們俗氣，也沒有更多的錢去消費奢侈品。

我家樓下住著一位再婚女人，從市中心的某個單位嫁到我們大院裡，與我所熟悉的女人不同，我所熟悉的大院裡的女人多是外來戶，來自青海西寧、山東德州，無論山東女人還是青海女人都厚道保守，簡單樸素。我坐在樓前編織圍巾，再婚女人下樓，穿大擺裙、橘灰相間的羊毛衫，以款款的姿態靠在門框邊。她的皮膚鬆弛，脖頸上的皺紋像深邃的河道，延伸至耳後。她雙眼細眯，適時地閃動，好像全世界的男人都站在了她的面前。她手裡抓一把瓜子，邊磕邊吐皮，滿地狼藉。這是一個戴金的女人，脖頸、無名指、耳垂上全掛著耀眼的金子。在上世紀九十年代初期，這副扮相是典型的烏魯木齊中年女人形象，這樣的女人不佩玉、不戴銀，她們身上除了金，還是金，金是對富裕生活的最高誇譽。

這個女人正在向我灌輸現實的物質主義，在烏魯木齊，在那個時期，她所參與的物質生活是一種新潮、一種時髦、一種有別於樸素單調的新型方式。比如在週末，跟自己再婚不久的男人約會，拉著手去鴻春園。鴻春園是烏魯木齊最老最大的飯莊，坐在考究的方桌前，桌上鋪著鏤空鉤花臺布，菜單上是西式餐點，如咖哩炒飯，是印度風味的。咖哩色黃，與米飯一起炒後油黃透亮，味道奇妙，不是一般人能吃習慣的。她說，女人嘛，就是要對自己好點，該讓男人花的就一定要花，不然嫁男人做什麼。再婚女人說這話時眼珠幾乎越出紋過的眼線，我看到了裡面的食慾、情慾和佔有慾，這是一個極力想挽回寵愛、挽回霸道，挽回時光的女人。她一邊炫耀，同時又在排斥，排斥像我這樣根本不懂得情趣的一般人，我是一般人，一般人是吃不習慣咖哩的。

扔下這些話後，她轉身上樓了。裙裾下飄出香水的刺鼻味。我很敏銳地嗅出，那香水出自南門大巴扎的化妝品櫃檯。那氣味，是與西亞女人身體混合在一起的氣味，像洩露的毒氣，鬼魅地漂浮著。每當我在某個漢族女人身上嗅出這樣的味道時，都會生出莫名的尷尬。這味道不屬於漢族女人，對於不屬於自己的東西，就不該輕易觸碰，當它不能為你增色時，便會損害你原本的樸實。

西亞女人眼大、高個、體態豐腴、體毛重、三圍突出，她們與內地任何一個城市女人身體散發出的氣味都不同。她們對遮蔽兩字有著特別的敏感，她們的身體裡存在著一種類似於孜然的氣味。每個噴灑過香水的女人在我眼裡似乎都在有意無意地規避著這種氣味，她們總是小心謹慎，隨時噴灑，並低頭深嗅，檢查一下噴過的香水是否依舊留存，還是已經消失，他們一直做著以一種氣味遮蓋起另一種氣味的事情。

再婚女人極力炫耀的咖哩味道，和西亞女人極力掩飾的孜然的味道，於我都是兩種異味，是過去從未接觸過的味道。

先說咖哩。再婚女人走到樓梯拐彎處時，回頭叮嚀，週末一定要去鴻春園，帶上自己的男人，去吃咖哩炒飯、水果沙拉和羅宋湯。我在樓梯下仰望她，背影已不年輕，心想，一個女人要摔倒多少跤才會將目光轉向內裡、轉向自私。其實，於女人來說，轉向自己是一種很美麗的超越，一個不關注自己的人，誰還會關注你，一個不懂得愛自己的人，誰還會愛你。這個女人愛自己，愛得自私又努力，她把自己的愛變得很磁性，那個被她迷惑的男人找不準方向了，愛她愛的死去活來。後來，再婚女人失明了，男人成了她的拐杖，扶助她走完了自戀又自愛的後半生。

我吃力地記憶著陌生的菜名。但沒去鴻春園，我不習慣在不屬於自己的地方出現，不習慣陌生的菜名以及菜名背後不知明的味道。重要的是，那個年代，那樣年齡的我，對女人本能中的物質主義傾向還沒有基本的認知，比如虛榮、佔有、嫉妒、愛物質等等。

咖哩兩字是許多香料加在一起煮的意思，將新鮮乾燥的香料，以油炒香，加入粉碎的洋蔥泥、蒜、薑黃，一起熬煮，放入孜然、芫荽、辣椒、鬱金根，做出的調味就是咖哩。咖哩不含其他雜色，亮黃耀眼，像被陽光灼燒過。我去商場，買來咖哩粉，與雞蛋末、胡蘿蔔丁、火腿丁、青椒丁同入鍋炒熟，再加入隔夜飯，變成一盤亮黃黃的咖哩炒飯，佐以醃製的黃瓜、蘿蔔或海帶絲。一頓平常的咖哩炒飯，如今已無新奇之處，但二十年多前它於我是新鮮之事，於烏魯木齊也是少有之物。二十多年世事變遷，當年的浪漫已顯得土裡土氣了。

很奇怪，在我知道孜然是製作咖哩的重要原料時，對自己的口味產生了前所未有的質疑，洋蔥、芫荽都是平時不情願涉足的蔬菜，孜然更是拒之千里之外的調料，我怎麼會對這類組合的結果情有獨鍾呢。

我的懷疑是認真嚴肅的，並逐漸升級。後來發現，不是味蕾異化問題、舌頭挑剔問題、腸胃不配合問題，而是偏見，一種扭曲的味覺，是心理的矯情，甚至，還由心理引伸到了習慣。習慣規定文化，原來是所謂的文化在做怪。於是，一邊譏笑自己的假惺惺，一邊又在想，總有一種東西在作怪，在牽引著味覺的走向，難道真會是三歲以前定乾坤？一個人的飲食習慣是在三歲前養成的，對於自己不熟悉的食物，特別是成年以後才接觸的吃食，一旦氣味古怪，都會有不好的聯想，然後是本能的拒絕。孜然從一開始就與我走上了永不相交的鐵軌，若來去匆匆萍水相逢的人。

姑且以很晚才接觸來解釋吧。許多事物都這樣，早先，感覺器官還沒發育成熟，正在旺盛地接納之中，這個時期大約是來者不拒，統統的拿來主義。隨著歲月增長，待有了一定年歲，人就飽和了，不能再往裡塞了，對陌生的事物自然而然就拒絕起來，這也可以解釋為，年紀越大，人越保守。

在烏魯木齊居住後才接觸孜然。去農貿市場買菜，路過烤肉攤和調料區時，孜然烈性、古怪，氣焰逼人。甚至不少喜食羊肉的人也說，孜然與羊肉之間是以一種濃重壓制另一種怪異，針尖碰麥芒，便是孜然與羊肉的關係。

新疆的館子裡，凡與羊肉有瓜葛的菜食，烤全羊、烤包子、薄皮包子、羊肉抓飯，烹飪時全以孜然調製。敢於創新的人偏不信邪，以辣、麻、酸來烹，出來的羊肉總是欠些什麼，羶味依舊，遠不及孜然來得和諧。烹者無奈，什麼樣的食材找什麼調料，這是食物的規律、植物的規律，也是烹出一盤鮮美羊肉的要求。

孜然也叫安息茴香、野茴香，一種傘形花科，一年生草本植物。我沒見過屬於植物的孜然，書上說，每年五月，上百畝的孜然地一半在開花、一半在結果，花，是紫色小花，在風中輕搖。那種鄉間氣息，很詩情畫意。

有朋友去印度，回來後抱怨說，人在外沒法享受，全吃自帶的速食麵，孟買和加爾各答滿街的咖哩味不知道從何下口。我想，咖哩於印度的味道好比孜然於新疆，是一個城市的味道。每一個城市都有自己的味道，判斷城市與城市之間的區別，最先決的是感覺上的、味覺上的、嗅覺上的、肌膚上的不同，是那些人走到哪裡都追隨不懈的味道，比如青島的海腥味、重慶的悶熱味、拉薩的青薄味、石家莊的塵土味、成都的麻辣味、喀什的銅焊味，而烏魯木齊是隨風潛入夜的孜然味，孜然味是獨有的，唯烏魯木齊僅有的。

明確了這一點，似乎一下抓住了烏魯木齊的脈絡，一直以來我都辨別不出烏魯木齊到底擁有著怎麼樣的氣質，總是找不到一條牽一動百的線索，現在好像終於明白了，找到了一種能夠將這個城市提取出來的東西，一種這座城市共性的東西。那是一種味道，濃重、烈性、奇特、芬芳（所有吃到它的人都這樣說），將這種味道抽取出來，即可以概括出烏魯木齊的性格。

第三輯

和闐玉暖

玩玉。玉被玩。玉有背景，而且深厚，與玉相關的書籍，多用文化兩字標榜，稱玉文化，若治大國烹小鮮，都是「大家」才敢說的話。雖我平日裡崇尚簡單，但對玉，卻喜歡複雜和周折，不是玉的複雜，而是四處尋玉的周折，喜歡那種眾裡尋他千百度的麻煩。在我看來，尋玉的周折極盡享受，一塊玉從別人手裡到自己手中，一定要有過程，相遇的過程、欣賞的過程、選擇的過程、決定的過程、收藏的過程，缺少任何一個環節，都是玩玉中的憾事，過程切不能省略，要步步為營，走完整了，那玉的價值才能顯現出。

選玉，是對眼力的檢驗。眼前突然一亮，這世上有太多關於眼學的事件，眼見為實，便是這意思，但，即便是擦亮了雙眼，還是有走眼的時候，最好的例證是魔術，刻意告誡自己擦亮了眼睛，一眨不眨，那事實硬是從不眨的眼底溜走，你獲得的，仍然是假。因此，眼睛也不可靠，像記憶、回憶、敘述、描寫，甚至複製、拷貝都會深藏陷阱，因為不確定，眼力就顯得格外重要，在一堆不起眼的玉中，像發現新大陸一樣發現那塊為你駐留的玉，將他撿起，帶著回家，珍藏起來，那份意義是終生的。

選玉，更是對心力的考驗。心底忽然就很愛，就相惜相憐起來，但是，比眼力更不可靠的是心力，至少眼力主觀上是在履行職責，在努力鑒別、判斷，它從理性出發，力求反映客觀。而心力既無界限，又無原則的，唯一的標準就是喜歡、是愛，而大多的愛在很多時候像一根軟肋，毫無骨氣可言。這也應了黃金有價玉無價之說，發自內心喜歡的、愛的，則是無價的，別人心目中的糟糠，到了你心裡就是珍寶無比，這完全是不同審美觀導致的結果。

好像陷入了一場不可知論，常常見玉，不敢接近；我是個設防深重的人，辯不清真偽時，接受了人性本惡的觀念，由此也放棄了許多心動時分。雖說心裡很明白，最好的買玉處是地攤，玉要淘、要遇見、要邂逅、要驀然回首、要一見鍾情，如此之玉才通靈，才是有緣。

最好的玉是新疆和闐玉，也有人說，翡翠好過玉，有朋友送過兩枚翡翠玉鐲，一直放在櫃子裡，翡翠是硬玉，有玻璃的光潔和生脆，這可能是新疆人不認同翡翠的原因，脆和透明都像輕薄的女子，我看不到他們樸素的內心，看不到由內而外散發出的高貴精神，這種精神需要眼力和心力的共同感知，需要年齡、經歷和磨難做底牌，有了這些，才有了去感知的能力。玉若凝脂，厚重、深沉，品德溫良，古人說玉有五德，堅韌的質地、溫潤的光澤、絢麗的色澤、緻密透明的組織、舒揚致遠的聲音，人能擁有五德的氣質，必定是完美之人。

這麼多道理疊加起來，都不及一個暖字。玩了一通玉後，才發現，玩玉一個真諦，便是「暖」字，和闐玉暖，翡翠有冰種、水種的玩法，冰與水要表達的都是清涼，冰清玉潔。和闐玉用暖字，性溫、色暖才是品質。玩玉老手會告誡你識玉的方式，看上去和摸上去有羊尾巴的感覺，用身體的任何一個部分去感知暖，那種暖是中年式的，保守傳統的，也是經典不更改的，海枯石爛式的。

《鄭風‧女曰雞鳴》中有知子之來之，雜佩以增之。你來慰問我，我送你一串玉珠，是由幾種玉石組成的鐲。玉市場裡，這種雜佩屬物美價廉的品種，不如完整的玉鐲昂貴，卻自有風格，時尚的、前衛的、非主流的女生男生套在腕上，拴玉珠的一截紅或棕繩隨意拖在腕下。只是，這類雜佩，多不精心，幾顆別處剩餘的玉珠串在一起，全無古人那種刻意和精心，甚至在搭配上，也極端隨便，那根線在穿行中，不是去尋找的，而是在碰巧。碰巧適合的，是藝術品，碰巧不適中的，就有了湊合的嫌疑，這類雜佩，充斥在各個玉攤上。我也因此，從未遇見過一串心儀的雜配。

杜甫有時聞雜佩聲姍姍。這是玉的聲音，姍姍的，傳送悠遠，是傳出去又迴旋到身邊的音色。這種音，最美妙的不是來自雜佩，而是玉鐲。我是幹活的人，本不適應佩戴玉鐲，尤其是在電腦上工作，手腕下隔著一坎，很不方便，但同時在做其他營生時，玉又非常地合乎適宜，與瓷碗碰撞、大理石碰撞、鐵鍋碰撞，與玻璃和陶瓷碰撞，發出悅耳響聲，伴著不同的家務營生，聽著玉發出的響聲，就想，過去的女人怎麼都心甘情願默默無聞，原來，坐在一旁讀報喝茶的人聽著聲音就已經知道了你在做什麼，你不說、不嘮叨、不抱怨，你的任勞任怨他全都知曉，這種無聲的語言真是恰到好處。如此想來，看著上了年歲的老婦人粗糙手腕終生都掛著個玉鐲就會由衷地感歎，年輕時必定是個聰明靈秀的女子。

和闐玉暖是有道理的，和闐玉是軟玉，軟才會暖，暖，必定有軟的效果，羊脂既軟且暖，放在手中揉捏，油油的勁兒直往內心裡去。一年冬天，從西北路一心書店出來，街面鋪著白色的雪，正欲融化，手裡提著厚重的書，經過友好商場，在隨便一個櫥窗前站立，食指有意無意地在玻璃櫃面上游走，從眾多掛件中滑過，一個一個指著，終了落在一枚細膩的玉扣上。放在手心，柔柔的啞光，細密、圓潤、精巧，喜歡的不得了。售玉的女子說，標籤上雖是白玉，卻是一塊界乎於白玉和羊脂玉之間的玉，它的成色硬度都接近羊脂。我是不知道二者之間確切差別的，買下它，是隨意間發生的事情，也是一見鍾情的事情。

每上路，都繫帶上這枚平安扣，求個平安。有一年，戴著它去青海塔爾寺，去塔爾寺還有件事情要完成，就是去西納活佛的住所拜訪，為他捎去一句問候的話，這是一個朋友托我辦的事情。那一天，天空飄著小雨，細細地灑在頭髮和臉上，帶我們遊塔爾寺的姑娘從遠處跑來，雙手遮擋著細雨，急匆匆地說今天是佛緣日，農曆八月初一，西納活佛去西納族部主持法事活動了，但她可以帶我們去見另一個叫嘉雅的活佛，嘉雅活佛是十四世活佛，年齡只有十多歲，但年齡與活佛無關，活佛只認轉世，嘉雅活佛是第十四世，延續幾百年了。

雨時斷時續，時大時小，我們買了哈達，冒雨趕到嘉雅活佛家。我取下平安玉扣請他開光。我並不是一個佛教徒，但依然相信，我與那枚小小玉扣之間冥冥中有著說不清的牽絆和依賴。那份內裡模糊又堅定的認同，便是佛語中常說的緣分吧。

整個冬天我的胸前都會綴塊玉，平安扣或著其他掛件，藏在毛衫和羽絨衣裡，冬天的玉不用示人，全在衣服裡面，是戴給自己的，夜晚睡覺前脫去衣服，摸摸玉，溫潤潤的，又想起和闐玉暖的詩句。老人說，玉養人，人養玉，人戴玉，玉被人佩戴，玉石會越來越圓潤，人戴玉身體裡的誣邪之氣也會漸漸消失，去了誣氣，人心和身體才能清淨起來。於這話，我是深信不移。

玉市場流行賭石，在一塊頑石間看到了關不住的春光。一夜暴富的激情，兩手空空的迷亂，賭石是一種能力，往白裡說是商人對錢的把握，往晦澀裡講，是對石頭內力的感應，火眼金睛是外在，對大自然的感受不凡才是真。這樣說很玄，還是說運氣為好，贏和輸，冥冥之中，全憑了運氣，儘管所有夢想珠寶的人，都口不離弦地念叨著阿里巴巴的咒語：芝麻開門，芝麻開門。

這一說，就形而上了，物質的東西，被精神包裝還不夠，還要抽象一番，感應的東西多半是玄妙的，美，卻也太「薩滿」，成了玄虛，成了假。我是不信的，在我看來，既然用了賭字，就是一個運氣，百分之五十。成了，石頭拿走，做出手鐲吊綴把手擺件，刻出觀音鳥獸瓜果大白菜。不成，歎口起，回頭再來。時運流轉，總不能次次都落空吧。

賭贏的人不這麼說，他要往神裡說這事，在過程中加進調味，尤其是那些常常運氣好的人，會把贏這種事引向虛無。世間的事大凡如此，物質的、在科學解釋不了的時候，全都由精神來打發，這便是唯心主義的市場所在。

購玉

近些年，烏魯木齊玉器店像雨後春筍，紛紛鑽出地面，知名的有富士特與和合玉器。乘坐飛機時，座椅後背斜插著各類旅遊畫冊，書冊裡廣告的重頭戲都是品質極佳的奢侈品，玉是其中之一。富士特與和合玉器是最受寵的兩家玉器品牌。

富士特玉器總店坐落在中山路，是首府最繁華的商業地段，友好路、北京路也都開有分店。和合玉器在天百、北門、友好百盛、美美、鴻福酒店也都有店鋪。雖說這兩家包攬了品質最優等的玉器，但卻不是選玉的最好去處，高檔和嚴謹使它們顯現出過分的商業性。我一直以為，玉是有靈性的石頭，能與人心相照，烙上商品的標籤、重量、成色，不免落俗，沒了選玉的雅趣。

大巴扎是外地人選玉的去處。領略烏魯木齊風情的人都往大巴扎去，大巴扎有樂趣有情趣，卻不放心。玉的價格本身難以判斷，飄忽不定，材料優劣，工藝良莠，買家欣賞能力，還有玉與人之間那種微妙的緣分都是不易把握的，除此，大巴扎還過於急促，遊人如織，混亂匆忙，實在不適合隨機隨緣、可遇不可求的選玉法則。

烏魯木齊最大的玉市場在華凌，市場是鋼筋水泥搭建的簡易棚屋，房空高，白熾燈照射不全，廳內黯淡，攤位眾多，售玉的櫃檯緊密相挨，擁擠凌亂，無章法。櫃檯裡擺設著一把把玉鐲，捆綁在一起，像地攤打包銷售的過氣蔬菜，問價得知，一隻鐲一兩萬元，一把玉鐲幾十萬，慨歎一聲，這地攤似的石頭實在是瘋狂。華凌市場購玉環境差，但貨源多，貨量大，走貨及時，是能淘到便宜貨和奇貨的地方。雖然，在這個場地我從未遇見過稱心如意的玉件。

原先友好路玉石一條街以真珍珠寶店為起點，向友好北路延伸，經過地礦中學一直到地質博物館。近一兩年，玉店像透明的細菌，成倍地繁殖，真珍珠寶店由起點變為中心，各色玉店沿友好南北路和克拉瑪依東西路向四面呈放射性發散出去。這一區域緊挨著新疆地礦局，給人一種錯覺，此地貨真價實，其實，是真是假難以說清，最安全的地方往往隱藏著巨大的危險，最不安全的地方，或許永遠平安無事。

進玉店，出玉店，走走看看，這裡的玉店門面一律光鮮照人，仿古的、簡約的、雅趣橫生的、富貴堂皇的，於這類環境中與心目中的玉相遇，會覺得投緣。我在這條街上買過掛件、平安扣、把手，也留有許多遺憾。

曾經遇見一枚鏤空吊墜，潔白細膩，掛在車裡、書櫃裡都很適宜，尤其是車開動時，微微晃動幾下，有了動感的玉靈氣充足。店主開價五千元，百般講價不下，口袋裡又沒錢，只得抱憾而去。過段時日再去，吊墜躺在原處，價格已標至八千元。又幾個月後再去，不見了蹤影，心裡開始懊悔，待去年玉石瘋長，那樣的玉吊墜價格早已衝上萬元時，腸子都悔青了。那種與一塊愛玉失臂的懊喪，就像跟戀人分手，心境冷暖自知。

另一次，還是在友好路玉店裡，碰到一隻羊脂玉鐲，形和色都是上等的完美，價格雖不菲，卻也物有所值。不能接受的是賣玉人的外表，邋遢猥瑣，玉鐲在他粗糙黑黢的手上，有了玷污之嫌，那種感覺糟糕透頂。我突然沒了自信，判斷力失真，我不相信一個潦倒的人能拿捏住一隻高貴的玉鐲，我對玉鐲產生懷疑，想到了翡翠市場的B貨C貨。那一次與玉失之交臂，雖不悔，卻覺得可惜，明明一隻潔白無瑕的玉鐲，瞬息被不潔沾染，這世上的物，也是有尊嚴的，尊嚴怎容人們隨意玷污。

一度逛玉店，不是市場的玉店，而是家庭式的那種，因為是熟人，可以先拿走貨，滿意後付款，店主叫老袁，跟愛人兒子一起經營幾節櫃檯，一套住宅房既是玉店，又是居家，安排的很緊湊。老袁人很和氣，只要是認識的人，貨物都可以拿回去想，想好了再付款，不要也沒關係，他會以更高的價格出手。我從他家櫃檯裡摸過一隻青白玉鐲，戴在手腕，油潤細膩，光澤綿密，摸上去像嬰兒的屁股，但，色不夠白皙，偏向青白，沒有羊脂的暖，透著清冷，不太有檔次，正在猶豫中，睡起午覺隨便一摸，忽然感到一陣體貼，於是偏愛起來，戴了三天後，變得不忍退去。但後來，雖說手感實在是好，買個沒有遺憾的才更好，當我斟酌再三，狠下心腸退回去時，忽地明白了一件事，那老袁實在是深諳玉道，懂得緣分的人。玉與人，就像談情說愛，才不管他是否完美，有了接觸，就難以擺脫，終了只能是狠下心腸，轟轟烈烈一番，因此，老袁主動給玉與人製造接觸的機會，發展感情的機會，他不顯山露水，大方地讓你試戴，你戴出了情感，他成交了生意。又一次，是一隻墨玉鐲，一股一股潑出的墨汁，滲入白色玉體內，漆黑和白都是純粹的，戴走幾天後，真的就帶出了情感，心裡軟軟的。我講價，老袁妻子不依，說不喜歡可以隨時退錢，但絕不降價。她在逼人，簡直惡劣，逼著你在所愛與金錢中抉擇。

在無數次觸摸玉石之後，知道了玉有不同的玉料來源，比如和闐料、于田料、且末料、青海料、俄料、韓料，惟有墨玉必定是和闐才有，是百分百的和闐料，而我的眼光也越來越勢利，越來越挑剔，越注重身份。和闐，墨玉河，籽料，我被純正的血統迷倒。血統決定論在玉的家族中顯得如此重要，它代表著品質和高貴。最終，那隻溫潤細澤的墨玉鐲，按照老袁的計謀，我的不捨情感，以及分毫不差的價格成交了。

和闐是玉石的麥加城，愛玉的人將它看做信仰，一生至少要去往和闐一次，或至少，要托人從和闐捎回一塊玉。有兩隻玉鐲從和闐帶回烏魯木齊，一隻是青海料的羊脂玉鐲，渾厚大氣、潔白細膩，一隻是和闐籽料帶翠的老料玉鐲，兩隻玉鐲價格昂貴，但愛不釋手，權衡一番，決定忍饑挨餓也要拿下，拿下的理由是，購玉不是消費，是投資、是高息存款、是收藏、是精神給養。黃金有價玉無價，說它多少便是多少，玉有傲慢的資本，可以做到無比高貴，他的存在和發展充滿著神秘和變數。

兩隻玉鐲遲遲沒有付錢，雖有朋友引薦，也是拿了別人的面子作抵押，很過意不去。

玉之外的買賣關係幾乎都是一手交錢，一手交貨。而玩玉的人都知道，玉，非要見了擁有者，非要有了緣，一塊玉才算落地有聲，通曉這一點的賣玉人，是懂得玉的人，明白玉的精神的人，這一點，和闐售玉人與老袁是一樣的。

美居物流園立交橋下有座華玉城，是烏魯木齊另一個購玉點。樓前有兩具龐大的象，樓隱在立交橋下，不惹人眼目，進去的人稀少，樓裡清淡，樓裡人也超乎尋常地雅緻安靜，一旦話有投機，又分外地熱情。因為喜歡那樣的氛圍，常常去閒逛，偶爾也買一、二件。有家富態的女人，容貌慈祥、眉目和善。梳髮髻，戴金絲眼鏡，曾經是公務員，退休後從和闐搬到烏魯木齊，在華玉城開了自己的玉店，玉店櫃檯底下擺放著價值連城的玉石籽料。櫃檯裡，展示著眾多玉件，幾枚無字玉牌細膩潔白地像年糕，拿在手掌，沒有石頭的涼性，有的是溫、潤、暖，是乾淨的凝脂。與我聊的愉悅時，她遞了名片給我，又拿了保險櫃的鑰匙，讓我欣賞她的藏品，一塊油膩透亮的極品黃玉，那玉，捏拿到手裡像觸摸著女兒的肌膚，不忍放手，玉與人的肌膚相親，充滿著信任感，物能與人建立起這份異樣的感覺，實在是大自然的鬼斧神工。

關於玉，除了玉本身，我向來關注售玉的人，上點年歲的，是懂生活的人，懂生活的人才能懂玉；微胖點的是有富裕物質和富裕精神生活的人，富裕的人才容易建立寬容的心態；女人內心綿密溫潤，女人的心不寒涼，我才喜歡找女人說玉買玉；還有女人感性，對錢財不十分敏感，算計的大多是情感中的事情，這些都與玉本身相似，因了這份相似，我更願意在上些年歲的、微胖的女人手中選玉，她們撐開手掌，將一件玉件放在掌心時，就像張開了一張母性的網，你會管不住自己的錢夾，不由自主地往裡跳。

購玉跟花錢買生活用品是兩回事，買生活用品是消費。購玉卻不同，即使沒有成交過，在選玉、聊玉過程中也摻和進了情感，情感很奢侈。玉不是消費品，是奢侈品。

金銀配

家裡來了親戚，身著暗灰色夾克，頭戴一頂牛崽禮帽，壓低帽檐，橫在眉骨上，眼神炯炯，像一潭深不見底的水，嘴型棱角分明，唇周圍果斷生長著一層黑茬鬍鬚，整個人跟畫室裡的寫生石膏一樣，英氣逼人。他剛從阿勒泰山上淘金下來，路過烏魯木齊，準備回山西老家。

如果再搭配一條紅藍白格相間的小方絲巾、一雙中腰翻毛黑皮靴，那將是什麼，我簡直要被淘金的職業迷惑了。阿勒泰山脈從此成了我眾多旅行計畫中最嚮往的一個。

北疆於我是凌亂的、風景點式的。阿勒泰山裡有上等的黃金，新疆人都知道，最好的玉在和闐，最好的黃金在阿勒泰。空中看阿勒泰，滿地黃色的向日葵，燦爛之外是海洋一樣的深綠，曾經的阿勒泰改寫了我的新疆概念，他教會我修改成見，比如這綠，是水草豐茂；水草豐茂是個草原詞彙，不用在農業經濟中，水草豐茂是上天的恩賜，沒有人工跡象，是大自然造物的匠心獨運，它在地球的某一處灑下水，種上綠，深厚的綠、濃密的綠，這個地方碰巧就是阿勒泰。在阿勒泰，有比金子更珍貴的事物：稠綠疊翠的視野、空靈清涼的氣息、海藍寶石、向日葵、薰衣草，都是些雅麗之極的事情。結果是，我把金子忘了。比起那些事物，金子渾身上下都充滿著俗氣。

早先讀賈平凹《好女不戴金》，他說城裡有了金銀首飾店，街上就流行醜女子了，賈寶玉說女子是水做的，而五行論裡講水有金而寒，所以你要做好女子就不要戴金。這話對我是起了作用的，我因此而戴金慎重，不戴或少戴，生怕中了賈平凹之言，露出了醜女子和不好女子的馬腳。脖子上少掛，無名指上幾乎不帶，一對小花型黃金耳綴至今不曾開封，掛著克數和價格標籤，深鎖在箱櫃子裡，我是當心讓他從首飾品變成收藏品的。

女人的首飾，不必都炫耀出來，炫耀是市場效應，為的是臉面不打折，是表皮的事，但這類的事，所有女人都喜歡做，自己擁有的和正在掌控主動權你不告訴，別人是不知道的，要示人，要招貼出去，才會被羨慕甚至嫉妒。多數女子是會拿被羨慕、被嫉妒當奢侈品用的，要抗拒這類誘惑需要花費不少的毅力和勇氣。

關於金，不佩帶可以，必要收藏卻不可缺少，壓著箱底，那是心底裡的事，不需要風光，卻要有底氣，壓著心理踏實，這就叫積蓄；積蓄是強悍的男人，有了撐腰的，人才活的理直氣壯，才可以喘著粗氣不講道理，才有話語權和決定權。

金與銀聯姻，是披金掛銀。銀質樸，藝術家一樣的隨意和粗放，又不貴，花費廉價，戴出品位，銀是纂足了風光。而金雖傳統，卻沒銀那麼徹底的民間性，它要閃耀，要昂貴，要做度量衡，往好聽裡說它要富，往難聽裡說，與錢瓜葛上，就是俗。俗金俗金，是說一個人顯擺，不就有幾個銅臭錢嘛。

金子的好是要上點年歲才能感受到的，人過中年，審美會遇到衝擊，甚至被顛覆，年輕時土氣俗氣的金這會兒變得富麗堂皇了，就連用纖細金絲紐著小花的手鏈都添了幾分貴氣。看重播的乒乓球比賽，曹燕華、王楠、劉偉戴著金手鏈，發球時，小球拋起，鬆鬆垂下半弧型的金鏈跟著抖動，滿是嫵媚，執拍子的手劃著球的側面一抖動，球一轉折，衝向對岸，手抖動的瞬間，腕也靈秀起來了，甚至包括像玄靜和、鄧亞萍這樣強勢的選手，只要帶了一圈金色的手鏈，女人味都會伴著飛來飛去的銀球，散發到滿賽場。

金對於女人來說，俗，卻很保險，還易抵達。那意思是，雅雖高貴，畢竟是少數，還有曲高和寡的尷尬。金的抵達要順利些，它不會高過天，也不會輕易掉價，在公共事物中它擔當著度量衡的角色，它有保值功能，有值得信賴的基礎。

金與俗氣相伴，添了人的氣息，而銀，更接近金屬自然的氣質。認真讀銀的介紹，重新涉及中學知識，既慨歎光陰流逝，又後悔學業荒廢，那麼多有趣的道理，那麼青春的年齡，沒有好奇和渴望，我的中學時代，既懶慢疏狂，又不學無術。

複習時才明白，銀的化學符號是Ag，來自拉丁文名稱Argentum，代表淺色、明亮。他有密度、熔點、沸點、熔解熱、反射率，根據這些資料，得出結論，銀有良好的柔韌性，延伸性，能壓成薄片，拉成細絲。

銀是一種活躍的金屬，容易與空氣中的硫起化學反應。戴銀的人接觸硫磺香皂後，銀器變黑，銀還不能與金同配，會導致銀變黃，當然，文字是不信邪的，物質的不行，就在文字中兩廂相遇，金銀珠寶，金銀兩物是首飾家族中寸步不離的姊妹。

更嚴重的是，銀還是可以食用的金屬，我國和印度都有用銀箔包裹食品和丸藥服用的記載，不但人食，動物也食，古籍《天香樓外史》記載：古時候有一個婦人藏了一百五十兩私房銀。有一天開箱查看藏銀，銀竟不翼而飛，婦人大驚，懷疑被人盜走，一時弄得全家人心惶惶。後來再開箱尋找，只見一大堆白蟻正團團集在一起，吃著殘存的銀粒。婦人一氣之下，把白蟻投入爐中，以解心頭之恨。火燒蟻死，白銀復出，上秤稱，恰好一百五十兩。

繼續讀銀，又知道了銀在地殼中含量少，物以稀貴，其實銀不貴，至少是貴不過金、寶石、鑽石，在所有首飾中，銀是廉價的，是價格低於價值的，銀能打動人，贏在質純、樸素上。老銀是不必戴的，用來收藏、回憶，這有點像棉，屬於過去時光。

女兒出生後有一副銀鐲，盛開的荷花盤繞牽絆，鏤刻花紋疏漏有致。那是她來到世上第一份真正屬於自己的東西，別人送的錢會放在銀行，衣服穿舊會扔掉或送人，日用品會一個個更替，隨著年齡一天天長大，相伴的所有事物都在變化，甚至自己的相貌、父母的相貌。惟獨保持不變的就是這副銀鐲，它的老，跟隨，不離不棄，足以使人面對生命種種時有所感念。我替她珍藏起來，她會在二十歲，三十歲，甚至五十歲之後，拿出這副銀鐲，看她出生後的第一件禮物，驚歎於自己出生時的腕，像微縮的藕節，小巧精緻。那將是她一生中保存時間最長、最完整的禮物，裡面全是見證和回憶。

銀不如玉和寶石惹眼。本來，銀就不如寶石，銀和金搭配時叫金銀珠寶，其實說話的人是想說金，強調富裕，銀只是個捎帶陪襯的，銀是放在老式抽屜裡的，是祖母的傳家寶，更多時候，銀低調，與棉布蠟染搭配，是貧窮中的滿足。但若換了地方，將位置轉移到西藏或者廣西，就不一樣了，只看苗族人高聳鳳冠，銀裝披掛，玎璫佩環，就能得出苗人對銀的態度，他們硬是從銀上打通了大富大貴的門檻。這是銀極少有的表現，發揮到了極致的表達。

烏魯木齊開了幾家老銀匠店，看得出店老闆用心頗深，想把銀店做強做大，店面擺放、用光都十分考究，佈置以黑為主調，配以白熾光燈，清白的光線斜鋪下來，銀被光照耀，泛出光澤，漆黑與白銀搭配很超前，王小波在《白銀時代》中說，將來的世界是銀子的。這話扔出來確實意味深長。但，這個銀，必定要配以黑，銀與黑色一起，才有時光感、穿透力，才更好地詮釋將來那個時刻，至少是人心目中的那個未來世界。銀說的是過去和將來，金很實際，金說當下，每日都在商場的櫃檯中升降價格，而且它只說當下、現在、此時此刻。

記憶中的銀飾，隨意扔在地攤上，染著塵土，鏤刻裡埋進污垢，從一個藏族姑娘手中買回的銀飾，有身臨藏區的體驗，銀像那些生長在大山中的植物，越是原生態的，越有野生的氣味。藏人能將銀雕琢得像他們一樣神秘，能讓一件首飾神秘起來，他的價值是連成的，那神秘背後的東西，不僅僅是首飾、裝飾，而是一種生活態度。銀多半是用來言志的，一枚銀飾無論是掛在耳垂、脖頸，帶在手腕，還是無名指，都是質樸的、民族的，充滿歷史感和神秘感的。

夜裡，聽《在銀色月光下》。初冬，青灰的土路、樺樹、皚皚森林或雪原，安靜的能聽到鳥獸呼吸，這是王洛賓式的俄羅斯風格。艾敬唱的細聲，低迴，好悠長，聽這首歌曲時，整個世界都籠罩在銀色的氣氛之中。

珠寶傳奇

夜讀《本草綱目》，看到李時珍說，寶石產於西番，寶石有紅、綠、碧、紫幾種顏色，紅色的叫刺子、碧色的叫靛子、翠色的叫馬價珠、黃色的叫木難珠、紫色的叫蠟子。還有鴉鶻石、貓睛石，貓睛石形狀若貓眼，隨時辰的變化而轉變，還有石榴子石、紅扁豆石。

造物對一塊石頭像對一個人，使它放出光澤或淹沒於土，天上地下，出落的是珠寶，埋沒的叫石頭；出頭的是明星，悄無聲息的是百姓。「在寶石微小的空間，它包含了整個大自然，僅一顆寶石，就足以表現天地萬物之優美」，這是哲學家普林尼的話，一語落定，一斑窺一豹，原來說的是大自然，萬物之優美。在新疆遊走，萬物之美是雙眼應接不過來的，在一山一石間發出驚慕，就是發現了山水間的珠寶，也是透過表像看到了真理。

珠光寶氣，說的是女人，不算年輕，有些姿色，雪天裡露出小腿的晚禮服外披著皮草，細眉紅唇，穿梭在一群紳士間，搖著折疊扇、端著高腳杯，頻頻與人舉杯，準確點說這類女人叫婦人。若年輕女子，被珠光寶氣呵護起來，就俗了、不清純了，珠寶要說明的是富有，也露出了歲月不饒人的馬腳。因此，珠光寶氣是要謹慎對待的，花了大價錢，裝扮出個庸俗和不純潔，才是天大的損失。在魯迅眼裡，珠光寶氣是偏向暮氣的，就像古墓裡的貴婦人似的。我一慣都小心看待魯迅先生的文字，覺得他尖酸、刻薄，對人不依不饒，提留著一支筆，整日裡不是戰鬥就是批判，尤其是當年大罵梁實秋資本家的乏走狗，從小就被他灌輸了走狗漢奸的成見，長大了讀梁實秋，除卻政治傾向，梁實秋的文筆清新、敘述誠懇，尤其是日常吃食、養貓經驗等都極富生活情趣。但就珠光寶氣一事，魯迅先生是一筆要害的，從他筆下出來，珠寶不再光澤而塗染了腐朽晦氣，簡直要逼人窒息，從此誰還敢去珠光寶氣一番，都成了古墓裡的衰喪之物了。

我對珠寶的態度慎重，年輕時素著脖子和耳朵，腕上只掛一塊計時的女錶，在我的理解中，錶形若首飾，又在首飾之上，有實用價值，又有裝飾效果，若首飾招搖的是富裕的話，錶彰顯的就是貴氣了，錶既經典，又理性，具有職業感、現代感，適合幾乎所有場合，戴一塊出自瑞士的機械手錶，人的品位就像裝進的保險箱，有了百分百的安全。

首飾是把雙刃劍，增嬌益媚，也損嬌掩媚；增嬌益媚的，是面容欠白皙，或是髮色帶黃，以首飾覆蓋，光芒四射，能使肌膚改觀，與玉蘊於山而山靈，珠藏於澤而澤媚同一道理。若讓肌膚猶好、滿頭烏髮的佳人滿頭翡翠，環鬢金珠，但見金而不見人，則如同花藏葉底、月在雲中，是盡可出頭露面之人，故作藏頭蓋面之事。這是清人李笠翁的觀點，細心琢磨，句句中肯，他是深諳女人裝束的，發表意見自然也是一語中的。只是他還說，女人的一生，戴珠寶插翡翠的事，只可以一個月，萬萬不能太久，這一個月是指出嫁時。若真是按了李先生的辦法行事，女人一生的珠寶錢豈不全都入了錢櫃，要麼全拿給了男人花去了。

珠光寶氣裡講的珠寶，直接對應的是鑽石、紅寶、祖母綠、藍寶、海藍之類光澤明豔，價格不菲的首飾。不過，東方平面型長相的女人，小家碧玉些才熨貼，一身珠光寶氣的璀璨，與細眉細眼，玲瓏身材極不協調，同樣一套閃著光亮的珠寶，掛在張曼玉、章子怡身上漂亮，僅僅是漂亮，掛在瑪麗蓮・夢露身上除漂亮外，還熠熠生輝，周身閃耀，漂亮不是珠寶想要的效果，讓佩戴著的身體大放光彩才是對珠寶的最好詮釋。我說珠寶，總有點得不到葡萄的酸澀氣，於是，儘量小心筆下，別稍不留神，變得刻薄起來。

東方女子更適宜玉石或珍珠之類，不顯晶瑩透亮，卻溫潤柔美，比如玉石以親和示人，與人能相互滋養。珍珠很民間，玲瓏，老少皆宜，只要白布綢褂，隨便著什麼衣服都可掛一串，那效果總使我想起從前在大學校園，夏日裡有兜售梔子花的姑娘，提著小竹籃，裡面擺放著整齊的花朵，撲著鼻的香氣繞著姑娘，姑娘蹲在三號宿舍樓前，脖上掛兩串綴著梔子花的項鍊。學校只有一棟女生樓，買花的女生並不算多，到是小橋後面教職工家屬樓裡的女人們更喜歡，她們傍晚時分推著嬰兒車、搖著蒲扇、趿拉著拖鞋散步至女生樓前，蹲在竹籃前挑選。那些女人們一律地比女生們更有女人味道，我是覺得女人只有從家裡走出來，才有女人味可循，集體宿舍出來的女人只能算是女生。女人身上沒有脂粉和炊煙味，哪能說得上有女人味呢。

於女人來說，珠寶是有未來的裝飾，越老越彌足珍貴，一次，在一份不知名的畫報上看到一個白髮碧眼的女人，滿臉皺紋，慈祥而溫和地微笑著，她舉起一隻手臂，將手放於前胸，乾瘦如柴的手自信地撐開，乾淨的指甲修理的平平整整，青筋像顆老樹，爬過手背鬆弛的皮膚，一枚碧波青綠的戒指戴在無名指上，那一刻使我怦然心動，這枚戒指非這只手莫屬，如果沒有皺紋、沒有青筋，便沒有寶石淬火的效果。寶石與人一樣，要成妖成精，必得有時光的打造。女人要能活出寶石的效果，才是活出了真知。

記得我家鄰居秦姨，祖籍北京，她家有本老影集，我小時常翻那裡的照片看，穿綢緞馬褂的中年男人面目安定，生態自若，著鑲邊滚珠長襖的婦女一身的富貴相，燙著披肩髮、穿旗袍、戴金絲眼鏡的秦姨年輕知性，那些舊時的照片是秦姨的過去，過去的秦姨有著富足的日子和良好的學養。秦姨跟我家鄰居十多年，後來，我出去讀書、工作，難得回家見面。前幾年回家探親，散步在梧桐樹下，遇見秦姨剛從街裡回來，上前問候，老人家腰已彎的直不起來了，拉著我的手問寒暖。又說，她剛從街裡回來，終於看上了一枚等待很久的鑽石戒指，身上沒有帶錢，準備取了錢再去買回那枚戒指。聽得我淚水滿眼眶裡轉。那一年，秦姨快九十歲了。她不知道她早已將自己活出了鑽石的結構，緻密、典雅、分外地閃耀。

張愛玲說，女人，出名要趁早。以此邏輯，許多人演繹出各種版本女人要趁早的說法，抓緊時間活，許多際遇過了村就沒了店，趁早體驗了生活種種，回憶時才不至後悔。

但通曉了寶石經驗後，才覺出並非事事都要趁早，有的寶石年輕時只能戴出俗氣，待到滿臉皺紋，滿頭華髮，戴一枚碩大的紅寶石、藍寶石，抑或鑽石，走在大街上，那才叫一個優雅絕倫、貴氣十足、勢不可擋。

讀大學時有位學長，習得是礦產地質，戴墨鏡、著湖藍色西裝、銀灰色領帶，絡腮鬍子，這副行頭在校園裡無論走在教室、操場，還是實驗樓，都是一枚小型炸彈，惹得非議重重。我在教室晚自習，他進來，所有學生都抬頭看他閃亮亮地從門口走到我桌子的前排。他回頭跟我說話，問我是哪個系哪個班的，我從他的普通話中很快辨認出他來自陝西，沒追問兩句，就招出原來他家與我家只隔著一條馬路，而我們竟然在過去的十多年裡都未曾謀面，反倒是跑來這外省相互認識。他會溜旱冰，借給我旱冰鞋，寢室的女生紛紛來借，出去的時候個個信誓旦旦，回來的，都捂著胳膊縮著腿腳，掀起被水泥地擦出血痕的褲腳給我看，令我的心倏然一緊。畢業前，他還將自己一塊搭在床頭的木板送我，我用它裝扮了自己的五尺空間，在木板上放了長長一排書籍，一個答錄機、一面鏡子和幾件換洗衣服。

他畢業走了。兩年後我也畢業走了。我們沒有聯繫。畢業後的最初幾年沒人來烏魯木齊看我，太遠，即使從西安走也要三天兩夜。又過了幾年，他找到我家，出現在我面前。說起從前，又說起現在，他在做生意，銷售一種定義為富硒的乳製飲品，他從西安給我提來一箱，讓我幫助他推銷他的產品。說起未來，他說想離婚，正在猶豫，其中內因是他另有所愛，想放棄一個，攜手另一個。

他離去時，背影有點孤獨，那麼遠，竟然跑到新疆，為的是在西安與烏魯木齊之間的一座城市下車，看望想攜手的那位女子。

又過了幾年，有了消息，他遠走南非了，第一個感覺是，他會不會更孤獨，又想，又不是尚比亞、肯亞，或者坦尚尼亞，他去的是南非，南非遍地鑽石，他必定是淘「鑽」去了，既然是修了四年的礦產地質，總得有個實踐的去處。自那時起，我是特別想再見到他，除了想鑽石，對與鑽石相關的故事也產生了極端好奇，比如探究、追殺、贗品、較量、愛情、人性，那該是一段過癮的傳奇。還想知道，他離開他的大陸時，是否攜手了另一個人，一個我不曾見過，卻知道在某一個城市裡真實存在的女子。她是他的鑽石。

滿架葫蘆

七月食瓜，八月斷壺；雲南有木，甘瓠累之。匏有苦葉，濟有涉深。深則厲，淺則揭。這些漢字劃過《詩經》的海，鍍上了風雅之氣。年輕的女子等那遲遲不來的男子，心裡說，不是這河水我過不去，只要在腰間繫一隻匏瓜，就可以浮水遊過，若水淺了，我撩起衣襟就可以走到對岸。但我的愛人沒有來，我的愛人還沒有到我的身邊來呀！

睡前翻閱《春風啜茗時》，作者在後記中說自己最喜歡杜甫的落日平臺上，春風啜茗時。又對詩句背後的景緻想像了一番：樓臺之上，夕陽餘暉灑下橘色的薄紗，絲瓜或是瓠瓜的葉蔓正爬上樓臺花架，或半依樓臺欄杆，或閒坐石桌之畔，手捧一杯清茶，茶中蕩漾著春日的花光水影，於雲淡風輕時，看遠山如黛，聽天音嫋嫋，當是一種享受。

瓠、壺、匏，說的都是葫蘆，試著將美文段落中的瓠瓜置換成葫蘆，若好端端的一條龍，點錯了眼睛，自己都笑了。凡字了、詞了，都是有雅俗之分，瓠瓜與葫蘆，雖為一物，脫口說出時，卻是大雅之堂和街頭巷陌的用語。其實，葫與蘆兩字分開了看，都是很雅氣的漢字，碰撞到一起才有了諧趣，稚氣和一些土氣。

葫蘆的叫法出在民間大院裡，沒什麼考究，母親大著嗓門葫蘆一聲，藤蔓上掛著的葫蘆就隨風搖曳起來。傍晚一家人圍坐葫蘆架下吃飯，稀飯鹹菜饅頭，樸素的吃食，熱鬧卻不減，兄弟姐妹打著嘴仗，父親母親顧及大的，袒護小的，中間幾個總是受氣，被生在中間的，父母多半是不費心思的，稀裡糊塗就拉扯大了。那樣的日子早已擱淺，回想起來，簡單快樂，都是些黑白鏡頭。

書院門是西安一條古街巷，從南門延伸到柏樹林街口。街旁邊有碑林博物館，街內青石鋪地，店鋪林立，所售物品均為文房之用，筆墨紙張硯臺、奇石書畫碑拓，整個街道書香浮動，墨香流溢。踩著狹長的木板樓梯上閣樓，一間畫室豁然開朗，四周掛著各類作品，多是以鮮花綠草和大自然為主體的水粉畫水彩畫，屋頂有線條拉過，掛滿了繪有彩圖的葫蘆，有連體的、長桿的、單肚的、雙肚的，蟲吟鳳鳴，百花鬥豔，一隻隻吞吐著大肚的瓠、壺、匏，經過畫家的巧手，竟是纖腰豐臀，儀態萬方。那畫家是女性，年紀已不輕，有些女人青春蕩漾，卻不見靚麗，有些女人，雖銀絲千千，卻依然有風韻在身，這樣的女人在為每一隻葫蘆賦予新裝時，必定是傾注了寬容、慈祥和一生的母愛。我仰著頭，將彩繪的葫蘆一一攝入鏡頭，閒暇時細細端詳，來自生活的藝術，藝術世界裡的生活，被一個上了年歲的女人熟練掌握著。

在喀什，庭院裡的維吾爾人栽花種木，葫蘆是其一，初秋時節大大小小的葫蘆掛在前廳廊簷，有的人掏去成熟葫蘆的瓤和籽，舀水、盛水、淘米、儲存，有的掛在廚房的牆壁上，熱愛生活的維吾爾人覺得不過癮，還要在葫蘆上雕刻出花紋圖案，一隻普通的葫蘆搖身一變，成了民間手工藝品，巴扎上有許多手工藝品店鋪，出售各式葫蘆，當這種熱愛成為一種習俗時，葫蘆便在民間傳播開來。

雕刻葫蘆的工藝不算複雜，挑選生長成熟的老葫蘆，浸泡在水裡，除去外皮。再用烙鐵在皮上燙出線條，人物，動物，花草，有的用五顏六彩的油彩描繪一番，最後涮上一層薄薄的清漆，自然晾乾就成了。

我想學那女畫家的樣子生活，想模仿維吾爾人的靈巧創意，將一隻葫蘆變得賞心悅目，於是開始找尋葫蘆，去了吐魯番，坐在車裡看到國道邊小商鋪外懸掛著眾多葫蘆，集體性地裸體在陽光下，這場面，稱瓠、壺、匏是不合適的，跟有頭銜的人一樣，脫了衣服，直呼其名，待西裝革履一番，就得先生稱呼才是。去了一趟西安，走了一遭喀什，反轉回來，人就見異思遷了，感歎穿著衣服的葫蘆與光著身體的是不一樣，恨不能拿起一把大刷子，替眼前所有的葫蘆全部穿上新衣。停車。伸長脖子看葫蘆的標價，六十元。一隻葫蘆，劈開兩個瓢，舀水的瓢，居然售出大價，讓人不敢問津。烏魯木齊大巴扎也有葫蘆售，也是不手軟，同樣的天價，而在我長期以往的記憶中，葫蘆是平常人家院中納涼時藤蔓上結出的附屬品，可有可無，可玩可棄，如今都成了貴重之物。

為葫蘆穿衣之事一直無法釋懷，我手裡提溜著個一支大筆，遲遲無以下手。炊之無米，焦急上火，捨不得兜裡的銀子，只得每每見人，葫蘆長葫蘆短一番。

一日，在去南疆的路上說起葫蘆之事，同事憨笑道：不就是隻葫蘆嘛，我有，剛從架上摘下的。

翌日。太陽初升，清風拂面。我從公寓出來，準備去餐廳吃飯，同事懷抱著兩隻大葫蘆向我走來，陽光照在他身上，像鍍了一層薄金，同事很胖，姍姍著步履，滿腮笑盈，與懷中的兩隻大葫蘆一起顯得富裕又知足。

我接過葫蘆，抱著，滿懷的豐收喜悅。葫蘆還沒乾透，淡青綠，細膩滑爽，接近根部處像沒打粉底的女人的臉，有微微的毫毛。撫摸一陣後，暗地裡想，這兩隻葫蘆，裸露的如此豐腴、肥美，青青的色，透著光鮮，如何才能下手，誰能保證刷上彩色後，能比這天然的更保有植物生命的質感。

在另一個同事辦公室閒聊時，我在他書櫃的頂端看到了隨意扔在櫃頂的三隻小葫蘆。墊著腳尖去取，太高了，他拿了椅子站上去，取下三隻小葫蘆。我如獲至寶。看我喜歡，他打電話，叫來一個女孩，讓那女孩去架下摘些葫蘆來。女孩答應著，轉身出去。待再返回時，她像一個凱旋的將軍，提溜著一個碩大的尿素袋，裡面全是剛從棚架上摘下的葫蘆。

我攜帶著尿素袋返回烏魯木齊。找來鉛筆、蠟筆、水粉、水彩、毛筆、排筆，拿出葫蘆，思量著，穿什麼衣，怎麼穿。女兒摩拳擦掌，大刀闊斧，大紅、橘紅、湖藍、翠綠、亮黃，刷刷幾筆塗鴉，五朵鮮花躍然葫蘆，滿目地絢爛，留白的地方塗滿綠色。涼乾後刷一遍清漆。這是女兒一次不同凡響的原創。

我沒有大膽的創想，只會亂翻書，找來梵谷的鳶尾花細看，梵谷畫過兩幅鳶尾花，其中一幅是海蘭色的盛開在田野的鳶尾花，紅色土壤，翠綠茁壯的葉子，盛開出黃蕊的藍色花朵，綢緞樣的花瓣。我在葫蘆底部試著塗上棕紅，有燃燒的效果，葉與花瓣繪在葫蘆凸出的部位，纖細的腹部和胸部露出原色。我的工具是蠟筆，油油的，與葫蘆的油份不十分粘連，反倒出了留白，顯得拙樸。舉起我的葫蘆，不像穿了衣，倒有幾分人體彩繪的效果。

完成這類小心願很有趣，從四處尋找、討價還價、積極索要、接受贈與、背馱回家，到模仿、調色、配彩、繪製，一系列下來，烏魯木齊已從冬雪皚皚走到了夏之如花，時間給予的等待、期盼、行動、以及享受成果很是迷人，時間成全了一樁美麗之事。

不僅如此，我還選了兩個大葫蘆送給女兒的美術老師。一天，女兒回家說，在美術老師那裡見到成了瓢的葫蘆。我們相視一笑，她笑第一次知道什麼是瓢，我笑那葫蘆終究還是葫蘆，匏、瓠、壺都遠去了，遠去了。

有另一個熟人，從北京來到烏魯木齊，認識石河子監獄裡的犯人。那些犯人中有一些曾供職於內地的文化團體，文革時期犯了錯，被押解到新疆服刑，投進石河子監獄，像似流放，流放者中隱藏著一些大家，能將葫蘆刻出自然氣象。這話很有誘惑力，一隻葫蘆，不但可以穿衣，還可以比脫衣更殘酷，紋身在身，刻它個血跡斑斑，如淬火的劍，經過鍛造後，成為大器。於是，我將兩個最大的葫蘆送他，請他帶到監獄，讓高手一刻，我想得到一派雕刻的山水風光。想像中的雕刻不著色，高山、河流、雲霧、飛瀑、蒼松、木橋，是大氣磅礴的水墨效果，完成後的葫蘆，再跟人提起時，可以還原到初始的稱呼，瓠、壺、匏，非常詩意的稱呼。只可惜，我的兩隻葫蘆有去無來，沒了消息，我的期待也終成一空，沒了下文。

鼓

白居易在《胡旋女》中寫道：「胡旋女，胡旋女，心應弦，手應鼓。弦鼓一聲雙袖舉，雪飄轉蓬舞。」說的是舞與弦鼓的關係。一個素特女子，心裡應著弦聲，手裡應著鼓點，弦鼓同步，雙手高舉，旋轉，旋轉，像水裡舞動的蓮花。

素特人早已遠去，歷史書籍裡也少有介紹，但踩著鼓點旋轉的素特女子，卻頗似維吾爾女子在舞臺上驕傲的舞姿，眼睛盯著前方，胳膊平舉中略有彎曲，蘭花指上翹，腳步輕盈，銀亮的高跟鞋快速挪動，褲腳兜著疾風，紗裙劃出無數的圓，辮子在空中飛速旋轉。直到掌聲起，喝彩起，旋轉的女子都不願停下。

舞蹈中精彩的有兩部分，一部分是旋轉，另一部分是送頸。送頸俗稱扭脖子，頸部一左一右來回擺動。早年聽王洛賓老先生音樂欣賞課，在講到《半個月亮爬上來》時，他說喀什姑娘住閣樓，樓下是熙攘熱鬧的街市，英俊青年走過街面，姑娘從閣樓視窗向下觀望，人頭湧動，總也看不清青年的長像，姑娘心急，左邊瞧一瞧，右邊看一看，伸長脖子來回擺動，演繹到舞蹈中就成了送頸：扭脖子。庫車克孜爾千佛洞壁畫上就有送頸的場面，早先的工匠們實在不凡，從閣樓姑娘處撲捉到的細節繪製在壁畫裡，留下了不朽的記錄。後來去喀什，遠遠地站在老屋的角落裡，向閣樓群的窗戶眺望，想遇見一位半個身體探出閣樓，扭送脖頸，在人海茫茫中找尋英俊青年的漂亮姑娘。

但是，這裡我想說的不是送頸，而是鼓。送頸時，左右都有一個停頓，停頓的剎那，鼓點砰的一聲，彈起，和著顫音，敲到了人心坎，既乾脆又有力度。新疆樂曲中的鼓，是獨特的一種，常是鼓點一起，聽者每根神經都跟著一晃動，說來有誇張嫌疑。但，維吾爾的鼓，確實令人不由地想要做些什麼，那不是一種讓你安靜下來，去欣賞、傾聽、感受的東西，而是引領你跟隨、投入、躍動、狂歡、盡情的東西，那種不自制和自由放縱是血液裡本原的，被一陣鼓點敲醒了。

鼓是古老的事物。張藝謀愛用鼓，他是深知鼓的靈魂背後蘊藏著的能量，奧運會開幕式上他用了缶，鼓的前輩，潮起潮落，洶湧澎湃，那樣的場面、那樣的聲勢，沒有哪種樂器會比鼓有更貼切的表達。我生活在少數民族地區，對少數民族的鼓情有獨鍾，其中手鼓為第一，但維吾爾人的手鼓是小風景，遠不及張藝謀的缶來得排山倒海，氣吞山河。手鼓沒有那麼大的氣場，也不很沉穩，手鼓的擊打更像急促的呼吸，使人血壓突然升高，彷彿一場戰爭來臨，一道霹靂閃下，沒有任何掩藏，懸念就被打開來，那種俐落，是快刀斬亂麻式的、不由紛說的，是維吾爾人的、是新疆式的。

生活在烏魯木齊，隨時可以遇見手鼓。比如在一個舞臺上，燈光閃爍，檯面空蕩，熱鬧突然寂靜下來。一串鼓點顫然而起，滴答、撲打、砰噠，風聲水起，由遠而近，彷彿天地由疏離到合閉，漸漸地，鼓聲密集，幕布後有了動靜，一個少年一襲舞臺裝束，雙手舞鼓，翩然出現，追光燈打在少年身上。掌聲起，觀眾合著鼓拍，瀑布般掀起。

這還不夠，急促的鼓點，還不足以挑撥人心，它還要在挑撥中加上催促，手鼓的內裡鑲了一圈鐵環，鐵環合拍地跟在鼓聲後急響，匆匆上陣。金屬是有磁性的聲音，有拋出去，又拽扯回來的本事，同時，它的碰撞還具有穿透能力，能穿過肌膚、骨骼，直抵神經的某一末梢，它能遊走到你內心最柔軟的地方，電烙鐵一般地猛擊一下。

不僅如此，手鼓還皮面緊繃，脆響聲在鼓皮上劃著圈散開。彷彿一石激起千層浪，水後的漣漪發出陣陣回聲，顫動著身體散向鼓邊，又跳出鼓身，在空氣中飛走，盤旋著上升、繞樑，在舞者中間穿梭，繞著女人的辮子和裙裾，男人的筒靴和袷袢，繞在塵土飛揚的田埂地界。

鼓的另一半是鼓槌。以手觸摸鼓面的維吾爾男人不屑於用鼓槌擊鼓。鼓在人面前是座大山，撼動不了時，借來槌，找一個支點，牽動一些什麼。而敲擊手鼓的手，完全不用借助於其他，單手上去試探，就有著純美音色，純的不沾染一絲塵土，甚至沒有空氣阻礙，砰的一聲下去，音就打開了，震顫著去了四面八方。擊鼓的人省去鼓槌，以手做槌，觸擊那層薄而堅韌的皮，羊皮、牛皮，還有蟒皮，最好的音質是蟒皮，蟒於人有驚心動魄之勢，皮質中自然有了不一般的感觸，當原有之物被賦予另一種形式後，用皮膚而不是用嘴發出了聲響，這本身就充滿刺激，此刻，手在蟒蛇皮上打擊、彈撥、輕撫，發出蛇自己都會陌生的聲音，那是不自覺的、無意識的冥冥之中牽動萬物的自然之聲。

手鼓比起弦、彈撥、鍵盤樂器都簡單，偏偏就從村邊巷尾上了大雅之堂。又博得了掌聲。少年鼓手也是不辜負台下的每一雙耳朵，每到激越處，鼓手與聽者都不能自制，鼓者越擊越勇，若槍林彈雨，密集倉促，聽者從雙手到雙腳，隨著鼓點舞動，從身之舞，到心之顫，到每根神經的撼動、每個細胞的激越。待鼓手高潮迭起，落鼓鬆手時，人像從四十度高溫的火鍋桌上撤下，只覺得痛快酣暢。

手鼓不抒情。這是合我心意的，人到中年，抒情的篇章已越來越少，換了幾年前，是鄙視這種單刀直入的思維方式的，但中年以後，時間中的每一秒都帶著血，那麼多的現實還沒暇顧及，哪來抒情的功夫。抒情的人擁有著最昂貴的財富，年輕便是好，當然是真理。但時光不返，更是真理。手鼓正是那個現實的存在，如同生愣愣的小夥子，直直就衝進你的領地，使人難以設防，你不得不面對，不得不在它的擊打中振作起來，投入生活的瑣碎之中。

在新疆，另一個更傳統的，充滿民間氣息的鼓叫納格拉鼓。許多年前，單位有一個慶典活動，我的任務是接送新疆歌舞團的幾位藝人。車在團結路的巷子裡轉了幾圈後，才開進新疆歌舞團。歌舞團大院樹木茂盛，道路狹窄，找到停車地，等了許久，一個五十多歲的強健男人來了，手裡費勁地提著兩隻鼓，身後跟著一個小巴郎，十四五歲，長臉圓眼，戴頂小花帽，一看便知是少年學藝。那男人面色黢黑、雙眼明亮，自報家門，他是招攬者，帶著四人去演出。遠處，兩個姑娘正一前一後跟著跑來。近距離觀察，已不年輕，其中一個粗腰肥臀、寬額大眼、高鼻紅唇，另一個一看便認出，是電視裡上鏡頻率較高的女演員，苗條、頎長、美目善睞。我將他們請上車，司機踩著油門出了歌舞團。

我讚美維吾爾姑娘漂亮，維吾爾姑娘的長睫毛，可以飛落小鳥。強健男人嘿嘿一笑，聽出我的弦外之音，跟我立刻有了默契，詼諧的段子一截一截往外冒，還指著我的眼鏡說，帶眼鏡的姑娘才漂亮、有知識。我推推眼鏡，鏡框一直是我的煩惱，為了挽回面子，我曾佩戴了十多年的隱形眼鏡。強健男人不這麼看，有文化的女人才美麗，漢族女人都有文化、都美麗漂亮。這是維吾爾男人的看法。

背景是湛藍的天空，舞臺是紅色地毯，我將一老一少安排在紅地毯的一角上。強健男人取出嗩吶，小巴郎支好兩隻納格拉鼓。納格拉鼓是維吾爾傳統樂器，也叫鐵鼓或冬巴。鼓身是鐵鑄成的，形似花盆，鼓面蒙有駱駝皮，據說，古代人把它繫在馬鞍上當戰鼓，後來才變成維吾爾打擊樂。六個納格拉鼓是一套，每套分大中小三組，每組兩個，由一大一小兩隻鼓組成一對，用木棒敲擊。小巴郎隨意敲擊兩下，砰砰的脆聲揚起，那是慶典的開啟之聲。

納格拉鼓是慶典氣氛的營造者，沒有固定的節目，他們發聲和舞動是為慶典營造氣氛，像開業招攬生意一樣。男人的嗩吶聲一截一截高亢響起，小巴郎從開啟的隨意敲打中逐漸認真，進入狀態，直至興奮的不得了，鼓點敲的劈裡啪啦響。那種急切翹盼，分明是在等待兩位姑娘翩翩舞進場地。

我快速跑上樓，準備迎接兩位化妝的女人下樓。當我衝進辦公室大門時，被驚豔擊倒了。兩個維吾爾女人頭飾靚麗的羽毛花簪、胸前是珠貝貼片、臂膀上是透明薄沙，明亮的大眼睛活力四射，紅唇皓齒，豔麗動人，而其中的一位竟然是體態豐腴的媽媽。

胖女人在場外翩翩而起，從容自如，緩慢地舞進場地中央，她傲慢地挺著胸膛，雙手慢慢舉起，與胸齊平，手腕翻了兩個花後，開始鞠躬答謝，聽到掌聲後，腳步和頸部開始跟著鼓點有節奏地晃動，轉動眼珠，扭送脖頸。她的舞姿幅度不大，柔軟卻有力度。她胖而不臃腫，沒有絲毫累贅之感。這是舞者的能力，能夠使身體的每一部分，每一塊肌肉，甚至脂肪投入舞蹈的節奏，她跟著嗩吶的悠揚，鼓點的節拍行進。我是在那時才開始懂得維吾爾舞蹈的，它原本不是我們在春節晚會之類的歡樂節目裡看到的，一群美貌姑娘劃拉著轉大圈跑小圈。維吾爾舞蹈中有種別樣的味道，是別的舞蹈中難以看到的，眼睛、脖子、手臂、腰肢跟著鼓點的韻律輕微地舞動，是那種不動聲色又有力度、有骨感的舞動，它原本不是大動干戈地跑跳，它的力度藏在手腕、眼珠、脖頸、以及臂膀的每一塊肌肉裡，由心靈去發力，傳遞，最後至手舞足蹈。這種味道，有韻致在裡面，不是內地文藝團體的幾個小演員一學就能到手的技巧。真正有滋味的維吾爾舞蹈是來自鄉土民間的老人，老婦人、中年女人和維族老漢。

納格拉鼓聲持續了近一個小時，老人與小巴郎始終處於興奮狀態，看著舞臺上的美麗女人，他們甘願放低身價，盡心而吹。納格拉與嗩吶相互交錯，嗩吶是熟悉的北方樂器，納格拉鼓是我第一次近距離接觸的樂器，小巴郎神采飛揚的敲擊使我覺得，這是一個想要飛翔出去的鼓，一種野心與野性並存的、渴望馳騁大漠荒原的鼓，它的腳步密集、細碎，像似在雨中急行軍，它不能沉湎於溫柔鄉，它要逃離，向著遠方，並拉上你，一起同行。

刀

進攻、殺戮、刀光劍影，一把刀無論放在哪裡，都釋放出寒冷和殺氣，刀如果不做出殺、割、切、砍、鍘、刺、剁這樣的動作，就妄為一把刀。而它之所以成為一把刀，也是具備了一切殺戮的功能。

刀，是兵器，單面長刃。十八般兵器之一種，在九短九長中，列九短之首。它鋒利陰險，暗藏殺機，而我，要懷揣它，行走兩千公里。

父親和我在大雪紛飛的清晨跳上二路公共汽車，在火車站附近的巴扎上挑選英吉沙小刀，雪地裡，一排攤位直直地橫向市場，紅色天鵝絨上擺放著英吉沙各式刀具，潔白的雪與紅色天鵝絨形成強烈對比，反射在刀刃上，放出凜冽的寒光。

二十天以後，我像一個克格勃，身穿醬黃色毛呢格短大衣，一手提黃色皮箱，一手伸進大衣口袋，口袋裡裝著兩把英吉沙小刀，跳上了開往成都的列車。

火車上的刀叫兇器，月臺進口處立著安全須知，明確標有禁止攜帶的物品，刀具是其中之一。但我，要完成同學的拜託，況且刀又不同於其他物品，捎刀、送刀、贈刀在我看來，是君子之間的義氣，平日裡，君子講理不講兵，君子義氣難得，一旦擁有，就是要維護好，並將它延續下去。

為兇器能躲過意外事端，整個旅途裡我都像隻敏感又狡猾的野兔，時刻乍起耳朵，關注著周圍的一舉一動，那些能與刀發生關係的人是我防範的重點，首先，是員警和所有穿制服的人，他們曾是我最信任、愛戴和尊敬的人，他們有強烈的責任感，不會放過任何一個違規攜帶刀具上車的人，此刻，他們成了我最需要提防的人、我的敵人；其次，是一些長著武生相貌的男人，他們有強健的體力，說話做事魯莽強悍，與人爭執時雙眼火紅，他們容易引發事端，使我的刀具莫名地發生意外，他們是我要迴避的人；除此，我還要小心女人，女人是脆弱的動物，不知情的情況下，她們會神經質地大喊大叫，生怕事情沒有洩露出去，最危險的人往往是離你最近的那一位。經過排查，除了身邊的兩個同行的同學外，車廂裡幾乎沒有使我放心的人。我的警報系統必須從早開到晚，見到員警和穿制服的人，我立刻低下頭，不與他們目光相遇，以防顯露出我的慌亂，見到氣勢強悍的男人，我便極力躲避，不去碰撞任何人，不使口袋的硬物抵觸到他們的身體，我相信，每個男人對刀都有著特別的敏感。而面對那些女人們，我努力收縮身體，恨不能抽空骨骼和脂肪，使身體變成一張不占空間的照片，在擁擠的車廂裡，她們不講道理地、放心地往我身上擠，隨意碰到我身體的任何部位，包括口袋，那會是我最為崩潰的時刻。

三天三夜的車廂生活，我的臉上始終洋溢著平靜的微笑，我在努力使所有見到我的人感受到來自我的安全。我的手始終揣在大衣口袋裡，捂著刀鞘，手心滲出的汗漬浸潤了刀鞘，待兩把刀送到同學手裡時，已不再嶄新，它們帶著我的溫度、汗液以及新疆寒冷的風雪。

送刀的兩位同學中，有一位是土家族，少數民族男子都熱衷於刀，這與漢族男子愛劍是一樣的道理。兩位同學分別給了我五元錢，懷揣十元，幾日裡緊繃的心臟終於鬆弛下來，但在隨後的一些日子裡，又有另一種滋味湧上心頭，雙手不自覺地揣進口兜，空空無物，心裡忽地墜落一下，像丟了魂似地。

沒刀的日子，人變得懈怠了，用不著機警地打量周遭，眼睛由一隻野兔，還原到了家養山羊，但我好像不喜歡山羊，總是惦記著那兩把刀，滿眼都是橫陳在紅色天鵝絨上寒光凜冽的鋼刀。刀，在我眼前觸動著，挑撥著我的神經，刀尖神秘地走在黑暗中，閃著幽微的光亮，血從凹漕流出，無論殺戮的動作多麼迅捷，快速，血的流溢都是緩慢的，凝滯的，像交響樂中的慢板，一場驚心動魄後的寧靜，流淌也成了安靜的注腳，正是這樣的緩慢流淌才使安靜更加的靜；比寧靜、寂靜更靜止的靜，是死亡吧，漸漸凝固的血液解釋著死亡的狀態，刀與死亡關係密切，而死亡，是一個需要用巨大勇氣面對的課題。

少數民族男子腰旁跨刀，顯得威武，每個民族都有自己不同風格的刀，比如藏刀為直刀，看上去果斷犀利。蒙刀是彎刀，氣度大方。維刀像阿拉伯男人的鬍子，刀刃頭部上翹，也像維吾爾文字，最後一筆是甩出去、翹上去的，充滿藝術感，又不失詼諧。英吉沙小刀是維刀中的頂級上品，每個英吉沙小刀上都刻有維文英吉沙三個字。

有一年，我在去往和闐的路上經過英吉沙縣，英吉沙是南疆邊緣小縣城，位於塔里木盆地以南，為更清楚地識別這座縣城的特點，車至縣城時放慢了腳步。放眼望去，樹與馬路、房頂與路燈、小孩與饢坑、塵埃與日光，都像極了庫車、莎車，像極了南疆任何一座縣城。驢車上的女人揮鞭賓士，男人耷拉著腦袋，處於半睡眠狀態。街道上更多的男人，臉色安詳，帶著疲倦，裹在黑色外套裡，那些打造過鋼刀的手躲進了衣袖中。小縣城的冬天寒風習習，不與鐵器相握的手懶洋洋的，空氣肅然，塵土浮現，與塵土相伴的乾燥、馬糞，都呈現出一種農業社會才有的鄉村氣息。只是，我感覺不出，這過於沉寂的空間是英吉沙的蟄伏期，還是其中另有隱秘。

這肯定是一種假像。英吉沙是一座剛性的縣城，它與刀連袂，把持著生殺權。一個英吉沙男人，生來就與刀結伴，缺失了刀，就像人失去了血液，他的意義將無法存在，這樣的縣城無論熱鬧，還是安靜，都有殺氣在，有血腥氣在，都有凜冽的暗風在腳底遊走，這才該是英吉莎的真實面目。

車緩緩地滑過英吉沙地界，什麼都沒有發生，大地安靜地能聽到樹葉掉落的聲音，但我不相信這一切，不相信刀會沉默，我不會放鬆對任何一把刀的警惕，更何況是在刀具的原發地上。

我家收藏著兩把英吉小沙刀，和一些英吉沙水果刀。水果刀是指可以合閉的小刀，開啟有鋒利的刀刃，可以伸入到蘋果體內。秋天的時候，我常常五個手指攏著一枚果實，讓刀刃游走在皮與肉之間，輕巧靈便，在那些小刀面前，我小心、靈活、機警，設防著種種危險。被旋轉的果皮一圈圈附在果肉上，抽出刀，果皮嘩啦垂掉下去，一隻蘋果如出浴芙蓉，脫穎而出，果刀上留有蘋果與鐵混雜的腥氣，暖濕加陰冷的氣息，偶爾我也在有暖氣的屋子裡這樣削一枚蘋果，讓那種冷氣在溫熱中來得更洶湧些。合閉果刀，像關閉了即將洩洪的水閘，心跟著舒展開來。不流血的水果，與刀相遇，兌換掉部分殺氣，顯得柔和了些。

刀們總歸會上演它們自己的劇碼，像那些野生動物，野性本能是不可以長期被壓制的。那些從來都與肉食為武的刀，是冷色調的，它們跳出了工具行列而成為武器，或者兇器。儘管我那收藏的兩把英吉沙刀從未遇到過肉體，其中一把還尚未開刃，但它們一樣逃不出作為武器的危險，像一支槍、一門炮，製造的目的就明確了它的性質，如果它不射出子彈、不發出炮彈，便不算一支槍、一門炮。一把刀，閃著幽光逼人的刀，不殺戮，便不是刀。

辦公室通知分羊，每兩人一隻。辦公室有三人，主任、老楊和我，因涉及到自己宰殺處理羊的問題，主任先行跟了別人，老楊即使心裡不願跟我，嘴裡也說不出口。我跟著老楊下樓，從工作人員手中牽過一根繩子，繩子另一頭的羊從羊群中分離出，羊不大不小、不胖不瘦，身材適中，老楊拉著羊興奮地跑。羊不太情願，咩咩地叫，回頭張望它的群體。

老楊將羊拉到一塊空曠的雪地，羊眨著眼，對即將登臺的節目沒有絲毫察覺。老楊喊我走遠點。我已經跟著他和羊跑到了空曠地，聽到他的喊聲，我轉身跑出去，又掉過頭看他們。風中，老楊斜起身子，一個漂亮的踉蹌，羊便匍匐在地上了，他單腿上去壓住羊的腿腳。待再喊我時，羊已無力地癱軟下來，殷紅的血浸染了潔白的雪地，他站起身，走到一堆雪旁，將刀插進雪堆，清理掉上面的血跡，再從雪中抽出刀。刀重新變得雪亮，溫熱猶在，好像剛才什麼事情都沒發生，它還可以繼續作戰，以它逼人的寒氣刺向冬天裡所有的事物。

我跑回來，蹲在地上撫摩羊背，羊忽然集中了全身力氣，半起身子，睜眼，歪頭，注視著我身後的老楊，老楊正在擦去手上的羊血。羊看著他，悽楚的眼神簡直要把他吸進骨頭裡了。漸漸地，羊的眼神變得虛晃無神，然後輕輕倒了下去。

我很震動。羊是那種知曉宿命的生靈，哪怕死都不驚動任何人。

刀，是惡的執行者，在血泊中體現價值。收起的刀，是兇器，剛剛結束了一條生命，刀對此毫不愧疚，抹乾血跡，一如既往地坦然，像某些有著俊美面孔的殺手，暗藏殺機，卻滿溢著天使般的微笑。

我喜歡一把刀，卻詫異於刀下每一次的血流。

書架

我的書架靠牆，毫不客氣地霸佔了一面牆。對於那一面牆的書籍，最使人陶醉的事是四歲的女兒假模假樣地抽出黑底燙金的《資治通鑒》，然後像模像樣地翻閱，那陣勢很嚇人。儘管書被她拿倒了。

週末的時候偶爾翻開一本七〇年代趙樸初編的詩集，扉頁上寫著一個朋友的名字，名字尾碼著一九七三年於獅泉河，拿到鼻下聞，有股黴氣，就想，這最初的味道是來自遙遠的西藏，來自崑崙山上的阿里。接著的一天，見到了朋友，告訴她這本書，朋友激動地講起阿里往事，一講就情不自禁，雙眼潮濕，並要求我把書還她。於她，這本書就是自己人生一部分的見證。書也有自己的歷史，與它的主人同呼吸共命運，無論天長地久，卻是情誼不老。

有時候，書的功效和名片差不多，特別是在準備嫁人的時候，女孩子打發自己總是有所企圖的，或錢、或權、或文憑、或相貌，或其他。我是著實被書打懵的，我家先生離開學校的時候，打包六個麻袋全裝的是書，最後還不解恨地把裝衣服的皮箱全部放進了書，據說那些是最值錢的，比如康德著的那些、比如黑格爾寫的那些，比如馮友蘭寫的那些，比如商務出的那些，比如三聯印的那些。書中自有黃金屋，結緣了金屋，以為自己賺了一大筆，樂的個不知所以。

書上架，分了三六九等，頭等的是那些大部頭的，放在書架靠裡面的位置，八等九等的扔在地下室的書箱中。書櫃下面是雙開門，裡面是成套的小人書，三國、水滸、紅樓、封神榜、楊家將全齊了，精心用繩紮好，說是以後送兒子的禮物，女兒出世後，心想也罷，女孩兒當做男孩兒養吧，別枉費了積聚已久的書籍就成。

無論是頭等或九等書籍，看的時候很少，大部分幾乎是從未翻過一次的。真正要讀的，是中間部分，不高深也不淺薄的，這樣的讀書愛好著實成全了那句話：最好的未必就是最適合於你的。

看書和看人一般，有順眼的、有不順眼的、有安靜的、有喧鬧的。不同時間不同心情對書的選擇也截然不同。許多書放在書架上或許一生都不會去翻閱，但感覺卻不同，好比放在銀行的存摺，今生都不會用來支付什麼，但就是心裡踏實。

有的書是經典，只有到了一定年齡，有了一定閱歷才有了認識它的能力，只有這時才會發現原來苦思冥想的關於自然的問題、關於社會的問題、關於人生的問題在那裡全部都有注解，只是曾經太過輕率而忽略了它們。書架中還有一層是課本，讀書的時候多是草草而過，難以深入理解，課本的知識是系統化的，既規範又條理，是知識積累過程中不可或卻的部分，只是，做學生的時候輕率，沒有意識到這一點，學了個半瓶子。

這些年，翻閱較多是旅遊書籍，一直堅信人生在世「破萬卷書，行萬里路」的道理。我最早的行程說來驚人，那時我媽懷裡抱著個兩歲多的小女孩，從西安至潼關，下火車再上船橫渡黃河，而後再坐汽車，再換火車去太原，一路擁擠顛簸晃晃悠悠，而那抱著的女孩竟然不是我，是我姐，那時的我正在母親腹中，是個不足四個月的胎兒。由此而推理，喜好遊玩的因數在我還是個負數的時候就滲進了個性中。

還有一類書籍常常喚起人的錯覺，那種距離感極為抽象，它們總是居高臨下地俯瞰著我，每看到這些書就會想起顧城的詩：

你
一會看我
一會看雲
我覺得
你看我時很遠
你看雲時很近

他們的背後總是隱藏著一些舊日情結。這些書籍是不敢輕易拿出來看的，看的時候會有一些飄忽不定的東西在往日的時空中打轉，一頁書怎麼也翻不過去，怎麼也讀不下去。

偶然一翻，或許就會從書頁中掉下一張紙條或紙片，這樣的書籍之所以可以保留下來，他們的意義不是知識的一部分而實在是一種記憶，還有對往事的懷戀。看著過去的筆跡，總是千番的感慨萬般的哀歎。

對於那些成長中的尷尬和幼稚現在看來只能會心一笑，比如瓊瑤、亦舒、三毛、席慕容，讀的時候是以一天一本的速食式的速度進行的，現在不讀了，卻要以批判的態度對待別人總感不盡人情。輕易地丟棄過去，不尊重的不是作者而是自己，儘管幼稚了些、單純了些，卻更為地真實，也是成長中最自然的經歷，自然的就應該是美好的。一直想不通瓊瑤被罵的道理，曾經給了我們那麼多美好的夢想，有點夢想怎麼了？現實的人太累，看著輕鬆的、有夢想的人就不依不饒的。而三毛是給我影響極大的作家，《撒哈拉的故事》幾乎被翻爛了，對自由天空和無邊沙漠的嚮往就是在那個時代播下的種子。

有時候呆呆地望著書架，卻無從下手，不知道該選擇哪一本來消遣，這時會突然想到地下室那幾箱舊書。時間久了，已經記不得那些書的名字了，因為記不得了，就有了神秘感和距離感，就有了非要讀到方才甘休的願望。

穿著拖鞋跑下樓，外面有雪，很冷，地下室亂七八糟堆放著各種雜物，書箱在最底層，必須把上面所有東西拿掉才能打開書箱的蓋子，挪走一部分東西後，滿手的塵土，感覺很累、很髒、很冷，然後就洩氣了，跑上樓來暖和。然後那份強烈的神秘感被累、被髒、被冷搞太實際了，逐漸地變淡了，變的可有可無了，找書的願望也就蕩然無存了。

書，竟然與愛情相似。

我的一個同學前幾年獨行經西藏來新疆，放逐自己的原因是她即將面對離婚。我們一起喝酒，喝得是她從西藏帶來的青稞酒，我煞有介事地教誨她，你目前最重要的是調整自己。這話說的好不愚蠢，不調整自己她來西部幹嘛。

在離與不離的問題上他們最較真的地方就是書了，兩個熱愛書籍的人，因為書籍結為夫妻，現在曲終人散，書卻是難以分割。他家先生每天回家提溜個包，裝一包書走了，她心裡一陣陣地疼，可能是每看到一包書離開自己就感到那愛離自己又遠了一步吧，這是我的猜測。

我直勸她，那書給他就是了，愛你都沒留住，留那書有何用，睹物思人更難過，全給了，你才可以徹底解放。現在我知道了自己其實很愚蠢。最後她跳了起來，她已經失去了愛，不能再失去書了。我想她說的有理。對於愛書的人，書與命運是息息相關的。

再說命運。

書架中擺放著各類宗教和占卜的書籍，我會常常看著這些書名想起命運，人之命運真的就掩藏在這些書籍的某一頁上嗎？如是，人的命運是否過於地淺顯了，過於地輕薄了，一頁紙或者幾行字就能夠概括一個複雜的生命嗎。或許那裡面有我的未來。但我不信，因此我也不看。

與別人的書架肯定不同的是我的宗教和占卜書旁邊曾經放過幾枚銅錢，是用來占卦的。我家曾經來過一位高人，面壁盤腿而坐，據說高人是不輕易為別人占卦的，那樣會折壽，他拒不給我推八字，只是眯著眼睛看了手紋，總結來隻兩個字：平淡，或者還隱隱地有那麼些苦。我說你胡說，我挺幸福的，不苦。十幾年應驗之後，我準備信他了。

書架中還有許多的英語書籍，看著許多研讀英語的朋友我會先發問：你讀他做什麼？然後，大家會驚奇地看著我，我明白了，人們在反問我：你不讀他做什麼？我不知道，只是預知自己這一生都不會再用上那東西，那種沒有交流的苦行僧式的習讀方式我實在受不了。

人過四十之後，讀書不再如過去，深陷於情節，在情節裡跌宕起伏，四十之後讀書，常常是繞開故事的變化，將身心放置在氣氛之中，在氛圍中咀嚼各類況味，抽取出其中精華，那是一種由內而外的散發和透露，對應到物上，如塔什庫爾干的黑青，也叫塔青，青玉中的一種，一眼看去，色黑，無甚光澤，舉起放在陽光下即顯墨綠，以手撫摸，超乎尋常的綿密溫潤，那種氣質便是由內而外的散發，拿捏在手中，忽然之間似乎就握住了生活的品質，那種觸及本源的微妙感覺很是享受。

而現在，是春困的季節，什麼書都讀不進去。不讀數理化，是因為不習慣那些漢字與數位間眼花繚亂地轉換形式，感覺麻煩；不讀小說，不能容忍編造冗長的故事，感覺乏味；不讀詩歌，讀不懂越來越時尚與抽象的語言，感覺晦澀；不讀愛情，不相信愛會兌現誓言，感覺是自欺欺人；不讀武打，不喜歡煩鬧與激烈的節奏，感覺浪費；不讀政治，厭惡虛偽與欺詐的人性，感覺無聊。沒了目標，閒散無著，隨心所欲，只能逮住哪本讀哪本了。

顧盼生輝

亡我祁連山，使我六畜不藩息，失我焉支山，使我婦女無顏色。還有誰，打拼江山不僅是為自己的女人，還為整個民族的婦女界，而為的內容，僅僅是塗抹臉頰的脂粉。歎一聲氣，英勇的匈奴人也有這般俠骨柔情。

女人的顏色大都寫在臉上，也有不在的，不在的人要另眼相看才是，她修的是別處，不在乎靚麗與否，而在於淑。淑指心靈，比如讀書，一本一本地往上疊，疊得越來越高，飽滿地溢了出來，成了氣質，舉手投足讓你不敢輕視。有的修了身段，成了衣服架子，再老氣橫秋的衣服穿上，即便給個背影，都能暴出姿色。還有人修了口齒，三言兩語，她的話一骨腦進了人心田，返出來再咀嚼，或意味或情趣都有繞樑三尺之功，那樣的女子便是不簡單。

心靈的修，是慢火候熬製的中藥，太費事，需要一生的時光。口齒的修，除了讀書看報思考，還得找個對話者，滔滔不絕地傾述，或者空對一方藍天，陰陽頓挫，反覆吟誦。身段的修，要清淡素食，搭進整個青春少女期。這些都是有難度的事，有難度的事大多數人都繞著走，都想花費最小的力氣，換得最大的效益，直接往臉上身上塗抹，簡單易學。

臉上重點部位有眉、眼、鼻、唇，以及膚色、氣色、神態等，其中，眉眼是關鍵部位，是能與所有人直接交流的器官，睜一睜，閉一閉，煽動一下都是有內容的，能使人意會的。新疆的維吾爾人，個個眼睛明亮，瞳孔像黑紫的葡萄，稍微轉動，便砰然一聲打動人心，有個詞叫顧盼生輝，用以比喻維吾爾姑娘靈動的眼睛再合適不過了。能使眼睛變得生動起來的是眉毛，維吾爾女子的眉毛是挑起來的，是神采飛揚的那種挑，大膽，偶爾張狂，很翠，翠眉叫起來也是脆生生的。有幾年烏魯木齊的漢族女子也描出了上挑的眉，只是挑的不果斷不從容，一些中年女人還因為挑的不好，使整張臉看上去凶巴巴惡狠狠的。老年婦人畫眉，要畫出慈悲來，中年女人畫眉需畫出溫暖來，青年女子才有資本嘗試前沿，年輕就是好，不怕失敗，失敗得起，也因此，年輕女孩可以挑戰各種眉型，畫出不同格局。

烏魯木齊的維吾爾女子畫眉很強調眉峰，透出骨感，有一種非我莫屬，當仁不讓的信心在裡面。在一些偏僻的、遠離城市的地方，維吾爾女子還畫出粗壯的、敦厚樸實的眉，有的將眉心連起，像一隻海鷗飛翔在雙眼之上，這樣畫眉的維吾爾女子通常是長著深深的眸子，傳統保守、頭戴面紗、穿著拖地長袍；她們從南疆地州來，行走在烏魯木齊大巴扎的貨物攤位前。

大巴扎的路邊，有年輕女子拿著一種叫歐洲菘藍的草葉叫賣，是兩年草本植物，維語叫烏斯曼。維吾爾女人將深綠色的葉在手裡揉碎，揉出汁液，用汁液反覆塗抹在眉毛上，眉毛會漸漸變得青翠靚麗。漢族女子很少有嘗試的，我從未買過，是怕費工夫，滋養的東西不是一朝一夕可以完成的事，要橫下了心情，一次次地描，一個春季一個春季地等待，只有那樣做完滿了，生出的才是不打折扣的翠眉。

我居住的院子裡偶爾會有小女孩塗抹上水水的一層，跑到樓下玩耍，小女孩不懂烏斯曼，只聽母親說抹上漂亮，就放心地將自己交給母親，塗抹上後，又玩性不改，跑到樓下，眼睛上橫著兩道墨色水痕，看上去很滑稽，但每次看到這樣的小女孩時，都會覺得有一種蓬勃的東西在她們身體裡生長著。

漢人也畫眉，早在戰國時期就已出現，《楚辭》中有「粉白黛黑，施芳澤只，青色直黛，美目媔只」。秦漢時期，畫眉風四起，漢武帝有個名臣叫張敞，妻子眉角處有缺陷，他每天都替妻子畫眉後才去上朝。又有說漢代武帝喜歡八字眉，全國都流行起了八字眉。夜讀李笠翁《閒情偶寄》，有專門論眉的篇章，他說，眉毛一定要有天然的曲來，所謂眉若遠山，眉如新月，最忌諱的是將眉型憑空抹上一筆，就像太白金星劃過天空一樣，還忌諱那兩道眉毛劃斜，儼然倒寫的八字，將遠山變成近瀑，新月變成了長虹。不同時代的審美不同，漢武帝有他的道理，李漁也有自己的道理。論到今日，那倒八字的眉，可憐楚楚的，算是命苦的人，大凡畫眉的人，都是要將這樣的眉修掉的。

喜歡淺掃黛眉四個字，每次進洞窟遇見壁畫上的佛，看到他淺掃的黛眉，平靜的容貌都會感慨一番，人所愛的，佛也不拒絕，佛所擁有的，人隨時都在模仿，時下裡街面上的女子們，個個淺掃著黛眉，一幅幅生動傳情的神態。

「黛」，是一種黑色礦物質，用以描眉。《釋名》有「黛，代也，滅去眉毛，以此代其處也」。滅字用得真兇狠，但又想起陳沖出演《末代皇帝》時，為描出絕頂透徹的眉，是拔光了眉毛的，只換個詞，以滅代拔，滅可以用剃刀，一刀過去，滿門抄斬，像收割的小麥，齊刷著就沒了。就其疼痛的程度講，拔是一根根扯拽下來，肉和毛囊跟著提溜起，如此說，拔是比滅更兇狠才是。但就語氣上講，拔是一根一根做的，且動作慢，慢了就仔細，仔細就認真，認真就比橫斬要緩和溫柔的多，也更易被女子們接受。

面容嬌好的女子，以黛將眉輕抹，作薄眉，使人想起蘇軾「若把西湖比西子，淡妝濃抹總相宜」。總相宜，得用功夫，仔細地畫慢慢地描，配以輕閒時辰，「懶起畫娥眉，弄妝梳洗遲」。懶有慢的節奏、閒的情致，也就有了淡的結果。

古代女子的眉有一種叫蛾眉，《詩經・衛風》有螓首蛾眉。以後又有李白的美人捲珠簾，深坐顰蛾眉。「蛾眉」中蛾是與「娥」通解，娥在陝西關中地區是美好女子的意思，關中農家常給女孩兒取「娥」為名，小時候，許多鄉下同學名字中都有娥，既土氣又漂亮，看竇娥冤，一直以為竇娥是關中女子，筆落此刻，書裡一查，才知道，竇娥並非關中女人，娥也不是關中專有，別處的女人照樣娥著、美好著；撼天動地，像竇娥一樣，能在死後血濺白綾、六月降雪、大旱三年。

過去看過宋美齡的介紹，說蔣夫人八十歲以後，每日精心對待自己的容裝，毫不含糊，用火燒過的木，收攏起來灰燼，以此描眉，全無現代人速食式的匆忙和化學手段，無污染無侵害，保持著純正的原始風格，這樣的女子能活著跨越三個世紀風霜雪雨，自有她獨特之處。時下風俗裡，女子們，尤其是中學女孩子們都有偶像，多為歌星明星，少有對政治人物的羨慕；其實，撇去政治不說，只單單從生命品質方面講，一個女人能將一條生命延續到一百年，橫跨三個世紀，本身就是傳奇，是一件偉大的事情。世事雲煙，唯有生命長存，活著，並不簡單。只看著每日對容妝的重視，對一幅眉的精心，就該明白，什麼是態度，一個人對日常生活的態度，必定折射出了對生命的態度。

握手及秀甲

商場的香水櫃檯上，依次排放著不同品名的香水，盛在精緻玻璃瓶中，在燈光照射下閃爍著熠熠光澤。其中有個牌子叫冷水：清冷，清澈，像月光下淡藍色的冰凌，使人長舒鬱悶，又像是冬天裡瓷一般細膩的雙手，修長清瘦。前些日子讀尼采，莎樂美說這哲人一出現，就總讓人感受到他身上隱藏著一種孤獨感，他的手長的無可比擬地優美與高貴。看著優美與高貴，忽地有了冷水的感覺，清潔冰涼，是具有藝術氣質的哲人的手，那雙手下必定有著豐富的想像能力和創造力，同時，那樣的雙手又有些神經質，那雙手愛上人是有危險性的，有毀滅的傾向、顛覆的傾向、不留餘地的傾向。同樣有著那樣無可比擬的雙手的人還該有帕斯卡兒、克爾凱郭爾、蒙克、卡夫卡等等。

這樣人的雙手一律地清潔、乾淨，塵埃不染，甚至帶點潔癖。

手和人的心靈一樣，手柔軟，人的心靈就是柔軟的，柔軟的手才會有靈巧的心靈。與熟悉的人不需要握手，非常熟悉的，見面拍拍對方肩膀，親切隨意。遇到久不相見而突然相逢的朋友時，相互握手，偶爾，會突生默然，以手見面，人變得陌生起來。我會不自覺地通過手的感覺重新判斷這個人，這是一種我極不情願的會友方式。多數情況下，我不伸出手，拒絕另行判斷曾經熟悉的人，擔心曾經的熟悉變的陌生，那會使我生出人生大勢已去的悲涼。

與陌生人握手，會不由自主體察對方的心理。比如，那些內心充滿力量的人，滿手握著你的手，上下搖晃兩下，動靜有致，控制的很好，你的手跟著他走，可以感覺出精神的可靠和安全。有的手誠實體貼，很隨意地伸出，相握，冬季溫暖夏季涼爽，自己舒暢也使握手的人舒服，君子坦蕩蕩，有這類握手經驗的人，幾乎都能夠以朋友相稱。缺乏自信的人，不敢以全手去握，只給出五個手指而省去手掌，還沒袒露自己就撤了回去，如同走貓步的模特，一路風光，走到台前，亮相那一出卻沒了主見，沒待站定給足觀眾臉面，便潦草轉身，走了。還有，小心謹慎的人，伸出手，四個指尖像蜻蜓點水，等著你去觸碰，生怕犯了忌諱。我是敏感的人，感覺到其中的拒絕之意，在以後接觸中，都儘量避免，儘量不涉足別人的雷區，算是為對方著想，也是為自己著想，保持自重，不使別人難堪，也使自己自在。還有一種手像眼睛，會談情說愛，刻意超出常規，而有些扭捏輕浮，乾若白柴，這是握手中極沒味道的一種。

常常，我不輕易去握手，它比視覺嗅覺聽覺更有能力體察出鮮為人知的隱秘。在一些不得不的情況下，我伸出右手，為輕易洞悉到別人的秘密而內疚，是的，我的手，像個竊賊，握著另一隻陌生的手，卻有著發現對方秘密的本領。也許未必正確，但對自己的感覺很固執，並打下長久烙印。我克制著做賊的機會，只是，這樣的遇見總是不時地發生。這讓我慚愧。

這類感覺很八卦，一面之詞，寫出來實在是不懷好意。

與女人的手相握的更少，我通常拒絕女人的手，手把手的遊戲只在童年時期使用過。女人的手當然更要柔軟，因為女人的心更柔軟，手是心靈的另一扇窗戶，手會說話，看一個人的心靈，要看她的手是否潔白、乾淨、整潔，依次判斷她是個什麼樣的人。我的一位同事，不愛做家事，每見她的手都會想到古畫裡豐腴的仕女們，她的手細膩軟胖，手背與手指過度處是盛滿笑容的四個小窩，指甲淺薄透明，這雙手在算命先生的卦卜裡是富裕貴氣的象徵。

對於流行，我時常處於冬眠狀態，比如滿大街流行美甲時，全然不知，後來看到一隻隻鳳爪上的花、幾何圖案、色彩從眼前流星樣一一劃過，又很不屑。關於指甲，我堅守著傳統的信念，無論男人還是女人的指甲都要修剪平整、光滑、乾淨、透明。整齊的指甲才有型，修剪指甲要十個同時進行，如果剩下小拇指不剪去，會顯得做人油滑，不潔淨。留下拇指和小指不修理，則像個暴富的生意人，而且是永遠都做不大生意的小攤販。若滿手留著十個長指甲，我會覺得這個人缺少素養。這是指男人的指甲。

通常，女人的手並不被注意，倒是塗了五光十色指甲後，才占盡了風流，在世俗眼中，一雙乾淨漂亮，修剪整齊的手，遠不及一隻血紅利爪更受青睞，也因此，眾多的女子們，像男人們蓄鬍鬚一般留起了長指甲，我所不願容忍的是，長指甲裡的淤泥和污垢。

塗指甲是在指甲上作畫，梅花，荷花，菊花，葉子、線條、弧度，與幾種顏色搭配開來，手就秀了起來，這是塗甲人的一相情願。

這與大眾對指甲的審美有出入，幾乎所有的美甲人士都說，女人的指甲要長、略尖，長和略尖的本意是要顯出修長的手指。古人讚美女子時常說，指如蔥根，口如含丹。紅樓中晴雯被攆出大觀園，寶玉探望，含淚伸手輕輕拉她，悄喚兩聲，晴雯又驚又喜，又悲又痛，彌留之際，剪下兩根蔥管般的指甲交給寶玉，還與寶玉交換了貼身內襖；指甲、內襖，都是那個時代的愛情信物，估計，這個時代的女子也是知道指甲與信物之間的關係。色如青蔥，狀若管彤，所以，才要修得長長的指甲示人，以長長的指甲示愛。

如果一個女人有著修長的手指是否就不用留長指甲了，好像也不是，再修長的女人的手，都忘不了要留出長指甲，而後在指甲上作畫。畫是藝術，有些綿密的修甲師，繪出了美妙的圖案，或現代或古典或花草或幾何，一律地惟妙惟肖。只是，我還是不喜歡，一雙手，潔白的乾淨的手，塗抹上絢爛的顏色。有些時尚女孩，塗抹成黑色、藏藍，在我的理解中，人的手最好不要這樣的黑，它或許會使人聯想到骯髒、齷齪、低級等一些概念。

我的古板和恪守傳統並不好，於是，試著跟隨時尚，欣賞染指的美意。一次，去自治區參加一個婦女工作會議，坐我身邊的女人翻閱文件時，露出了乾淨細緻的手，甲尖被修理出平坦的弧度，塗著透明的指甲油，邊緣塗以牆粉的白，整個手白皙乾淨，顯得知性。回頭望那女人，她正說著好聽的普通話，食指指向花名冊，問哪一個是我，又指著一個名字說，那個是她，我伸過頭去看，她來自阿勒泰，哈薩克族。

我說，你的指甲好漂亮。她靦腆地笑了。由衷的讚美誰都願意接受。那一刻，我是由衷的。

好酒不醉人

同學朋友相聚，好酒相待，貪杯的朋友為自己開脫，歷數酒的種種背景和深遠文化。但凡人們關心酒，不是飲與不飲的問題，而是醉與不醉的問題，飲而不醉與不飲性質相同，飲而醉者已發生了質變，歸為鬼而非人，罵作醉鬼，這罵話聽來刻薄，尤其是出自婦人之口時，才覺解恨。

聰明人一般只飲不醉，作中庸，當人不當鬼。但飲酒可以中庸，做人卻不可，失了個性，沒了主張，做人做到這份上就乏味了。蠢人一飲就醉，好走極端，人鬼不分，道也多了幾分憨態添了幾許可愛。聰明人常玩小聰明，愚笨的人偶爾會表現出大智慧。

茶與酒同為飲品，但茶只能烘托氣氛，酒卻可表現情緒，茶為人設計一種穩定的環境；茶是靜態的、酒是動感的，極賦挑戰性。

詩與酒同為抒懷，詩是喧鬧的，需要朗讀，帶著激情，才能在節奏中體會其意境，而酒是沉靜的，與血液混為一體，它自然融入脈管與人達到默契，不需要說明，酒的沉默本身就是一種力量。

美國作家威廉・楊格說：「一串葡萄是美麗、靜止與純潔的……一旦壓榨後，它就變成一種動物，因為它變成酒之後，就有了動物的生命」。有了動物的生命便也有了動物的情緒，欣喜的、熱烈的、沮喪的、狂妄的、抑鬱的……，血性與酒性相溶，使得酒有了人性，人有了酒性。

《古蘭經》警告穆斯林：歸信正道的人們啊！飲酒、賭博、拜偶像、求籤，都是一種穢行，乃是魔鬼的行為，故當遠離，以便你成功。按伊斯蘭教律：回回飲酒者，杖八十皮鞭，禁戒後復飲者，倍杖。但是，穆斯林飲酒者有，醉酒者亦有，受杖者卻是少之又少。這其中的道理和原由人人明瞭，只是心照不宣。

從古訓「君臣以酒失其義，父子以酒失其親，夫妻以酒失其敬，兄弟以酒失其序，朋友以酒失其信」可知飲酒之害。其實這失其義、失其親、失其敬、失其序、失其信都有一個前提，那就是醉酒。

人飲酒、酒醉人。酒有濃度，醉人的因數就活躍在透明的液體中，於清淨中蘊藏著一股看不見的勢力，飲酒的人自願順應這股勢力前往一種境界，這恐怕是沒有醉過的人永遠也體會不到的一種感受。醉酒使人心地單純，使人披瀝肝膽、使人赤誠、使人返真。飲酒的人都這麼說。

飲酒俗，但不能庸俗，無聊之時的飲酒，虛假的語言多，真實成分少，客套的時候可用，待朋友時難用，傷害了朋友其實就是傷害了自己。醉酒的時候是最容易暴露人性弱點的時候，醉如爛泥、酒後胡言、醉不省事，這種尷尬局面會讓謙謙君子發一身冷汗，生怕那酒後真言一不留神成了眾人取笑的把柄。當然，恥笑別人未必自己就有了底氣，生活中人們最怕的不別人，倒是自己，那醉酒者的醉態好似自己的影子，既展現著過去的自己又預示著將來的自己，取笑別人的時候那把柄也不時地干擾著自己的心情，一生難免不醉臥一場，下次那醉態百出的或許就是自己了。

也有敢聲稱永生不醉的人，那是滴酒不沾的人。想來人有時候過於禮儀，生怕失態獻醜給人取笑了，日子會過得既緊張又嚴肅，也很辛苦。活人不易，誰不得找個平衡宣洩鬱悶，與其他方式相比，醉酒或許可算是一種可以自嘲的派遣方式吧。

古希臘羅馬文化中有一個象徵自然、狂放、柔美的神，叫酒神。他發明了葡萄酒，是西方文藝精神的典型。尼采曾經對阿波羅和酒神進行過分析，說阿波羅代表的是理性、秩序，呈現出來的是雄壯之美，酒神代表的是非理性、無序，呈現出的是柔性之美，酒神崇拜的狂喜和狂歡儀式代表的是生命的原始力量，沒有他，就沒有了創意。尼采的醉意是意志力、是釋放、是生命強力的放縱，他的思考來自於酒神。

如果說生命的意義在於自由和創造的話，那麼酒神所代表的非理性和無序的狀態，就是人類擺脫了理智和規範所呈現出的一種生命內力，而這種內力正是尼采所說的生命的原始力量，沒了它，世界會變得枯燥乏味，人將變得機械和循規蹈矩。

觀歷史，魏晉時代是出現過醉意的審美時代。魏晉文人飲酒以求沉醉，沉入一個自我給定的世界中去，如阮籍「傲然獨得，任性不羈」，以酒避禍，嵇康「高亮任性」，藉酒佯狂，劉伶以《酒德頌》刺世嫉邪。晉人的醉意是超然的，這種超然的人生態度中潛隱著文人們對現世的否定和無奈，又有對理想不能實現的悲戚，超然是無奈中的選擇，選擇的兩難伴隨著更大的痛苦，於是他們進入了再次的選擇，醉酒。

當然，這種醉意與尼采的醉意相去甚遠。這種醉意既體現了自我對理想的失望，又表現出不甘沉淪的願望，而尼采的醉境是唯意志的擴張，是對人之本性的還原。相比之下尼采的醉意似乎更具批判性、革命性。

對於酒的態度我是沒立場的，飲與不飲的道理都很中肯。很久以前，和一個在青海待過許多年的藏族朋友喝酒，他啜一口青稞酒，嘖著嘴淺淺地搖頭，我問他，你喝出什麼了？

他說，青稞的香氣，絲絲的涼和一種遙遠的味道。那神態，那語調，那即將奪目的淚水都長久地停留在我的腦海中。

若真要說個可否，想來還是該喝一些的好，也許只是為了一種感覺和記憶。對於醉酒者，我是十分羡慕的，敢於對著眾人大醉一場的人是有勇氣的和真性情的人。

直到此時，只羡慕醉酒的人，我還不會喝酒。長春有個朋友來烏魯木齊，我帶她去敦煌玩，她教會了我喝酒。

酒分兩類，紅與白。我只喝紅酒，不喝白酒，紅酒也只認吐魯番產的駝鈴牌桑葚貢，酒精度數為六，甜糊糊的，說能補氣、補血、補腎、補肝，人就是這樣，只要想做的事兒，總會找出一千條理由來，補不補與我關係不太大，我只信一條，那酒沒度數，叫酒又沒度數，天下真有這等好事，理直氣壯地吆喝著自己一晚上喝了七兩、八兩，喝白酒的人還直拍著你的肩膀說你夠哥們。其實那桑葚貢全是糖水。

我不喝白酒。不是不喝，是不會喝、不能喝。但是，無知者無畏，敢喝的經歷也是有過的。一次去巴州蒙古人家，蒙古姑娘身著彩服，雙手捧杯，唱起高亢的敬酒歌，那叫下馬酒，你不喝，她不走，一直唱下去，唱到你不忍心時，接過她手中的杯子。

近距離聽蒙古歌，音色像兩個金屬球圓潤地碰撞著衝出喉嚨，銀鈴般的歌喉說的就是這種嗓子。我是懼怕真誠的，見到真誠就扛不住了，就要以身相許，以心換心了，不把自己喝倒就覺得配不上對方高尚的義氣。

我仰了脖子，蒙古姑娘的敬酒歌方才停下，然後我似乎向她揮手再見，坐了車離開院落，一頭栽到後座上，一動不動了。我說自己只羨慕醉酒的人，還不會喝酒，是我從不把這次醉酒當做喝酒，舌頭對酒沒有感覺出一絲滋味便醉倒過去，與我想像中的醉酒不一樣，我想像中的醉酒，應該是漸漸上頭，面紅耳赤，語亂心跳，膽大包天。

與長春朋友五年的友情，即使不會喝，也要斟滿一杯。那酒叫金伊犁，紅色酒盒，是才上市的新酒，第一杯碰完，桌上有人說綿綿的，醇，比茅臺好喝，茅臺我不懂，不知道它與酒精之間的關係。朋友知道我不會喝，便慢慢教我，讓我多喝水，稀釋，不喝猛酒，讓酒精慢慢釋放散發。按照她的指導，我又斟了第二杯，咽下去，神志清晰，三杯之後，感覺極好，便一直喝了下去。

居然沒醉。結論是好酒不醉人。

更重要的結論是，與喝酒的人要心相通，情相宜，所謂酒逢知己千杯少。品好的酒像品好的人，不醉，可綿延多年，兩情相願，淺淺地一直喝下去。假酒，沾了就醉，讓你找不著北，把自己給迷失掉，假酒不敢醒，醒了就覺得被人宰割了。好比一些偽朋友，是斷然不能與其共敘共飲的，他會讓你必醉無疑，醉後大呼上當。

煙

民國時期的女人著華麗旗袍，外套鏤空繡花短衫，長長的煙桿伸在一尺外，手端著，優雅地吐出煙圈，一圈套一圈。那吸煙的心理，有玩趣、有追逐、有風塵，有時尚在其中。

如今的女人，早沒了端的閒情和優雅，雙肘撐在桌邊，食指中指一夾，舉起一支女士牌香煙，就算是風情一把了，最多是修出尖細的指甲，打火機明暗處，猛力吸一口，心思全在煙外，特別是有了淡淡的癮後，吸煙成了消解、排遣，與過去時光相比，現代人看似頹廢了、空虛了、精神障礙了、情緒複雜了，需要排解的困惑多了。

蘇聯解體那會兒，俄羅斯女人跑到烏魯木齊瘋狂購物，廉價服裝、旅遊鞋、劣質化裝品，只要便宜，皆大量收入囊中。扛箱搬運是體力活，苗條的女人們累了，斜靠在紅山商場樓側，兩指間夾著香煙，放在紅唇間，略低頭，眉眼掃過川流的車輛和人群，狠命吸幾口，長出一氣，那種狠，帶有嚴重的自虐傾向。女人吸煙，在不合適宜的地方，會令人心疼，特別是那些受過良好教育，有過夢想，又為生存所迫的女人的自甘墮落。

中國人抽煙，始於明朝，吸煙成風氣，是在清時。汪曾祺老先生在《煙賦》中講，他的高中國文老師說，紀曉嵐總纂四庫全書時，叫人把書頁平攤在一個長案上，他一邊吸煙、一邊校讀，圍著大案走一圈，一篇《四庫全書總目提要》就出來了。這樣看來，吸煙是有功效的，既提神又出活兒。

我讀大學時，班主任遞一支煙給男生。偶爾，男生也遞一支煙給他。班主任責備學生不該吸煙，列數吸煙的種種壞處，隨後口頭一轉，又講起自己五六歲時，外婆斜靠在院裡的竹椅上歇息，手裡拿起長煙槍，孩子們看到後便跑過去，爭著給煙鍋裡加煙葉，外婆喜上心頭，將煙槍對住小孩子的嘴，小孩子學著外婆的樣子，使勁吸食幾口，嗆得七竅生煙，側過身大聲咳嗽。待長大後，乘著老人不備，偷來煙槍，背著老人吸幾口，吸著吸著就上了癮。每個男人都有第一次吸煙的記憶，因為不算是明目張膽的事情，又因為是偷食，過程變得很刺激，回憶起來也是處處生趣。

男人吸煙，本不是什麼好事，但有些男人是能將香煙抽出模樣的，比如歐洲文學中，會有這樣的描寫：一個男人出場了，穿著背帶褲、挺著將軍肚、頭戴禮帽、兜揣懷錶，手裡始終舉著一個大煙斗，讀者一看便知，這人是紳士；對應的人物如愛葛莎．克利斯蒂筆下的比利時大偵探波羅。又比如，有種性格內斂又深沉的男人，一口煙下肚，輕輕吐出，煙霧嫋嫋上升，越過臉、越過眼睛，半睜半眯，混沌無限，有看不透的迷離，看不透，就想知道其中奧秘，就有了繼續探索的想法，一個人對一件事或另一個人關注著，想知道未知，那人便成了謎，最初的愛情大約就萌發於此，好奇，然後關注，在與自己認知達到共識時，人便陷溺了，這種陷阱是不自覺的，具有殺傷力的。

新疆有種煙叫莫合煙。很土、很鄉野、很原生態。它出自北疆伊犁塔城一帶，對北疆來說，莫合煙來自前蘇聯。我剛到烏魯木齊那會兒，農貿市場常有莫合煙賣，據說更早些時候，在上世紀三、四十年代中山路一帶許多雜貨店裡都經營煙草，包括時尚的捲煙、雪茄、旱煙，莫合煙是其中之一。莫合煙盛裝在袋子裡，不似內地的煙葉，加工成絲，柔軟地抱成一團，而是像抹了清油的小米粒，散落在袋子裡。我暗自裡想，新疆人生得粗糙，性格脾氣也粗糙，連胃口都這麼粗糙，新疆人的胃是鋼製的攪拌機，要將最粗糙的東西當做美味，茶要飲茯茶、肉要吃大塊、酒要喝大碗、煙要抽顆粒捲出的莫合煙，莫合煙勁大，抽著才過癮。抽莫合煙的新疆男人每說起莫合煙，都會露出得意，到過新疆沒有抽過莫合煙的男人，不能算是真正到過新疆的男人，在新疆生活工作不抽莫合煙的男人，也不能算是真正的新疆男人。

新疆土地肥沃，日照時間長，氣候涼爽，適合煙葉生長，書上說，天山南北都可種植莫合煙，長大後的煙葉，撐開綠油油的葉片像蒲扇一樣。摘下的煙葉掛晾在通風處，加工時，摘除煙桿上兩端，中間部位粉碎，用清油焙炒。

莫合煙粗糙，提煉不純正，嚴重危害身體，是要戒除的。如今烏魯木齊市面上的莫合煙不多見到，但作為一種文化存在，它又包含著豐厚的背景，令人難以丟掉它，對於上了點年紀的新疆人來說，放棄它在某種程度上就是放棄身體裡的某些因數，那些因數分散在身體和情感中，與自己高度融合，不分彼此，不能隨意否定。就像我們的人生，對也罷，錯也罷，都經不起用否定兩個字來蓋棺定論。

前些年陪著內地來的朋友去南疆，車出庫爾勒向西走不遠拐進了半型公路，那是一條通往塔克拉瑪干大沙漠的公路，期間有一段長距離的無人區。兩小時後才發現車上沒有水，我像個自掘墳墓的人，帶著二十多人闖蕩荒漠，竟然不帶滴水。我不敢將這一險情告知大家，只雙手合十祈求，前方的瓜棚快些到來。

穿過無人區，木板葦草搭建的簡易棚隱約出現，差不多八年前路經這裡時，只一家瓜棚，棚下住著一位維吾爾老人，寂寞孤零，這些年人煙多了，一排過去近十家瓜棚，像個小集市。車到瓜棚前停下，一車人躲進瓜棚下蔽太陽。口渴的人喊著西瓜哈密瓜通通切來。瓜吃到嘴裡，冰到心裡，沙漠地帶用不著冰箱，日夜溫差大，與地氣沾在一起的瓜，夜裡像掉進冰窖，再燥熱都是地面上的事，與地下無關。

勞累的男人們歇腳時，個個摸煙找火，有人歪著頭看到土臺上的莫合煙，拿來，撕下一綹報紙，均勻灑上煙葉末，卷成筒狀，伸出舌頭舔舔紙張，沾上唾沫，粗頭擰緊，再咬掉卷頭，食指與中指夾好，打火。有煙冒出，乾嗆的味道浮起，抽食的人被嗆的拼命咳嗽。這套模仿程序基本符合了莫合煙的形，但論起神似，比起土生土長的新疆男人的嫻熟來還欠火候。抽吸莫合煙有句順口溜：報紙二寸，捏上一撮，雙手緊捲，指頭要撚，唾沫來沾，叼在嘴上，火柴去點，吞雲吐霧。

張承志專門寫過莫合煙，其中這樣寫道：莫合煙如一種感受的母語，在那瀰漫的霧中，培育純正和深度。他在說一種很遙遠又內在的東西，一種積澱，有關文化的。內地的煙民模仿到形便打住了，許多事情都這般，像演員的表演，悟性高的能模仿出形和一般的神似，但即便是神似，也是頃刻的爆發，往長裡演，總是要露出馬腳的，所以演藝界有深入生活的說法，跟那些以文字為生的人一樣，進了山裡，吃住一年半載才敢去動筆寫山，也未必能寫出山的神韻來。神似說的是超出了形，真到了神韻，才是出了味道，成為自己身體和骨子裡的一部分，成了血水交融的關係。學來的東西終究是學來的，不是自己的。不是自己的東西，總會有些不徹底不坦然在其間。

莫合煙的半成品，不是煙草、煙絲，是煙粒，小米樣的黃燦燦亮晶晶，或許正是油亮的分量，使捲成的煙捲不如煙葉煙絲身輕如燕，火遲遲不起，厚重地凝著，像寒冷中化不開的羊油，又遲緩地燃，抽字用在莫合煙上更顯適中，吸煙說的是香煙，很雅的事情，抽煙才是莫合煙；莫合煙要抽，使出了極大力氣去抽，像小時候拉風箱，使出勁，才能抽出風，抽出濃重的煙霧，抽字很俗，甚至粗俗，但它卻是生活中的一部分，是感受母語般的感受生活，只有在瀰漫的煙霧中，才有可能如張承志所說，培育出純正和深度。

莫合煙的煙重到嗆人、逼人，重到只憑空浮過來一絲，就能辨別出那是一個滿目滄桑，即便在最炎熱的夏季都裹著黑色棉襖的維吾爾老人，那是一種有閱歷的濃重，堪破時事的老練，在那種味道面前，人會不自覺地緊張起來，那裡有對世事的敬畏，有可以作為經驗借鑒的人生箴言。可是自己卻探聽不到，探聽不到，是因為放不下臉面，放不下正在吸著的香煙，不敢想像自己的右手夾著一隻剛捲好的粗糙的莫合煙，蹲在瓜棚前吸食的樣子，那種堪破，攜帶著落寞和孤獨，現代人，是擔負不起這類孤獨的。

抽莫合煙的人說，要用報紙捲煙，報紙捲出的莫合煙中有油墨香氣，最好的報紙是前蘇聯進口的，抽起來有股獨特的香味，不同的油墨是有講究的，有的人以信紙或其他白紙代替報紙，捲出的煙，抽起來少了重要的味道，像似給四川人斷了花椒，湖南人斷了辣椒，上海人斷了白糖一樣。

一個男人拿走了土臺上的一袋散裝莫合煙，他給賣瓜老人留了一盒新疆出產的紅雪蓮牌香煙，這是一種原始的易貨方式。老人珍視地拿著香煙，為接近一種遠離荒漠的現代文明而面露喜悅。

重新上車，男人們相互之間傳遞著煙粒和紙張。莫合煙是男人之間的事情，兩人見面，一個人默默遞上一張長條紙片，對方窩出凹槽，敬者從兜裡捏出一撮煙粒，均勻散在紙片上，受者捲成桶狀，點火，吸食，男人之間的禮儀便走完了，這種內心裡的默契，是新疆式的，是孤獨人們長久練就出的一種為人方式。

茶的形式主義

茶是身邊事，也是常忽略的事，因為熟悉，所以不重視，像那些平平常常暗地裡的幫助和提攜，全不在乎，可不在乎並不等於不發生，待碰得頭破血流翻轉來時，原本那平常的事，才是最不平常的撫慰。茶便是如此，喝了就喝了，從不想起他的好。

稍微感覺一點茶滋味時，是讀了妙玉的茶論，一杯為品，二杯即是解渴的蠢物，三杯便是飲牛飲騾了。又見她還懂得用積貯在梅花上的雪水烹茗，是懂得茶的人，既是懂得茶的人，說出的話就不可怠慢，就信以為真，那以後，對茶從不敢暢飲，生怕落得個牛了騾了蠢物之類的嫌疑。

茶的道理多，與茶有關的詩賦也多，比如，《詩經・鄭風・出其東門》中的「有女如茶」，茶，當茶講，有女如茶，女人若茶，也是後來的佳茗似佳人，在茶的精髓裡提煉出相似與女人的品性靈性，見好茶就像見到了好女人，都是驚鴻一瞥，是驀然回首的燈火闌珊處。感受那意境，再不喜茶的人都不由地想去嘗試，尤其像我這樣不通茶味的人，這茶勢必要去品嚐一番了，管它如白水一般地淡泊，還是滿含微弱的清苦，清苦也叫苦香吧，苦香，也是一種味道，別緻的味道。

我喝茶大約是從成都開始的，下午沒課，約著同學去茶館，一坐便是大半天，直至夜晚。茶館在校園後的小河邊，裡面隨意擺放著竹桌和籐椅，提了茶壺的小夥計穿梭在茶桌間。茶館望出去，河面水波蕩漾，夜幕降臨後，兩岸小店鋪的燈火投進河水，波光粼粼，清暉閃爍。茶館裡搓麻將的，甩撲克的，擺龍門陣的熙熙攘攘，端起茶杯，掀開杯蓋，啜一口清茶，自有一種說不出的閒情。茶是茉莉花茶，成都平原最民間的茶飲，小夥計不停地蓄水，碗中的茉莉花和茶葉被時間消磨著，越喝越淡，越喝越清，喝到水與茶沒法區分，而我的不會飲茶也便洩露了馬腳；茶即水，水即茶，喝茶即是喝水，喝水也是喝茶，全然不懂茶的暗香，水的清麗，不懂茶的好。那時，茶於我，是一份虛榮，卻要硬著頭皮混於茶館間濫竽充數。但我就是偏愛茶館裡的氣氛，被浮動的茶煙和人生感染著。後來看到三毛在成都，穿著吊甩的休閒裝，一個人躲在茶館裡，點支香煙，穿過繚繞的煙霧，看世面，看過往行人，一坐也是大半天，她可以悄然融入，可以冷眼相看，她將看市井喝花茶當做一種生活去過。寫三毛的人是深諳成都也讀懂了三毛，更是深知了茶的人。

前兩年重返成都，約著朋友去茶館，成都早已物是人非。記得剛進大學時，學校的稻田才割去，沒及唱首輓歌，稻田就蓄水成池，一片荷葉田田了，荷塘裡的蛙聲叫了四年，畢業時，荷塘也填平了，一座水上圖書館兩座教學樓雄壯地屹立在那裡，現代文明一步步逼近鄉野生活，茶館的變化也在意料之中。如今朱紅大門，霓虹閃爍，藤編桌椅，茶館安靜地可以聽到假山流水聲，全無早先學生時代的嘈雜，這使我們的聊天略略有些不暢，太空、太靜，人有點慌亂。想想當年，能在嘈雜聲中讀恩格斯和費爾巴哈，而現在，不能在安靜的氣氛中心平氣和地聊天說話，這是城市的焦躁，還是人的焦躁。

工作後，每個辦公室都發了茉莉花茶，取一小撮置於玻璃茶杯中，衝進剛從鍋爐房打來的開水，看著一朵茉莉花綻放浮起，有了茶的意思，細細品喝，一股肥皂味撲面而來，從此，斷了喝茶的念頭，又過了很久，發現保管員將茶與辦公用品疊放在一起，原來是茶吸附了肥皂洗衣粉的鹹味，筆記本的紙張味，鋼筆的塑膠和金屬味，是混淆的味道破壞了水與茶的味道。

畢業後不飲茶的另一個原因是，民間的大眾化的茶飲，沒有任何一個地方能與成都相比，人就是如此，嘗試過大海後，怎能就範於小溪。在茶的世界裡，烏魯木齊顯然是溪流，哪能與成都相提並論。烏魯木齊也有自己的茶，卻是與漢式茶飲相去甚遠的路數，烏魯木齊人喝的茶是奶茶，牛奶與茶同煮，乳白加褐，色味濃重，充滿著伊斯蘭風味。而茶館，雖各具特色，卻總是缺少些茶的氣息。

家裡茶多，在外也常有品茗機會，林林總總嚐過不少，可經過味蕾的感覺基本一致，清淡如水，濃重點的被我理解為苦，或清苦，清苦的味道迷惑了那麼多人，是我不解的，自責自己的審美，總有一個地方出了問題。

但是，對於飲茶，一直都崇尚形式，品茶的環境，茶具、茶杯、茶色、茶道、茶的品性，甚至茶的寓意都在意著，雖然，舌頭對茶的感覺極度貧乏，其他感官對茶的形式鑒賞卻要求甚高。

有次去朋友家喝功夫茶，清亮的紅木漆茶臺上擺著紫沙小壺、杯、茶洗、水鉢、竹鑷、茶漏，不管茶如何，喝茶的架勢是拉開了，像一個戰場，士兵、弓箭、護衛、盔甲、彈藥，全部備齊，就等著指揮官一聲令下，衝鋒陷陣了，從中悟出點道理，無論做什麼事，形是要到位的，有了形的框架，再往進裝內容，那事情才能完備，欲將善其功，必先善其器，喝茶也一樣，萬事俱備，東風自然會到，一招一式，認認真真，不應付不匆忙，絕不怠慢，那種茶喝起來才見功夫，才算享受。

朋友說，既然喜歡，下趟從廣州回來背一個送你們。果真，一套紅木功夫茶具從廣州背到了烏魯木齊，放在我家茶几上，不用喝，只看著，就有了茶的氛圍。

有一次去無錫開會，專程跑去宜興的紫砂市場，市場是敞亮的露天場地，在市場中問價還價，細挑精選，找不出一樣中意的，即將離開市場時，竟有一套映入眼簾。一壺八杯，上面寫著茶道兩字，標價一千八百。對我不喜茶的人這是天價。我並無真心地坎價，隨口扔出一個不講理的價錢，七十二元。君子無戲言，老闆讓我掏錢。費了吃奶的力氣將那套茶具背回烏魯木齊，扔進地下室。十多年後拿出，發現竟然十分的精美。而我一直沒想明白的是一套千元的茶具何以七十二元賣我，是茶具本身暴力，還是折兵賣我，而我那七十二元的出處又是來自哪一樁呢。

茶房的姑娘表演茶道，講手勢，男人端茶杯時，不能翹起小拇指，是輕浮的意思，大家轟然笑起。這種路邊小茶房，多是迎合客人，帶有經營效果的表演，商業氣味濃重，沒多大意思。真正的茶道之說要複雜的多，比如，茶道要遵循一定的法則，唐朝有克服九難之說，宋代有三點與三不點品茶之道，一是要新茶、甘泉、潔器，二是要有晴朗的天氣，三是要有風流儒雅、氣味相投的佳客一起相飲，反之，則是三不點了。到了明代，講究逐漸升級，成了十三宜與七禁忌，一無事、二佳客、三獨坐、四詠詩、五揮翰、六徜徉、七睡起、八宿醒、九清供、十精舍、十一會心、十二鑒賞、十三文僮，七禁忌則為不如法、惡具、主客不韻、混肴雜味等等。以此繁瑣之形品茶，人確實高雅了不少，卻難以深入民間，畢竟雅人在雅的環境中作高雅之事，是富裕的有閒階層才能做的事情，但不是常事，常事通常是簡單樸素的，飲茶不過是燒水、泡茶、飲茶三件事情三個步驟，卻繁複出如此之多的道理和規矩，百姓是不依的。漢人是懂得變通的民族，求繁複的形式不成，轉而追求靈魂的高精，於是，茶道在中國，內容高於形式，走了務實之路。因此也有了茶道雖為中國人所開創，按茶道法則去實踐的卻不是中國人，是日本人，日本人才是茶道推波助瀾的積極擁躉者。

日本人將茶道的形式發揚到了極致，在日本，茶道是一種至高無上的境界，日本人追求極致，即便是拿來之物，也要將其發揚光大，直至極端，茶道便是如此。中國飲茶習俗傳到日本在唐時，宋代日本人開始種植茶樹，明代後形成日本茶道，著名的人物是千利休，他提出日本茶道的基本精神是：和、敬、清、寂。要求人們通過茶室中的飲茶自我反省，彼此溝通思想，於清寂之中去掉內心的塵垢和彼此的芥蒂，達到和敬的目的。

茶作為日本式精神的載體，在道出了日本人精神指向的同時，也使茶道有了一個形式上的全面呈現，他們坐在茶室，由茶師點燃炭火，煮開水，沖茶，抹茶，送交茶客。茶客三轉茶碗，輕品、慢飲、奉還，程序精緻莊嚴，在我看來是沖淡了茶的清淨無為和趣味，某種程度是也消滅了千利休和、敬、清、寂的茶飲精神的。但終歸，日本人是將茶道的形式按步驟完成了。如今，看日本人飲茶，表面上是覺得比中國更虔誠，充滿著敬重和感恩。

我還是欣賞中國式的飲茶習慣。茶是簡潔的，在簡潔中予人精神的放鬆、灑脫和率性。當然，身臨其境觀看一場真正的茶道，那種體驗是值得期待的。或許體驗了，會產生一種新的認識。

咖啡與咖啡館

一天夜晚，羊群騷動不安，個個不去睡覺而不住地攀緣蹦跳，看管他們的僧侶大惑不解。

整晚上我都處於失衡狀態，在眩暈中敲下一些莫名其妙的文字，三分鐘前我為自己感動過，是的，感動，即便在眩暈中，我都能夠憑藉著僅有的一絲才氣，寫下並不賴的文字，僅僅三分鐘之後，恍然憶起羊興奮不安的原因，是啃食了離他們不遠處的咖啡灌木林。

我眼前的杯子空了，一小時之前，它的肚子裡盛著滿滿的濃香，輕煙飄起，直直地向我逼進，滲入腸胃、血液、大腦，終於，在一個小時之後，它改變了我與時間的關係。

眩暈之後，我逐漸變得清醒，隨著時間滴答消失，我的大腦宛如春天裡的第一個晨曦，舒朗朗的。此時，鐘錶的時針指向夜裡三點，我聽見了熟睡人的呼吸和鼾聲。

我的狀態是對曾經羨慕著的酸腐之氣作息生活的背離。以康德為例，每天早晨差一刻五點準時由僕人蘭珀叫醒，這期間，他尚且昏昏欲睡，請求蘭珀再讓他睡一小會，但是，蘭珀就是從他主人那裡得到的嚴格命令，絕不能為之所動，絕不能姑息他貪戀床榻之念。

穿戴完畢後主人喝兩杯茶，我奇怪他為什麼不喝咖啡。據說，這茶剔除了若干茶葉，極為清淡，為促進消化，主人還要抽一鍋煙斗，之後，哲學家的胃便開始生產胃酸，這一切均出自信念，哲學家認為，一日一餐完全足矣，控制你的天性，否則你會受制於它，人要有勇氣運用自己的理智。

我崇拜過這種嚴謹的、規律性的，甚至苛刻的作息時間。但是，後來，我發現自己屬於那種渴望在夜裡，並且只有在夜裡才能發出些微弱聲音的人，我只能在別人沉睡的時候醒來，睜著清醒的雙眼，游離四所，尋找些什麼。

這使我的白天很容易陷入一種不知所向的境地，凝望一個人、一件事，但記憶不住自己一分鐘前講過什麼話、想過什麼事，我抱歉地說，我的頭有些疼。我常常大腦停頓片刻，犯一些不該犯的常識性錯誤，我不相信人們會原諒我的過失，即便他們寬容地告訴我，他們原諒了我。我依舊能在他們無奈的表情裡發現不滿的情緒。

晚上，我又不可救藥地接近那令人興奮的東西，繼續地睡不著，繼續地滿腦子奇異怪想。有一天，整個晚上都在喝它，天快亮時，躺在床上，太陽穴碰碰地清脆跳躍，我看到了自己的神經，呈米色，清亮透明，緊繃繃的。迷幻，突然有了一種可怕的想像。

有一種危險正從彼岸駛來，它是那樣的隱蔽和不急不燥，我開始為自己的習慣感到擔憂，和煙一樣，它也是一種可以使人上癮的東西，它有點虛偽，藏在陰暗處慢慢地腐蝕著人的精神和大腦，它以興奮的代價使你麻木，繼而紊亂，它把甜、濃香和時間加在一起與你的大腦抗衡，儘管，它只是一杯小小的咖啡。

我的心臟一度出現空乏反應，那是啜飲咖啡後的病症，於是決定戒掉它。一年之內我都不去碰那東西，直到心臟恢復到過去的狀態。一年後，收拾櫥櫃時看到當年從海南帶回的咖啡，骨肉都軟了，知道自己對某些東西難以拒絕，比如燈光、雨、書、辣、還有咖啡，既然無法拒絕，不如放任自流，取出帶到辦公室，是炭燒咖啡。炭燒咖啡有濃烈的燒灼感，唯有炭燒才撕下了咖啡油滑如絲的感覺，反映出咖啡本質裡刻毒的一面，那種不屈不撓的攻擊精神。沖一杯，濃熱的氣霧浮騰起。自此又一發不可收拾。

買了一本書，《咖啡館裡的歐洲文化》，封面寫著導讀人生必去的三十家歐洲著名咖啡館。人生未必能達成的願望，讀讀也過癮。溫暖的時刻躺在床上，掀開書頁，威尼斯、蘇黎世、布達佩斯、柏林、羅馬。當然還有布拉格，聶魯達、卡夫卡、德沃夏克、昆德拉，沒有哪座城市能像布拉格，給我那麼多的感動。

在布拉格的咖啡館裡，讀著讀著就碰到那個喜愛的老人，塞佛爾特，諾貝爾文學獎獲得者，他以年邁時的懷舊，使我淚水盈眶。他寫道：「我小時候經常到不遠的伏爾瓦上游的克拉魯比去，這始終是一件使我感到無比快慰的事情，可等到假期過到一半，我就開始想家，想媽媽了，有一天，我竟繞過克拉魯比跑到德伯恩去了，從那兒踏上公路幹線走到了都爾斯柯，我跑的累極了，不得不在溝邊的田埂上坐下來喘一口氣，就在這個瞬間，我看見了她——布拉格。那不過是一個小小的赫拉德強尼的剪影，但對我來說，是多麼又驚又喜的一瞬間啊。這幅剪影最多不過像當時貼在火柴盒上的火花那麼大，我高興得哭了起來，眼淚啪啦啪啦地從我的灰塵滿臉的臉上掉到襯衣的領子上，這是思念與愛的淚水，直到今天，每當我驅車鑽出維諾赫拉德隧道時，就情不自禁地想念布拉格。」

塞弗爾特說老年人愛哭，又說起曾經偶爾給自己的朋友說起締內茨聖母院，那是一座未建成的哥特式大教堂，他的朋友立即淚水盈眶，因為締內茨聖母院附近是他的家鄉。

我讀這段時特別脆弱，文詞平易簡單，卻使我心頭長久震顫，這便是功力吧，離鄉思家的人在這些字裡行間，突然就遇見了從前，某一處、某一事、某一人，往日重現，感慨和思念的淚水是由衷的。

還是在布拉格的咖啡館。彷彿坐在塞弗爾特對面，隔著木製的鋪了臺布的方桌，桌上花瓶裡插著一朵綻放的玫瑰，咖啡嫋嫋，老人家的聲音在昏黃的燈光下漸漸發出：當年的「咖啡館裡討論、籌畫、激烈辯論，還有傳閱《色情雜誌》，幾天之後，雜誌破得像打過仗後的軍旗」。啜一口咖啡，像似品嚐，又像似陷入懷念，這個絕妙的老人，幾句話就能將人拉回從前，他是一座虹橋，搭起現在與過去的記憶。這是塞弗爾特，也是布拉格給出的氛圍，嚮往布拉格，不如說，正在嚮往的是從前，與自己童年、少年期有關的時光。

塞弗爾特是斯拉維亞咖啡館的老主顧。現在，斯拉維亞咖啡館已經關閉，捷克總統哈威爾也無可奈何，譴責說這是「對捷克精神文化的侵害」。這種良知令人感動，卻也發現良知在理性和規律面前也會很無力很無助。

從書籍中出來，回到我的每日生活。離家最近的咖啡館叫悠然咖啡，其實是家西餐小館，售賣一些西式餐點。進門是一牆壁的木製格欄，截出許多方格，每格中放置一款不同的咖啡杯，只看著形色不一的杯具，心裡就喜歡。送女兒上學時要經過悠然咖啡，偶爾帶女兒進去點餐，女兒小小年紀就喜歡這裡的環境，安靜、清新的音樂，以及幽暗的燈光，她都一一評論，而更打動我的是店主的良苦用心，從哪裡收集來的滿牆壁的咖啡杯盤，不是熱愛咖啡的人，哪會有如此綿密的心思。

遠點的是提香咖啡，牆上掛著提香的《花神》，古典優雅，頃刻間，人真的掉進了和煦的陽光中。進門的吧台旁有鮮磨的咖啡，只這粉狀的乾香氣，就知道可以沖製出多麼純正的咖啡。一次，進提香咖啡館時，剛從超市出來，提著大包蔬菜，進門就不被人待見，兩手承重的負荷與提香的藝術氣氛不搭界，自己也覺得極不適宜，好不解風情，因為自己的不慎，風雅被破壞了，以後也極少再去那裡了。

咖啡館的傾聽和敘述是很有魅力的。花一個夜晚的時間傾聽一個完整的故事，像小時候讀一本小說，被故事情節吸引，怕父母訓斥鑽進被窩，打亮手電筒，悄悄讀，那是一種全身心的投入。咖啡館中的傾聽與偷食書籍相似，總是那麼迷人，一些白日裡的禁忌規範，不可觸犯的條例，在咖啡館裡變得隨意直白，單刀直入，那種剖析和消解暢快淋漓，像一場高燒退去，人輕盈了起來。

有人說，咖啡館如同大城市懷抱中充滿著掌聲及新奇的小城鎮，放在烏魯木齊極其地適合。烏魯木齊，一個西域邊陲城市，充滿伊斯蘭情調的城市，一個漢人遊走、回人遊走、維吾爾人遊走、哈薩克人遊走、錫伯人遊走的說著各色語言的城市，他們穿梭在不起眼的街巷中，在幽暗昏黃的燈光中，在舒緩的樂曲背後雙眼凝望著對方，竊竊私語，一杯藍山咖啡，幾段奇遇經歷，與夜晚的期待不謀而合。

我的朋友紀塵第二次來烏魯木齊時，我在紅山商場旁邊的青年旅館找到她，帶她一起去紅山的西堤島咖啡館。聽她在昏暗的燈光和音樂中講述，從南寧出發，往拉薩、樟木，過境到尼泊爾，再去印度、巴基斯坦，返回到喀什，向東走到烏魯木齊，走到西堤島咖啡館。這個傾聽的夜晚，於我像一次勵志，一邊羨慕，一邊的嚮往，也想出去，去哪裡，當然是布拉格，太遙遠了，近一些吧，對了，那就烏茲別克斯坦吧。

後來，我把未必能實現的計畫傾述給另一個人，烏茲別克斯坦，那是什麼地方，為什麼去，我回答不了那樣的目光，懷疑還是輕視，這個結果歸咎於沒在夜晚，沒在咖啡館，沒有繚繞的咖啡彌香。我懶得在白天講述夢想。白天，我連自己都不信。

如果在夜晚，有咖啡，我會像紀塵那樣娓娓道來，那裡曾經是撒馬爾罕，亞歷山大去過、成吉思汗去過、帖木爾去過，那裡掠奪過全世界最優秀的文化和物品，那裡有繁華錦簇的人類文明。這些講述是輕盈的，有節律的，甚至是克制的、不周全的，留下點破綻，給傾聽的人，那人會如我的傾聽一樣，回家後，站在書架下，取出一本有關中亞的歷史書籍，找那些有關撒馬爾罕的片段，去遭遇一次古代文明的衝擊。

第四輯

如人行走

與馬的親近與拒絕

在天山北坡的松林邊，我從一個長著碧綠眼睛的哈薩克中年男子手中接過韁繩，因為他樸實的臉上寫著滿腔的誠懇，我於是相信，他的馬是世界上最溫柔的生靈。

那是一匹長著棕紅色皮毛的老馬，有著和他主人一樣單純的眼睛和憨實的面容，在我的手放到他腮部的時候，它輕輕地噴了兩下鼻翼，算做回應。

碧綠眼睛的哈薩克中年男子扶我上馬，簡單教了我三個動作，向左時，左手拉韁繩，向右時，右手拉韁繩，停止時雙手拉韁繩。這是我迄今為止唯一的一次騎馬短訓。

在山澗溪流散步，馬蹄踩碎了卵石中的溪水，發出清脆的唰唰聲，松枝散發出幽暗的類似於苔蘚的味道，馬溫柔地走，坐在馬背上享受藍天白雲和山裡的空氣，那是一種人與自然相親的美妙，如果這種感覺能夠維持到下馬的時候，我會認為，馬是世界上最完美的動物，還有誰能像他一樣，在有著優美的姿態、昂揚的氣質，發著亮光的皮毛和健壯的肌肉的同時，還有著嫻靜的心態。

我的身後發出吆喝的喊聲，一群少年哈薩克揮舞著馬鞭從山上衝下山腰，頓時，人聲與馬蹋聲、山風聲與溪水聲彙集成湧洶潮流；那是一種有陣勢的衝擊，像一股旋風在你身邊蠱惑著你推動著你，讓你不由自主地跟隨著它奔跑，馬顯然是受到了同伴的邀請，脖子上的鬃毛蠢蠢欲動。差不多在同一時刻，哈薩克少年的馬鞭狠狠抽在它的臀部，像一針高劑量興奮劑被注射進體內，我的棗紅馬飛揚起四蹄跟著馬隊橫衝直撞飛奔起來。我聽到了自己尖利恐懼的叫喊聲，還有嗓子裡發出的變了調的絕望。

碧綠眼睛的哈薩克中年男子教授的要領是，想讓馬停止的時候雙手拉韁繩。那其實是一個非常酷的姿勢，電影中常有這樣精彩鏡頭，並且多半是英雄才有：雙腳踩緊馬鐙，直立腰身，抬起雙肘，馬的兩個前蹄懸空而起，發出一陣嘶鳴。我學著英雄的姿態，雙手用足力氣拉緊韁繩。我感覺到自己變了形的模仿。

近距離聽馬的嘶鳴才發現，馬其實是一種很絕望的動物，它的內心遠比人們想像的要複雜，它的叫聲急促尖銳，不像其他動物，驢的鳴叫是長聲的歎息，像一個脾氣不好又健忘的武夫，很快發怒又總是很快地消解怒氣，狗的吠聲連綿不斷，讓人分不清是在撒嬌還是在憤怒，這些聲音充斥在鄉村原野和城市的住宅樓下，在人的耳根下磨出了老繭。

一匹馬從不長久的嘶鳴，那種暴露內心虛弱的事情他絕對不幹，他有點像狼，扯著脖子昂揚的頭顱嘶聲叫，但又不似狼的淒厲，狼的嚎叫裡有一種無與倫比的蒼涼感，像一股電流，迅速觸動人敏感的內心和神經，擊倒你積聚已久的意志力。馬不這樣，馬的嘶鳴是另一種深入人心的聲音，那聲音中有一種竭力的東西，一種最後時刻即將到來的破滅感，這聲音使我對馬有了一份心理上的警覺，就覺得這生靈活得過於嚴肅、過於莊嚴、過於壓抑、過於緊張，如果它能像驢一樣會抱怨、像狗一樣去討好，它或許會變的輕鬆點和愉快點。我的力量不均匀，右手顯然比左手更有勁。棗紅馬獲得一個信息，向右，向右，再向右。放慢雙蹄的它脫離了大部隊，一頭衝進右邊松林，麻編棕色草帽被松枝壓到臉部，嚓嚓嚓被身體和臉部撞斷的松枝聲令我驚魂不已。

終於，松林擋住了棗紅馬的去路，它停止了腳步。

駕馭、征服、有驚無險。當一切都回歸平息時，我從馬上下來，不是恐懼，是無比的興奮和刺激。我是個虛榮的人，長久以來積聚在心中的英雄主義情結得到了極大滿足。

我不應該懼怕一匹馬，尤其是有了這樣的經驗後。但是，從那天起，我的內心生出一個結，一個解不開的死結，我一直念念不忘的結，假如這世界上存有假如。

第二次與馬親近是在祁連山的馬蹄寺，那是裕固族人生活的地方，寬闊的谷地草灘上有一隻清晰的馬蹄印，傳說是格薩爾王騎著天馬路過這裡，看到地上美景，遏止不住飛了下來，一蹄踩到地上，輕輕蹬地又騰空而起，飛翔而去，留下了一隻巨大的馬蹄印。這個傳說一定是迷惑了我的意念，一匹飛翔的天馬，只在安徒生故事中出現的童話擾亂了我的心智，馬夫指著山對面說，翻過這座山坡，就是格薩爾王殿了。騰空而起的優美姿態、詩史中的殿堂，雙重的誘惑讓我第二次騎到了馬背上。

馬溫文而雅，像個順從的僕人，載著我在祁連山清色草墊、沙石和山間行走，其實，這並不是一個好兆頭，馬本身並不順從，它更像是平靜海底的火焰，隨時會串出海面準備燃燒。終於，在我下馬的一瞬間，當我的背包蹭到它的腰部時，馬驚了起來，嘶鳴一聲，頭也不回奮蹄遠去，扔下我癡癡地站在風中。

望著遠去的身影，我開始對馬有了一種新認識，或許它們是那種特立獨行的動物，不喜歡別人接近它，即使是個僕人，也要保持獨立的個性，他們是那種只賣苦力，決不變賣心靈的動物。

在東天山巴里坤的草原上，我騎上了一匹身上燙有88和一個井字元號的白馬，那是我第三次與馬親近。這不是一匹純種白馬，白色皮毛中夾雜著黑色，我早該意識到燙烙的痕跡和夾雜的不同色彩的毛髮是事出有因的，假如他體內沒有壓抑著的野性，牧人是不會用烙鐵為他留下奴隸一般的印記；如果它血統純粹，它的毛色會是統一而柔和的。騎在他身上，無意間觸摸到了堅實的肌肉和鼓漲的血管，立刻，我的身體掠過一絲難以說清道明的暴烈和殺氣，這是一匹烈性的馬、一匹對人不依不饒的馬，我開始莫名地緊張，大聲說出了自己的害怕和擔憂。我想它是聽到了我的恐慌，他的內心一定湧現出了暗暗的竊喜和不戰而勝的微笑。

動物能在人的世界裡生存下去的理由是那些與人相似的性格特點，比如一個人會在一條狗身上發現自己的嘴臉、一頭驢的倔強、一隻羊的懦弱、一隻雞的恪守職責，這些性格特點都是人所具有的，而一匹馬最與人相似的地方是他的識時務，在人群中，識時務者為俊傑，這是中國式的觀念，馬林立於其他動物之前，多半是因為他適合於人的這種傳統觀念。

一群馬涉水，其中只有一匹在水裡打滾，那匹馬就是我身下的印有88和一個井字的白馬，我很快地意識到了這是他爆發前的試探。當我們從一片沙棘林出來，走進沙漠中時，他終於擺出了欺生的模樣，先是小跑幾下，然後開始將身體上下起伏顛簸，猛烈跳躍，一次，又一次，他的彈跳非常具有針對性，整個注意力都集中在馬鞍上，集中在馬鞍上的我的身上，當他第三次起跳將我撂下背部時，我成了他的城下敗軍。

馬欺生。換了人，叫識時務，一匹馬知道該俯首於誰、欺詐於誰、討好於誰、藐視於誰，它比一條狗更有心計，狗會先大叫，再撕咬，提前提示你，驢會一邊叫一邊用一隻蹄子在地上來回踩，驢的生氣是內向的，它在對你憤怒之前首先表現出對自己的不滿。馬卻不然，馬不顯山露水，還會用偉岸矯健的身姿迷惑你、干擾你的判斷力，它較量前沒什麼太多的警示，他會讓你措手不及，顯得兇狠又惡劣。

我的腰部摔傷了，夜晚鑽心地疼痛，難以入睡時想起小時候看的電影《青松嶺》，一輛馬車每經過一棵老榆樹時會受驚，飛奔起來，沒人能駕馭它們，最後，制服他們的是狠狠將耳根抽出鮮血的鞭子，伴隨圖像出來的是一個高亢的女高音，長鞭哎——，一甩哎——，趴趴地響哎——，歌聲裡有著百分之百的駕禦和馴服的快樂。

人在一匹馬面前怎麼會如此地掉以輕心，如此地自負和得意，而一匹馬又是如此地精明、自如地穿梭在麻痹的人群中，等待著出手的時機。想到這裡，那些有著華麗轉身、像王子一樣灑脫和自由的馬使我疼痛地落下了兩行眼淚。

雪中羊

一望無際的準格爾盆地被茫茫白雪覆蓋，與天渾然一體的雪閃動著銀光。陽光下，一陣刺目地眩暈，我立刻閉上了雙眼，再睜開時，眼前出現了飛舞閃耀的星辰，大腦一片空白。那是潔白帶來的恐懼。我已經看了一個上午的雪了。這片雪原，天際是白色的、雲朵是白色的、大地是白色的、空氣是白色的，大塊的白覆蓋了雙眼，覆蓋了整個世界。

雪地裡走來一群羊。羊從雪地深處走來，又向雪地深處移去。在空茫的陽光和雪野裡，羊彷彿掉進了雪中，雪染白了羊，羊與雪融為一體，巨大的白，使目中一切成了目空一切，世界失色了、失真了，人進入了空虛。原來，美麗純潔的雪具有著如此強大的殺傷力，它用一個上午的時間，與羊聯手作案，肆意地佔有了我的視野，瓦解著我的意志；終於，在最熱烈的陽光中，我喪失了基本的分辨能力。以一種美好的事物去扼殺另一種美好的事物，人，常常會被無半點瑕疵的純潔所擊倒，就像這片雪原，純潔變成了一筆沉重負擔。而這世上越是美好的事物就越是沉重，沉重的容不下絲毫的錯誤和疏忽，讓人無以承受，陷入現實的苦難，抑或走進「虛」或更大的「無」的境地。

我再次閉上雙眼，大腦中重播著移動的羊群，我以對雪的懷疑挑剔著每一隻羊的行蹤。一群羊，本該是一場壯觀的移動，他們一度出現在廣闊的草原中、荒蕪的野地裡、披綠的山坡上、蜿蜒的河道旁，他們絕少散步在雪地裡，更不會像此刻的羊，既無秩序又散亂，走得鬆鬆垮垮，勢單力薄。以白色的外衣去配合白色的雪地，在雪地裡星星點點，起伏蕩漾，似乎存在，又似乎消失，他們與雪保持著同一性，是雪的同謀，一起製造了世間的混亂。

雪下得強大無比，包羅萬象，整個世界整個宇宙都沉浸在雪的懷抱中。在雪中，每一隻羊只是一聲歎息、一個可以省略不計的符號，可以存在，也可以消失，可以有價值，也可以無意義。他們飄搖無力、纖弱無助。從車窗望出去，羊群熙熙攘攘，毫無章法，但他們依舊是一個集體，牧羊人是他們的首領，他們絕不輕易出局，始終在牧羊人能夠感知的範圍內。

牧羊人穿著深灰色大衣，與雪形成鮮明對比，他慢慢地移動，不時停下來，掉轉頭向遺落在遠處的羊看一眼。他的出現改善了我的視覺壓力，為我緊繃的神經放置了一道舒緩的懸梯，我從懸梯上一步步走下來，走到大地，雙腳重新獲得了土地。在重新回來的理性中羊不再虛幻，變得具體清晰起來。

羊是畜類中的特殊群體，雖然頂著一支形似男性的武器，卻有著十足的女性思維，線性、膽小、跟隨，對人莫名地信賴，沒有善惡標準，一味地按照別人的意志和別人的指點行事。一群羊中，頭羊做什麼，群羊跟著做什麼，哪怕刀山火海，頭羊跳了進去，其他的也會跟著跳進去，這是羊的執行力，也是羊的道德準則，更是羊缺乏個性，善跟風、認死理、小心眼、缺乏獨立意識的案例。但是，這只是羊的一個側面，並非普遍性。羊也會執著的，執著是羊的另一種性格。

仔細端詳一隻個體的羊，身著潔白的捲毛大衣，與雪混為一談，模特樣的小型頭顱，細窄的小腿下是三寸高跟金蓮，特殊的還配以豐滿的乳房，這類裝扮，怪異且誇張，顯出時尚的女性特徵。羊是陰性的、柔性的，他們的牙齒不鋒利，整齊地排列著，沒有尖銳的鋸齒，只能咀嚼，不能撕咬，這使得羊們沒有爆發力，更缺乏力量。他們奔跑，卻因為滿身捲曲的毛髮，看不出漂亮的肌肉，跑不出健美的曲線，他們跟愛美的女人一樣，遵循素食主義，素食使得她們性情溫和，體格纖弱，連叫聲都是糯糯的吳儂軟語。可羊又似乎沒有女人幸運，女人可以變換衣著，可以長袖短襖、綢衫緞褲、皮草棉麻，可以佩金戴銀、珍珠鑽石，女人可以熠熠發光、引人注目，羊卻不能，羊只有一套裝束：白色的捲毛大衣、細窄的高跟鞋，配以頭頂豎立的長角，像似防身武器，卻沒有嚇住任何一個對他有所企圖的人。

羊大為美。漢字的美，自羊而來，羊與美的關聯比其他動物都多，羊便是美，美便是羊。羊的美與女人的美是一致的，在於善良，還在於溫順。某些時候，溫順能夠緩和矛盾，製造和諧，能夠感染大眾。溫順屬於善的範疇。羊善，甚至是無原則的善，善的使人心痛，因為她們太順應命運了，在命運面前幾乎不做任何反抗。

但是，在一片草原上曾經發生過這樣一個故事。一隻狐狸追逐一群羊，羊們撒腿跑開，一隻跑掉的母羊看到狐狸盯上了自己的孩子，掉轉頭來試著去頂撞狐狸，她低著頭不顧一切地衝向狐狸，試了兩次後，看到狐狸不依不饒，母羊突然較真起來，硬是要一比高低，發瘋似地橫衝直撞，狐狸不怕羊，但怕不要命的羊，幾次衝擊後狐狸敗下陣來，站在草原的風中，思前想後不得結論，最後，拖著尾巴離開了羊群。母羊激怒的仇恨遲遲不肯散去，斜視著拜走麥城的狐狸。羊做了頂天立地的事，卻無法頂天立地，他立不住，嫵媚地蹬著高跟鞋，側身在風裡，草原是他的T型台，他是走秀人間的芸芸過客。

母羊的愛人是公羊，公羊有著與母羊相似的裝束，同時又配以尖銳的羊角，這種矛盾的相貌必定是受了造物的戲弄，造物讓一隻羊成為雄性，予以銳利武器，又為他配以雌性的尖足小腳，這類變態的造就，嚴重損傷了公羊的自尊，使他從一開始就明白了自己的處境。見到狐狸後他立起尖腳拼命地躲避，躲避到不與人、與事發生聯繫的地方。躲避是公羊保護尊嚴一種方式。

母羊有母性，既本能又偉大，在孩子受到危險時，有以命抵換的精神。相比之下的公羊似乎不太有血性，看著自己的孩子被追打，跟在母羊後面嘗試地衝撞狐狸，兩個回合下來，便站在遠處不動了，靜觀正在決戰中的母羊，像看一場事不關已的雜耍，然後掉轉頭，沒事人似地走了。

這隻公羊運氣並不好，沒走出多遠，自己也面臨了威脅。一隻比狐狸更強勢的虎看中了他，虎站在高高的山崗上，早就看到了剛才的一幕，虎也是有敬畏感的，虎不怕一隻羊，但他懂得敬重一位母親、鄙視一位父親。看到沒有責任感的羊離開與狐狸格鬥的現場後，虎尾隨他走向草地深處。虎不急不躁，勝券在握。感覺到被跟蹤，公羊的腿軟了，他心裡明白，他連狐狸的對手都不是，拿什麼來抵禦猛虎呢，不用過招，他只想撒腿跑，奔跑是他唯一的出路，但是，他的腿好像灌了重鉛，還未起步，就被虎撲到了，他蹬蹬四條腿，沒有絲毫抵抗的動作，便斷了氣。以人的立場評述，他不比一隻母羊活的更高尚、更堅定、更值得尊重。

車窗望去，散亂的羊群漸漸行遠，與其說是一個個移動的白點消失在白色雪原中，不如說是融化在雪野裡。雪原空曠，無人無物。無，在這裡表現為寂靜，準格爾式的寂靜，比起它的白要生動得多，也使人在幾近絕望的迷失中突然眼前一亮。雪地裡，深陷的腳步發出吱吱聲，寂靜就是從雪的吱吱聲中發出的，那個時候我開始意識到，靜原本也是可以用聲音表現的，真正的靜不是無聲，而是空曠中呈現出的緩慢的腳步，輕柔的手勢，均勻的呼吸，是空氣中隨意遊走的風、是心靈慢慢地散步，靜是需要聆聽的，聽不到的東西不叫靜，聽不到而使勁聽的事物不但不是靜反而是騷動，是好奇和不安分。

我想，當這個世界從紛爭混亂中停駐腳步，不再指點江山，拳打腳踢時，當萬事東流，一切回到起點時，回憶被悄然喚醒，喚醒的舊事中必定有一種柔軟感染著人們的心智。羊安靜地跪匐在雪地上，用他善念的雙眼打量著從前。面對一隻羊，人會恍然夢醒，羊性格中的失敗在歷經了眾多紛爭後，卻贏得了命運裡的勝利。這人間的事孰是孰非，這世上的人何德何能，審視一隻羊的性格和命運，也是我們對自身價值觀念的一次重新思考和整理。

宰羊

羊不能說殺，要說宰。豬才說殺，屠夫常會殺豬不死，刀在脖子上來回抹，不利索，豬又不老實，死不了嗷嗷叫，滿院子亂跑，淋下一地血。不像羊，羊被宰了，沒死，但羊不叫，默默地躺在地上，眨眼、靜聽，等待著最後時刻的降臨。羊死的安詳，彷彿命中註定生來就是為趕赴祭壇的，這一刻合情合理，理所當然成了羊的歸宿。

羊死了，但不瞑目，睜著眼睛，溫柔地看著你，你覺得人忽然被抽空了，軟軟地，沒了力氣。

屠宰是在葡萄園進行的。

那是一個仲夏日。一群朋友相約在葡萄園消夏，有人在園子裡散步、有人在葡萄架下納涼、有人在蒙古包裡玩牌算命。孩子們走到園子深處的野草中，站在吃草的黃牛旁談論，年幼的女孩問年長的女孩，吃草的牛是女牛還是男牛。路過的大人替年長的女孩回答，跟你們的媽媽一樣。孩子的媽媽們正坐在蒙古包的地毯上說家常。

沒人相信葡萄園裡也會有陰謀，光天化日之下的陰謀。一些人來到一塊草坪，指指點點，品頭論足。一群羊中，最活蹦亂跳的那只被選中了。上帝選人去死愛選那些年老的、上了歲數的、生命力正在衰退的。人選羊不這樣，人要選健康的、活潑的、充滿朝氣的。上帝選人不為自己，選中了交給地獄就完事了。人選羊卻是嘴饞，老的不能選，肉質粗糙，嚼若乾柴；病的不能選，病從口入，要引發疾病。有人更過分，大喊，挑沒有結過婚的。沒結過婚的羊叫羊娃子，羊娃子也是羊羔，人要吃食弱小的、稚嫩的、正在旺盛生長的。人的規則與上帝的規則存在著天壤之別。

選中的羊被拉著一隻角往屠場去。羊好像預感到了不祥事件的來臨，四條腿撐在地上不肯前行。羊角被猛烈地拉扯，羊拼命地低頭，下頷快要抵到胸前，拉羊人費盡了力氣，嘴裡咒罵著，罵羊不聽話，死到臨頭還這麼倔強。另一隻羊尾隨而來，看不出是悲泣還是憤怒，彷彿在為同伴送行。宰羊人說，他們一起來的有四隻，兩隻已經先行一步走了。我推測一起來的該是一母四胞，那樣才對生死有感應，才會前來送行。送行的羊已經有了兩次別離的經驗，這經驗於他是刻骨的。他或許內心動盪不已，但卻不溢於言表，平靜地跟在第三隻即將赴死的羊後面，為他送上順應天命的安慰。

然後，送行的羊轉頭凝望一群人，又回首望其他羊，依舊沒什麼悲哀、沒什麼憤懣，像死灘中的水。人不知道羊的想法，更不明白自己的做法會使羊生出什麼樣的想法。人的想法混亂不定。這使人忽然發現，正在絕望的不是羊，而是人自己。

屠場地上的青草早已被踐踏，紛亂地伏貼在地面，草被血液粘黏在一起，變黑、變硬、變得紛亂骯髒，有淡淡的絞殺氣泛起。血跡是早先而去的羊的同伴們留下的，那個前赴後繼的詞很恰當地用在了此時此地，宰羊人說後面那一群的結果也將是這樣的。

羊終於被拉到了屠場。人輕輕一推，羊就倒了。羊聞到了血腥味，立刻意識到了什麼似地「咩咩」叫了幾聲，像是問人發生了什麼事情，或者將要發生什麼。人不語，埋頭準備自己的事情。羊知道了、沉默了、認了，沒有站起來，繼續躺在地上，眨著漂亮的雙眼皮看著人去準備刀子、繩子、接血的臉盆。

羊看上去比人淡定，做好了充分準備，剩下的就是等待了，眼盯盯地看著人，眼神溫和極了，臉上看不出生的快樂和死的恐懼。宰羊人拿了一把刀來，又去取第二把，拿了臉盆來，又忘了繩子，宰羊人有點緊張，有點慌亂，在羊面前不夠從容。

宰羊人來齊了，一共三個。三個人把羊的三條腿綁起來，留出一條。據說，羊在把自己獻給上帝的時候，魔鬼會來搗亂，人就只綁羊的三條腿，留下一條腿來踢魔鬼。羊善良而不分是非，被人宰，還要替人去踢魔鬼。

刀放到脖子上，羊歪著頭，不叫，只是有節律地、不停地替人踢著魔鬼，直到踢不動的時候才放慢腳步。宰羊人不自信了，致命的一刀遲遲無法捅進去，抑或，在眾人面前他有所顧慮，上帝的眼睛正越過雲層看著人間血泊，而圍觀者中或許正潛伏著一個密探，等待著匕首刺出的那一刻。宰羊人的心亂了。他已經宰了半輩子的羊了，他不像是個新手，推倒羊的動作、摁住羊的姿勢、捆綁羊腿的方法都明白無誤地告訴人們，他是一個有經驗有能力有業績的屠夫，是一個職業殺手。但是，此刻，似乎發生了什麼事，他好像過不去內心的關口了。

宰羊人住了手，長出一口濁氣，沮喪地扔掉手中的刀，轉身回了氈房。圍觀的人感到了疲倦，他們對那一刻嚮往已久，他們的身體裡早已注滿了血氣，需要一個發洩的管道，他們渴望感受血腥事件，在利器刺向脖頸、熱血汩汩流出、腥氣騰空升起、以及疼痛抽搐的過程中獲得釋放。此刻，他們失望地看著宰羊人轉身離去的背影，鼓漲的激情頓時如洩了氣的皮球，癟成一張白紙。他們精神上沒了刺激，身體裡沒了力氣，感到了匱乏。

圍觀的人拋下絞殺場的羊，走了。羊獨自躺在草地上，無人問津。我過去，蹲在羊的身邊，從地上拔起一撮草，送到羊嘴邊，我想對即將死去的羊表示一份慈悲。羊領情了。深情地嗅嗅青草，鮮綠稚嫩，又深沉地呼吸了幾下，然後將眼光伸向遠方，看著裝腔作勢的人們，又抽縮回來看著眼前虛情假意的我，最後，輕輕閉上了雙眼。

差不多二十分鐘後宰羊人從氈房出來，重新洗乾淨的手從地上撿起刀，叫了其他兩個宰羊人，示意他們做好自己的事情，他再次半蹲在羊身邊，一條腿壓住羊的一部分身體，羊感到憋屈，被捆綁的三條腿掙扎抖動，另一條腿仍在拼命地踢魔鬼，當這一切正在進行當中時，刀子忽地進了脖子，鮮血順著脖頸噴湧出來，一股股流向草地，流進臉盆。羊大口地喘氣，依舊不見痛苦的表情，他的平靜使我心生懼怕。羊，到底是一種什麼樣的生靈，平靜到能面對死亡，也能面對痛苦，他的本能在哪裡，上帝為他施過什麼樣的魔法，連本能都能不動聲色。

羊大口地喘著粗氣，長長地呼吸，眼前好像有道看不見的隔膜擋住了去路。漸漸地，他的雙眼失去了靈光，越來越渙散，越捉不住事物。許多人站在他的眼前，他眼裡看見的除了人還是人，人與人相疊佇立，向他壓來，向它逼近，他被壓迫的窒息，唯一能做的是用盡全身力氣在空氣中踢出最後兩腳。

終於，羊的整個身體癱軟了下去，雙眼死在了人海中。宰羊人說，死了，其他兩個人也說，死了，大家對視一下，無語，轉身回房了。

以後是下面的工序。剝皮，開膛，分解。

火架起來了，鍋裡沸水翻騰。兩個小時後，人群集中到餐桌前，人群有了聲音：真鮮、真嫩。天黑的時候，羊的屍體全部轉移到了人的身體裡。

如果羊有墓誌銘，應該這樣寫：

羊，男性，毛色黃褐，略捲，大尾，性情溫良，與世無爭，二〇〇四年六月二十五日逝於葡萄園，終年不足一歲。

黃　羊

越野車賓士在廣闊雪原，前方是被大雪覆蓋的土丘高臺，周圍生長著梭梭柴、駱駝刺。汽車發出機械的噪音，雖不大，卻攪亂了安靜的雪原。遠處，出現了棕灰色遊移物，一隻奔跑的動物。車上有人喊：野驢。大家伸出頭，追看消失在雪野土丘後的野驢。不一會兒，又一隻奔跑而過的動物，有人解釋：不是野驢，是羚羊。當第三隻動物從眼前快速閃過時，全車人都看清了，不是野驢，也不是羚羊，是黃羊。

顯然，黃羊被打擾了。他們快速逃竄，看上去急切，不知所措。黃羊有著優雅的身材，即使是驚慌失措，奔跑起來，也顯得從容美麗，他們向前衝，胸膛直挺，耳朵豎立，四條腿有規律地前後換動。

同時，還有幾隻黃羊站在土丘高臺之上，遠遠地張望著我們。我們從遠處來，要到遠方去，此刻正欲經過他們的棲息地。司機放慢了車速，車軲轆在雪地上緩緩滑行，車裡人將臉貼在玻璃窗上去接近黃羊，小心翼翼地。但是，我們還是驚擾了他們。一隻黃羊抬腿，準備逃離，不等開跑，剩下的幾隻商量好似地，幾乎同時轉身，消失在雪野。

唯獨一隻小黃羊，沒有跟隨父輩們離去，準確地說，他是跟著他們轉身了，跑了幾步之後，又停了下來，掉過頭，看車，以及車上的人，這輛車應該是他見過的第一輛車，一個白色的龐然大物。他納悶、不解，緊盯著白色機器，在一扇扇透明的玻璃上他看到了人的臉龐。他的腦袋在高速運轉，想知道這機器和人是什麼、為什麼、怎麼了。他與人對視，抱以好奇，又流露出十分的信賴。無知無畏的被善念充滿心靈的小黃羊，站在雪野裡，顯出了世界的純潔和無暇。

車緩緩經過小黃羊，又緩緩地離去。小黃羊不知道，他能夠站立在雪野中，便是以極大的勇氣告訴我們，人類依然可以被信任，這對我們來說是莫大的安慰。

這是一個不被信任的世界，人被懷疑、被質疑、被批判。有一年夏天，我帶著內地來的朋友到野外工作。我們一行二十多人進了一家路邊小飯館，服務員端上一盤紅燒食物，滿滿的一大盤，看似豬排或羊肉，繚繞的肉香和濃重的八角桂皮味騰騰升起，服務員壓低嗓音報上菜名，紅燒老羊肉。買單的人心領神會，示意客人先動筷子，客人回請主人，一起動筷。內地的朋友以為老羊肉是老羊烹製的菜肴，以為羊老了肉才有特點，像母雞，老了才滋補。他們不知道，紅燒老羊肉不是飼養羊，而是一道以黃羊為原料的野生食味。黃羊是禁止捕獵的動物，賣家稱為老羊肉，老羊肉，是黃羊肉的暗語。暗語常常在暗地裡流竄，不被陽光照耀，惡行從來都是這樣的，在陰暗的背地裡肆意橫行。

小黃羊憑什麼要信任人類，就因為幼小，不懂事理，尚未接受來自父輩的教誨，揣摩不到人類心理，未曾見識泣血的場面。他那麼小，稚嫩，站在荒原上，卻像一座警示的豐碑，以單純和靜美喚醒著殺戮和貪婪的人們。

這些年，我常行走在南疆荒漠，一閃而過的黃羊每年都能遇見幾次。在所有沙漠動物中，黃羊是很獨特的一種，他們有美麗而驚恐的眼睛、漂亮的身段和飛煙樣的身影，在荒漠中，他們不似駱駝的拖拉、家羊的慵懶，以及爬行動物的城府，他們是荒漠中最積極的因素，在僵死的大漠中風行穿梭，帶動著生機和活力。夜間行車，在車燈打過去的地方，偶爾會遇見一隻走散的黃羊癡呆地停下來，張望著夜幕裡的光亮，那燈光磁石般吸附著黃羊的雙眼，彷彿中了邪魔，黃羊擺脫不去光線，四條腿像灌了重鉛，無論怎麼使力，都提拔不動。司機不忍，關掉車燈。黑暗中，黃羊轉身離去，不似以往的逃竄，是漸漸地離去，似乎在想什麼，當他終於離去幾米後，突然想明白了，騰起四蹄，一溜煙，隱身進了灌木叢。這黑暗中的黃羊，跟所有的家羊一樣，怯生生來到世界，又怯生生地過活。是誰、什麼時候、在哪裡，觸動了他們的神經，在他們記憶裡留下了深刻的恐懼，這使得我與黃羊的每一次遇見都匆忙、急速，我看不清他們的真容，留在眼前的僅僅是一個局部，一個倩影，一次華美的轉身。

紅柳叢旁。我跟司機聊天，說布希的政策、颶風、東南亞、石油、南美風情、瑪雅人、金字塔，正值興頭，一隻黃羊進入視野，我的心臟點擊般一震顫，黃羊兩字還未出口，黃羊已消失，一陣輕煙在紅柳叢頂部淡淡散去。轉瞬間，一切復歸於平靜，廣闊的荒野，風輕雲淡。司機納悶地問，黃羊在哪裡？黃色、矯健、機敏，這些都是新疆野生動物的整體觀感，我套用這個公式告訴司機我所看到的黃羊。

我對黃羊的概括空洞乏力，沒有任何細節可以複述，這就是瞬間吧，瞬間造成的效果，沒有開始，沒有結束，只有嗖地一瞬間，一隻黃羊的片段被快速剪切，沒及定格，便沒了蹤影。對於一種以奔跑見長的動物，要想描述出來，至少該有三個內容：步態、神情、肌肉的走向。但是，對於黃羊，這些動作全被瞬間打包成一體，成了一閃而過。

冬天，塔里木夜色照徹著青灰的大地，公路旁一隻黃羊掀動草叢，微微凸起的臀部，蹬直的後腿，拉出了漂亮的肌肉。藉著月光，黃羊為我的眼睛截留了下半身，我真切地看到了一隻黃羊的一部分，雖是局部，卻有使人倒吸一口涼氣的驚豔。黃羊的臀部，展現出了純野生的質感，光亮的皮毛、精瘦的肌肉和強健骨骼如此完美地構架著一隻野生動物，他的後退堅定地佇立在草叢旁，像釘子軋進了水泥，沒有絲毫軟弱和猶豫，順從和妥協。

另一次，起風的時候，流沙蛇一樣蠕動在公路上，遠處龍捲風快速逃離，又被打散，像匱乏的逃兵，一敗塗地。這時黃羊出現了，以龍捲風為背景，前景是紅柳叢，他探出頭和胸，目光如炬，雙耳豎立，昂揚著胸膛，搖晃了幾下頭顱，做短暫停留，然後，從我眼前滑過，灌木叢跟著晃動了一陣，說不上是黃羊掠過的動靜，還是風的動靜。這一刻，我腦海繪製出了黃羊的精神面貌，警醒、聰慧、漂亮、純潔。他們該是那種絕不慵懶和隨意度日，絕不放棄，絕不甘願變成獵物的生靈。他們奔跑、穿梭、躲避，只要有一線生息都會付諸全部的勇氣和努力，他們是認真求生存的動物，這是他們對待世界的態度。

無水沙漠不能提供豐沛的草場，處於饑餓半饑餓中的動物們大多精瘦，但卻不弱，他們自有一套對付惡劣環境的本領，他們身姿矯健、神經機敏，他們為逃生訓練出了絕妙的技能。這使我驚異於所有反應迅疾的沙漠動物們，他們具有將時間切塊的能力，切出殘缺的圖像，頭、胸、尾、中間的腰身。野生的精靈們悍然地撕裂完整，打破既定，像猶抱琵琶半遮面的伶人，既在拒絕，又在招引，在美學中它的專有名詞叫距離美。我於是質疑，虎豹和豺狼是否有著與人類相似的審美取向，他們追逐，完全是被一種不能抗拒的美感驅使，他們縮短距離，只是要得到美佔有美。當然這種質疑是毫無道理的，畢竟，他們是一群現實主義者。

關於迅速。對照著人的遲緩、遲鈍、遲慢，黃羊高超的掩身技巧一次又一次詮釋出時光的魔法，一念之間、轉眼之間、剎那之間，尚未開始已經結束。佛語一剎那者為一念，二十念為一瞬，二十瞬為一彈指；彈指一揮肩，趨於平靜，而那一瞬間的定格，卻是長久地，縈繞著我。在我腦海中，黃羊是一陣風，攜帶著秋天的色彩；是一段影像，快速切換層疊的繽紛；是一個符號，卸解了時間的汪洋大海；一疊魔法師手中的紙牌，三下五除二，你就明白了什麼叫出神入化。

鬥雞

一隻純種的吐魯番鬥雞來到我家，這樣的鬥雞在上世紀初或更早些時候是要送往京城，專門供皇家和紈絝子弟玩耍的。

鬥雞來到我家實在是他命運中的不幸，他必將面臨失去戰場和走向死亡的結局。作為一隻威武的鬥雞，他有魁梧健美的身材，差不多七十釐米高，站立在門廳前身體挺拔、昂揚。他頭顱不大，蛇頭一般微微前傾，冠子像戴著的鴨舌帽，低低地壓著眉眼，眼神機敏，似能洞悉所有。他身上的羽毛黑亮，夾雜著紅褐色和墨綠色光澤，翅膀略微前拱，體現著一隻鬥雞最基本的戰鬥素質。

鬥雞夜裡十二點到我家，他被人裝進一隻白色的尿素袋裡，袋口紮著繩子。鬆開繩索，袋子垂落，他像明星一樣登臺亮相，定格幾秒鐘，然後從容地轉身，踩過垂下的袋子。我的腦子嗡了一聲，雞的概念瞬間被顛覆，印象中的雞，是尋常百姓家的成員，啄米、打鳴、被人拔了雞毛做毽子，我從未想像過一隻雞也會有態度、有尊嚴。

眼前這只雞，自信中帶著幾分傲慢，像一名常勝的角鬥士走進了鬥獸場，自西向東環視一周，然後揚起頭，像是主動挑戰，又像是在尋找對手，只是，我家裡除了幾個大人和小孩外，沒有別的動物，命裡註定以格鬥和絞殺為生的鬥雞，在人的世界裡，沒有找到屬於自己的戰場，這也算是他作為鬥雞最大的悲哀了。

為防止隨地大小便，他被趕到衛生間。深夜，我迷迷糊糊衝進衛生間，鬥雞鎮靜地、不卑不亢地看著我。我的腦子再次一嗡，倒吸一口涼氣，心跳加快、頭皮發麻，扶在衛生間門框邊半天醒悟不過來。這是一隻雞，四個小時之前來到我家的一隻雞，同時，我也強烈地意識到他不是一隻普通的雞，而是一隻真正訓練有素的鬥雞，他能在我從床上爬起來，跌跌絆絆衝到衛生間的幾秒鐘之內，迅速清醒過來，進入一種戰時狀態。三十秒鐘之後，我依然站在那裡，開始思考另一個問題，即我到衛生間來幹什麼？

曾經讀過作家周濤寫的一隻小狗，意思是一隻可愛的小母狗跟人混得很親密，作家洗澡時，小狗擅自闖進浴室，作家頓時感到尷尬，將小狗趕了出去。理由很充分，你是女的，怎麼可以看男人洗澡。我想起我是一個女人，怎麼可以容忍一個男性留守在我的衛生間，讓一隻雞佔了人的便宜實在是件不體面也不光彩的事情。

所有人從生下來就在趕往一個地方，不只所有的人，包括一切有生命的東西，雞也一樣，死亡是他的必然。但是，我家這隻鬥雞，死亡的提前到來首先歸於他戰場的失去，他曾經是吐魯番角鬥場上的大將，手下死傷過無數英雄，戰場是沒有常勝將軍的，一次偶然失手造就了他終生的失敗。他激昂地奮戰，頑強地搏殺，到頭來還是頭破血流滿目創傷，他是耷拉著腦袋走下戰場的，沒等走出戰場門檻，就被作價販賣了出去。當他再也沒有機會進行搏殺，從而失去展示一隻鬥雞勇猛和勝利舞臺的時候，他便淪落成了一隻普通的雞，普通雞唯一可以做的事情就是為人們提供一頓豐美的晚餐。

其實，這種由人來掌握的死亡是可以靈活處理的，比如一條狗，乖一點，會討好一點，主人就可以一直把他養下去，直到他老死的那一天，若能和主人擦出點感情火花，主人還會親自為他下葬，並一生一世懷念他。雞也一樣，如果他乖一點、聽話一點，他的命運或許可以改寫，比如放生，比如轉送別人。

但是，我家這隻鬥雞肯定是不知曉人與動物之間的通融與妥協關係，第二天清晨六點整，職業性地發出了第一聲鳴叫，我敢肯定樓道的人全被喚醒了，接著他又第二次、第三次打鳴，繼而是沒完沒了地打鳴，他的鳴叫高亢、明亮，一如金屬的碰撞聲。聲響破壞了城市人嚴格規律的作息習慣。家裡人睡眼迷濛，一個接一個跑到衛生間門口喊他別叫了，立刻停止。他全然不理會，盡職盡責地高聲大叫，直到樓道裡傳來腳步聲、安全門的開閉聲和大人的說話聲、孩子的哭泣聲。

對雞鳴聲的處理納入了當天的討論議題，家人圍坐在早餐桌前，紛紛發表意見，討論的結果有三個，一個送人，一個殺頭，還有一個是用線繩將嘴捆起來，這個主意是女兒出的，同時，為了防止隨地大小便，女兒還為他想了另一個主意，在他的尾巴上掛一個塑膠袋。由於分歧比較大，上午的討論暫時沒有結果。

第二天清晨，再次出現了鬥雞打鳴現象，第一個跳起來發怒的人是我。那天夜裡我淩晨四點才躺到床上，剛進入夢鄉，就被嘹亮的打鳴聲驚醒，一陣驚恐。我跳下床，發瘋似地衝進衛生間，憋著口惡氣，飛起一腳踢在他胸腹之間。我保證我踢的很輕，下腳瞬間動了惻隱之心，擔心踢壞他內臟。他必定是看出了我的雷聲大雨點小，在我踢了他轉身回臥室的一刻，他再次大鳴大放起來，像是盡職盡責，更像是對我叫板。

在接下來的餐桌上，大家終於達成一致意見，殺了他。我們一邊宣佈決定，一邊惋惜地對鬥雞說，誰叫你禍從口出呢。

問題似乎解決了。

其實，最關鍵的問題還沒開始，那個關鍵問題從一開始就被大家避諱著，沒人提及，待車到山前，問題成了禿子頭上的蝨子，擺上了桌面，大家才不得不面對：即誰來充當殺手。

我曾經標榜過自己十二歲時殺過一隻雞。因為有了前科，我被推薦，如果說少不更事可以犯點錯誤的話，那麼，這樣的年齡就不該再犯同等錯誤了。我拒絕了。家裡人也一一陳述了自己不會或者不殺生的理由，最後，我們撥通了一個會殺雞的親戚家的電話，先是說送他一隻鬥雞，他拒絕了，又說請他來幫忙，他說他早已不再幹殺生的事情了。

我的家人，個個出來表態。有的顯露出無辜，說：打死我也不殺生。有的坦率又坦蕩：我不殺，就是不殺。不殺就是理由。

然後，他們開始動員我，對我說，你殺吧，你只管殺，其它燒水、退毛、紅燒之類的事情全由我們來承擔。那一刻我像一隻將要一決雌雄的鬥雞，被人們鼓舞著、吹捧著、簇擁著，推上賽場。

我先把女兒趕走，我不能讓一顆幼小的心靈在血泊中長大，接著我關閉了所有房間的門，提著鬥雞來到涼臺。

先將殺雞的程序默誦一遍，然後行動。用一隻腳踩住鬥雞的兩隻腳，鬥雞躺倒了，但他不服輸，冒出一股倔強勁兒，用力上揚，甚至撐出了翅膀。我的一隻手抓住他的兩個翅膀，又把他的頭反握到翅膀旁邊，拔去脖上的短絨毛，他的喉嚨一鼓一吸，晶亮的黑眼珠露出憤怒。

舉起刀時手有點軟，使勁甩甩腦袋，努力排除雜念，什麼都不去想，對準脖子，閉上眼睛，一刀拉了下去。

鮮紅的、溫熱的血流了出來，流進早已準備好的一隻瓷碗裡。鬥雞在用力掙扎，我在用力卡住他，我們暗地裡較勁、抗衡，他憋足了氣，有節律地蹬。我的雙手漲滿了力量，一種我一生都未曾經歷過的能量，由一隻鬥雞傳達到我的雙手，又從雙手流向全身，它推動著我身體的每一個部分，每一塊肌肉、每一條血管聚集起來，來抵禦一隻雞正在釋放的內力。他的耐力和堅持令我震驚，他漸漸地摧毀了我的意志，讓我再一次對這隻訓練有素的鬥雞產生了敬畏。

終於，他渾身猛烈一蹬，使出全部力氣，身體像一枚爆竹，吧嗒一聲綻放開來。他掙脫了我，翅膀拍打著，血液迅速將涼臺地面染紅，構成一片血水。我被他擊倒了，坐在地上，心裡堵的發慌。幾分鐘後，我走出涼臺，關上門，再也不去看、去想以後的事情了。

那天夜裡，我去衛生間，心想，不會有人偷看我了。

第二天清晨家裡很安靜，一直睡到九點鐘，起床，洗臉、梳頭。偶爾去涼臺，看見已經退了毛的屍體躺在盆裡。我想起了昨天的艱苦掙扎，一位勇士的轟然倒下，還有滿地流淌著的鮮紅的血液。

劉黑妹

上世紀末，我們工作的基地在塔克拉瑪干大沙漠邊緣，離庫車縣城八十多公里，縣裡給我們這片基地起名雅克拉村，這裡的最高行政領導被我們喚作村長。

來這裡工作的人大多是剛走出大學校園不久的學生，他們來自繁華的大都市，卻要在這偏遠寂寥的大漠裡奉獻青春。在沙漠裡待久了，他們自稱患上了沙漠綜合症，表現為孤僻、焦慮和性情暴躁。一年夏天，有人從野外帶回兩隻剛出生的小狗，一隻是黃白相間的花狗，一隻是純色的黑狗。村裡的小夥子們都高興壞了，晚飯後誰都不回宿舍，圍在院子裡欺負小狗。他們把兩隻小狗的頭相互激烈碰撞，然後鬆開手，等著小狗的反應。被撞暈的小花狗搖搖腦袋，眨巴一下眼睛，揮起拳頭打在小黑狗臉上，小黑狗定睛站穩，不失時機地還擊一拳，小花狗再出手，小黑狗再還擊，最後，兩人拼殺起來。圍觀的小夥子們興奮地大叫：快快，小黑，出拳啊，小花別放過她，追。有人還打起了口哨，為雙方助陣加油。這樣的遊戲每天都會發生，直到天幕降臨，人們才像看完一場球賽一樣高興地議論著回宿舍睡覺。

調度值班室是村裡的中樞機構，指揮著全工區的生產運行、車輛調度，資訊接收和傳送，也是唯一二十四小時工作不間斷的地方。不知道是誰，將兩隻小狗的窩安在了調度值班室辦公桌下，於是，每個值班人員都暫時成了兩隻小狗的主人。一次，值班人正躺在值班室床上看小說，兩隻小狗悄悄地把值班人的鞋子叼走，門外有人喊值班人的名字，值班人在地下光著腳四處找鞋而不得，最後在狗窩邊發現了自己的鞋，氣的鑽進桌子底下，拾起鞋轉身就打，兩隻小狗撒腿往屋外跑，連滾帶爬的。

不久，小花狗丟了。人們惋惜之時為小黑狗指定了一個主人，主人姓劉，是一個二十初頭的靦腆小夥子，在行政辦公室工作，平日裡常騎著單車在大院裡轉來轉去。小黑狗是只母狗，人們就給她起了個名字叫劉黑妹，小名黑妹。小劉帶著黑妹去了他的宿舍，在大院最後一排平房裡，屋外有高高的白楊樹和水池，至此小黑狗結束了有人生沒人養的生活，有了屬於自己的家和自己的主人。小劉對黑妹愛護有加，但教育不夠，長大後的黑妹不太懂禮貌，見人不搖尾巴、不乞憐，漫不經心，隨心所欲，不招人喜歡，碰到不耐煩的小夥子，會上去給她一腳，她也不大吼大叫，躲開就完事了，她給人們留下的印象是不漂亮、不乖巧、沒追求、沒願望，她每天唯一要做的事兒就是在院子裡瞎轉。但她畢竟是從小在這基地裡長大的，雖不討人喜歡，這裡的人們還是接納了她，對她的種種不幸報以同情和幫助。

在我第二次到村裡的時候，黑妹已出落成一個大姑娘了，長長的耳朵耷拉著，眼睛黑亮突出，四腿瘦長，高高地架在那裡，身上像花斑狗一樣黑一塊白一塊，白的那一塊不是毛髮呈白色，而是脫掉了毛髮，露出了禿禿的白皮膚。午飯時，黑妹準時到達餐廳，在每張桌子底下遊移，在人的雙腿間自如穿梭，她對這裡的作息時間瞭若指掌，不差分毫，人們把不喜歡吃的肥肉和啃完的骨頭隨手往地下一扔，黑妹就會立馬衝過去，將它吃個乾淨。食堂主管說，前一陣維修餐廳，往屋頂上鋪瀝青，沙漠日夜溫差大，中午室外五、六十度以上，剛鋪上去的瀝青經不住日曬，沿屋簷滴答下來，那時黑妹正在屋簷下轉悠，掉在身上的瀝青將她的毛髮燙化了，像花斑狗一樣，痛得直叫喚，大家都關切地前去探望她，臨走還不忘叮嚀幾句，下次別往危險地方去了。可是，第二天她好了傷疤忘了痛，又跑到屋簷底下去玩，任憑人們怎麼趕也不走，結果是第二次被瀝青燎了毛。

在這之前，黑妹還幹了一件更愚蠢的事情。南疆雨水少，下一次雨人們都喜出望外，可能是大家的情緒感染了黑妹，她興奮地在院子裡到處跑到處叫，想把這好消息傳播給所有還在辦公室裡工作的人。

雨後一些小動物們從草叢和亂石堆裡爬出來，在路邊找新鮮，一隻不走運的蛤蟆也出來透氣，正好撞見了撒歡的黑妹。現在可以斷定，黑妹是從來沒見過，也不認識蛤蟆的，看見這麼一個小動物，在雨中呱呱叫著，她激動的不能自制，立刻衝上前去，一口將蛤蟆吞到肚裡。很快，她就後悔了，痛苦地大吼大叫，噁心地想吐又吐不出來，她的肚子裡肯定是波瀾跌宕、翻江倒海，她在院子裡上竄下跳，快速奔跑，用頭撞擊東面的圍牆，用爪子狠命地扒地下的黃土，又從前院跑到後院，從球場衝到會議廳，折騰了好一陣，最後，一頭跳進蓄水池尋了短見，大家著急地像營救親人一樣把她打撈了上來。

平靜後的黑妹落湯雞一般捲縮在牆角，任憑人們像罵自己孩子一樣數落她、訓斥她。她也自知理虧，耷拉著腦袋，低垂著眼皮，大氣不敢出，更不敢看人一眼。

黑妹沒什麼優點，很多時候她表現出來的是笨拙和缺乏靈性。小劉在院子裡吃飯，給她扔一粒花生米，她眼睛跟著米粒做一個大大的拋物線，然後跑到遠處撿起來津津有味地嚼著，若換了別的狗，一定在米粒離開筷子的一瞬間，一個優美的小跳躍，準確地接到花生，哪有像黑妹這麼笨的狗呢。

後來，大家總結黑妹的性格養成，認為與這裡的人對她的寬容和放任有著密不可分的關係，這裡的人們從沒對她有什麼要求和願望，在這個大院裡她可以自由出入辦公室、餐廳、宿舍和任何一個公共、甚至私人場所，她可以對任何人愛理不理，不高興時衝別人吹鬍子瞪眼，大喊大叫，在這裡她有著絕對的自由。人們焦慮的時候也可以對她發一頓牢騷，上去給她一腳或對她大罵一聲：滾。碰到大家心情好的時候，也會你好我好稱兄道弟的，那時的黑妹眼睛裡會流露出一股溫情。

一天，大家非常憐惜地看著黑妹，有人搖頭說，黑妹都是大姑娘了，這麼難看，將來嫁都嫁不出去。但是，那天晚上發生了一個非常浪漫的愛情故事。

十點多鐘的時候，我去小劉宿舍辦事，小劉住套間，正在裡屋算帳，黑妹在外屋依著爐子呼呼大睡，我進門高聲喊小劉，黑妹懶懶地睜開一隻眼看看我，又不屑地合上眼睛，繼續睡去。

「這麼早就睡？」我問黑妹。她一動不動。她就這樣，對人沒禮貌，愛理不理的，難怪總被別人踢，我這樣想著，也是為黑妹沒給自己面子而開脫。

辦完事回到宿舍，大約十二點種的時候我端著臉盆到水池去洗臉刷牙。發現黑妹也出來了，一溜煙跑到了東面的路燈下，東面牆的對面一直有狗的叫聲，黑妹面向東牆，頎長的身材被路燈拉出長長的影子，她靜靜地聽了一會兒，試著汪汪了兩聲，對方立刻有了回應，汪汪汪地叫了起來，黑妹也不失時機，扯著嗓子喊，雙方你來我去，像唱山歌。讓我吃驚的是相貌難看的黑妹也能叫出動聽的聲音來，我幫黑妹想像著對面男生的形象，一定是隻矯健、強壯，脖子上帶著銀色項圈，有著黑色或棕色長毛的狗，而且長得一定很帥氣，不行不行，那樣他會看不上黑妹的，黑妹有什麼優點？但是，黑妹至少也算是村長辦公室的人，對面圍牆外的只能算基層了，哪怕相貌長的再帥氣，娶了黑妹也算是高攀了呀。那天，月亮高高地掛在夜空，院子裡有輕輕的風，樹葉唰唰地響著。

第二天早餐時，我把昨晚發生在路燈下的事告訴了村裡人，大家一致要求去看看那位只聞其聲不見其人的姑爺，說如果可能就準備讓黑妹出嫁，免得夜長夢多起變化，還說讓黑妹下嫁實在是對不起她。而這時的黑妹就像是什麼事也沒發生，在我們周圍賴兮兮地轉來轉去。她至少也該害羞一些、矜持一些吧。

未知結果，我回了烏魯木齊。冬天的時候我再次出差到雅克拉村，天氣一直不好，樹葉落盡，天灰濛濛的，院子裡很蕭條。早上人們一出被窩就到餐廳吃飯，然後坐在辦公室一動不動地工作，跑野外的人早出晚歸，回到宿舍就累得不願再出門了。

院子裡沒了生機才發現少了什麼。我問小劉黑妹嫁人了吧。小劉難過地搖搖頭，走了。

黑妹的消失原於她的不識相，據說，有一天村裡來了京城的領導，而黑妹不諳世故，對此一竅不通，又缺乏這方面的靈性，對著陌生的京城人汪汪叫個不停，像跟別人示威，又像是要挑釁。一般城裡的狗不多，有也是哈巴狗之類可愛、順從、經過嚴格馴化、會搖尾巴的狗。黑妹頑固倔強的叫聲把京城人嚇了一跳，這一叫就註定了她的命運，辦公場所怎麼能養狗呢？她永遠地消失了，據說小劉為此還悄悄掉過眼淚呢。

沒了黑妹的日子大家少了許多快樂，這時不再有人說她長的醜，也沒人再提及她愚笨的往事了，人是最善變的群體，生死本是自然，但人們往往苛求生者，對死者給予更多的寬容。人們開始懷念黑妹的種種優點，她不察言觀色不阿諛奉承不溜鬚拍馬，她我行我素自由自在惟我獨尊，她張揚個性追求自由享樂人生，人們最終給了她極高的評價。

故事講完了，朋友問黑妹到底見過那位長著黑色或棕色長毛，帶著銀色項圈的男朋友了嗎？我說不知道。

當生命脆弱到不堪一擊的時候，愛情就會顯得太奢侈了。

狼的傳說

在所有動物中，狼的品性最接近人類本原。因此，對他，我一直有著一種心靈上的認同。

從一隻狼的眼睛裡發現自己，我首先在動物園裡體會到了這種感覺，那是一隻失去自由的狼，已經多久了，難以說清楚，每年我都很多次去到那個動物園，他一直在那裡，一個堅固的水泥鋼筋搭建的牢籠裡，虎和熊是他的鄰居。我和其他孩子們大聲喊叫，將手中的饅頭、糖果和石塊扔向他們，想讓他行動起來，擺出各種造型，但是，虎在沉睡，肥胖的身體貼近地面，一副膗懶的樣子，熊以比虎更享受的姿態斜倒在牆邊，鬆散地伸展著四肢，陷入極度的幸福和甜蜜中，衣食無憂愁的滿足感在他們正在發福的身體上充分顯現著。只有狼焦急不安，每次見到他，他都在那方小小的空間裡急切行走，從一個角落到另一個角落，不妥協也不氣餒，那是一塊他永遠都走不出的地界，是他的紅塵，他無法抵達也無法停止的事業。

他想走出什麼，這世界對他早已萬劫不復，他走不出那頂鐵製的牢籠，但是，他好像說服不了自己，腳像上了發條的紅舞鞋，不停歇地運轉，不停歇地奔走。很多年以後我總是想起那隻狼，他怎麼能夠把人類的生存意識和自由意志如此準確的表現出來，這是人類的生命主題，怎麼會被一匹狼淋漓地刻畫。

我在新疆的荒漠裡走了十多年，從沒見過狼的蹤影，卻常常被狼的故事驚嚇。我從未懷疑過，只要這樣走下去，總一天會與狼相遇，我們相互張望，以一種質疑的態度對視，然後發生一些令人意想不到的事件，事件的結果有兩種。這種臆想把我搞的異常緊張，使我的每一次出行都像訣別，我要回頭再看一眼臥室、書房、客廳，與女兒告別，悲哀地轉身。

我從路基下到塔里木河邊的灌木叢裡，司機提醒，這裡常有熊和狼出沒。脊樑骨倏地一陣寒涼，好像在灌木的暗處，正有一雙貪婪的眼睛窺視著我，那種你在明處，敵人在暗處，隨時都會撲出來將你擒獲的恐懼感一次次向我襲來，因了這句話，我在以後多年的荒漠行走中，幾乎不再走下路基。

同車人給我講起狼的故事。有一個司機開著一輛皮卡車，在荒漠裡行駛，迎面出現了一隻狼，他想加快油門甩掉狼，卻發現油箱的油燒乾了，他不得不停下車，但又不能下車為油箱加油。狼把守在他的車門邊，認定他會從那道門裡出來。狼做好了準備，迎接一場註定要發生的戰鬥。

司機摸出打火機，點燃，隔著車窗玻璃晃動，對狼提出警告。狼向後退縮，但不離去。狼有頑強的精神，絕不輕言放棄。天漸漸西下，整個下午都沒有任何一輛車路過，司機孤若無助，焦急地等待時機。等到夜幕降臨，等到一隻狼變成了一群狼。

一群狼死死圍住他的卡車，狼已經習慣了打火機發出的微弱光芒，明白了那是人的小把戲。司機蜷曲在駕駛室裡，渾身的力氣像一隻鼓脹的氣球，一點點被時間消解，他不知道自己該做什麼，才能趕走那群狼。而狼，越是夜晚越能積聚起高亢的鬥志，他們向司機發起進攻，狠命地撞向車門，有的跳起來，想撞碎車窗的玻璃，這使司機緊張又慌亂，這樣的撞擊持續到天濛濛亮，司機的神精底線終於被擊垮了，他找出筆和紙，為他的父母妻兒寫了一封信。

當有人路過這段公路時，看到了一地白骨和風乾了的血漬，以及一封遺書。

這段旅程中聽來的故事在我腦海中遲遲無以化解，我懷揣著這個故事在荒漠裡行走，為自己沒有遭遇到一隻狼而慶幸，現在，我已經很少走那些荒漠路了，但是，關於一群狼和一個司機的故事，卻一直走在我的心路裡。

生存對一隻狼意味著什麼？更好的生活、種族的延續、責任、愛，還是別的什麼？記得曾經看到過一則小故事，大約是一家電視臺要拍一部關於狼的片子，兩隻動物園的老狼被選中了，按照劇情這兩隻狼要被活活餓死，為了更有鏡頭感，狼被禁食，起初他們一聲一聲地嚎叫，後來變得怒吼，再後來他們開始虛弱、呻吟。在極度的饑餓中，老狼拼命把尖嘴從籠縫裡擠出去叼食籠邊的青草。狼奄奄一息了，他們趴在籠子裡，眼皮耷拉，舌頭軟軟地拖在嘴角，全身肌肉鬆弛。

攝像機開始轉動了，公狼睜開眼睛，眼內閃著綠幽幽的光，內心佈滿了仇恨和殺氣。母狼也睜開眼睛，眼光投向公狼。公狼發現了母狼的深情，低下頭去和母狼對視，喉嚨裡艱難地發出一點兒嘶啞的聲音。母狼挪動了一下身體，把自己的頭枕到公狼的前爪上。公狼嗚咽著，吻摸著母狼的臉頰……。

專題腳本是這麼寫的，歷經磨難的一對老狼相依為命，在荒野中平靜地躺著，漸漸失去了活力……。攝像機按照要求完成了它的任務。在水銀燈下，兩隻老狼頭枕著頭慢慢地閉上了眼睛，他們已經沒有一絲力氣了，所有人都認為他們已經死去，完成創作的人們在夜裡離開了現場。

第二天早晨，導演來到拍攝現場，穿過灌木林，當他將目光投向草地中央時，他看到了比錄影機裡錄下的更為壯觀的一幕，那隻公狼復活了，活生生地屹立在那裡，眼睛裡閃動著綠色光芒，嘴角沾滿了紫色血塊，他把尖嘴伸向空中，發出一聲悲愴的嚎叫，他的腳邊留下了一堆灰白色的毛，還有啃光了肉的白骨。

我被這個故事搞的渾身戰慄，人類是具有道德感的，在極端的困境下，人與人之間會達成同呼吸共命運的協定，其實，這種道德感中壓抑了生命繼續生存的願望，這是一種假像，一種只體現公平而忽視生存的道德觀念。我讀拜倫《唐璜》的時候大約十九歲，在南方校園的石凳上，捧著一本陳舊的、泛黃的書籍，當我看到船隻在海上遇難，必須選擇一個人獻出自己生命讓同類吃掉的時候，內心深處感到的不是絕望，而是一束穿透密佈烏雲的光線，一種全新的希望感，這種感覺很離奇，也很微妙，它違背了道德原則卻使人在潛意識裡有了一種偷食禁果般的快感。用死亡換取新生，幸與不幸在這裡如此地理性和界限分明。

人的規則與狼的規則在最初是相似的，因為相似性，我很容易地認同了這個故事中的公狼，這不是一種道德的選擇，卻是一次理性的抉擇，公狼憑著重生後高漲的血性，帶著母狼生命的精華逃奔而去，在一片荒郊山野中他將遇見另一隻陌生的狼，他過去，問候一聲，與她同行，那是一種怎樣的新生活，犧牲和生存都一樣放射著生命延續的光芒。

狼相似於人，在很大程度上是狼的大善與大惡更加地逼近人性的本原，尤其是對自由的追求。我還讀到過新疆作家陳漠的一篇文字，大意是寫一隻行走在阿勒泰雪地裡的狼，不小心睬進了人設置的圈套，被束縛後的狼在夜晚掙脫繩索，跑到羊圈吃掉了一隻羊，獵人怒不可遏的，抓住狼，剝了他的皮。所有的人都認為狼完了，死了，但是，在人不防備的時候，剝了皮的狼，渾身躺著鮮血，翻身而起，衝出門外，一隻狼拖著熱氣騰騰的血紅色軀體，搖搖晃晃往前奔去。作者寫道：「狼在雪地裡抖動著又紅又白的血水直流的身子沒命地往前跑，有時在原地打幾個轉轉，有時騰空而起，跳得老高，喉嚨裡發出聽起來叫人絕望得發抖的哀鳴」。

他在努力脫離一種東西，那種覆在他身體上的魔力，他一味地逃奔，沒有目標和終點，他只是奔跑，跑出人的視線，跑出那種不安全的境地。我想，他在狂亂奔跑中一定是心存渴望的，渴望自己來一次徹底革命，脫離此刻的疼痛和束縛，實現生命中的一次蛻變和昇華，無論是生還，還是死亡。改變生存的方向，是狼的渴望，也是人的追求，這一點像極了新疆人；新疆人對改變命運有著痛徹的體會，他們從來到這個世界的第一天起就面對著生生死死的話題，從季節的轉換，到生態的死亡；從一棵樹木的凋零，到一條河的斷流；從一匹渴死沙漠中的駱駝，到一具無名的乾屍；從一塊隕石的落地，到一個女人的枯萎。死比生具有更大的想像空間，比生有著更強烈的蠱惑力。狼圓滿地詮釋了新疆人對生存這個概念的認識，這使我更加地尊重一匹狼的價值取向，我一直在想，當人敢於打碎自己這面磨沙鏡，而直接接受狼這面直白犀利的鏡子的時候，人類是否會因為不再矯情而變得透徹起來。

鐵製大鳥

南疆縣城。樹梢上的麻雀落到場院和臺階上，嘰嘰喳喳尋食，他們不怕人，與人和諧相處。蘆葦蕩中央有一棵孤獨榆樹，一隻鷹蹲在樹上，目光犀利，審視著往來車輛，以及車輛裡的旅人。天鵝湖邊佇立著古老胡楊，即使是冬天，湖面也不結冰，遠方飛來兩隻天鵝，頭顱高貴，脖頸頎長，浮游在湖面，像一幅俄羅斯古典油畫。在另一片胡楊林中，野雞撲閃在古樹間，拍打著翅翼，七彩羽毛在樹須間夢幻般穿行。路邊的水窪裡，野鴨最先感知到春的氣息，遊弋嬉鬧。而幾隻大雁，偶爾失足落入我們的基地，被人救起，飼以米麵，飽食終日，有一天，大雁想起了天空，竟發現肥胖已成為負擔，他們在人工湖面滑翔、起飛，用力拍打翅膀，卻怎麼也飛不起來，他們不得不放棄藍天，由野生墮落為飼養。

南疆的鳥禽們，一律地自由著、自在著，南疆有廣闊的天空，充足的食物，只要願意撐開翅翼，就能自由地飛翔，嘹亮地鳴叫。唯獨烏鴉，莊嚴的長袍黑衣下揣著沉甸甸的苦難往事。

塔里木輪南是個小鎮，小鎮分佈在公路兩邊，沿公路伸開，兩邊搭建著一些房屋，有旅館、小商店、飯館和歌廳。白天，房屋旁堆積著各類廢棄的包裝袋，壓扁的爛紙盒、破損的塑膠、傾倒的酒瓶、扯斷的電線、扭曲的鋼絲、鋸斷的木板、拍碎的磚塊，以及飯館裡倒掉的剩菜剩飯，被丟棄的飯菜經過光曬、風吹、雨淋，有的風乾，有的發酵變腐，刺鼻惡臭。

夜晚，從大漠深處出來，遠方小鎮星星點點燈火閃耀，夜行大漠，遇燈光就像大海泛舟望見的燈塔，心中充滿了希望。當夜行車終於接近小鎮時，昏黃或白熾的燈光搖身一變，披上了鬼魅的霓虹，明暗快速閃爍，刺目眩暈，怪異的歌聲在夜空裡強勁飄蕩，腐朽發酵的酒肉味、化學塑膠味、工業廢料味，以及不明真相的脂粉味、人味充斥在夜色中，白天積累下的孤獨、抱怨、哀傷、憎恨像垃圾樣一股腦兒地傾瀉在了這裡。

每次車經過這個小鎮都會放慢速度。因為會有烏鴉進入視線，繞在車前車後低飛啞叫，這裡是烏鴉的聚集地，他們在房前屋後擦地橫飛，在館子裡丟棄的腐食間穿梭。他們起飛降落，像揀拾破爛的乞丐，嘴和爪是工具，刨撿出殘羹腐肉、草籽穀物、昆蟲螞蟻，還有被遺棄的金屬和石頭。帶著這些能夠飽食的東西飛走，回巢，回去喂父母養孩子。《本草綱目・禽・慈烏》中有此烏初生，母哺六十日，長則反哺六十日。母親養育多久，就要報答母親多久。

這份體察觸動了我，每過輪南小鎮，見到烏鴉低頭專注地刨食，全然不顧及旁邊的車輛行人時，便會生出一陣感動，烏鴉擁有著與人相似的倫理道德觀念，他們心裡裝載著心事，急切地獲取食物，匆忙地飛回巢穴，那裡有養育過他們的母親。每至此，我便會想起我的那些同事們，遠離城市和家鄉，忠孝不能兩全、必舍其一，為了一個叫做事業的東西，他們遠離父母，常年奔波在野外大漠，而他們身邊，偏偏有這麼一種鳥兒，以反哺的行為在他們周圍飛來飛去，將他們沉入深深的愧疚之中。

烏鴉，烏族的異類，渾身上下寫滿了神秘和神性，他們常常結群出動，且飛且鳴，聲色嘶啞，蒼寂傷感。這一隻接近金屬的大鳥，黑色的鐵質外表，套裹著夜色，我知道，很小的時候就知道一隻烏鴉是黑色的，但我不知道，他會黑的那麼純粹，眼睛、嘴巴，爪和指甲，這使我擔心它的舌頭和血液，是流動的黑色鋼液。

七月的一天，我在輪南小鎮的路邊碰到了他。我在這條路上走過多年，多年裡碰到無數個他的同類，他和他們是一樣的，籠罩著漆黑。彷彿某種預示，他張著翅膀，粗啞簡單地扔下兩聲，聲音很快淹沒在荒蕪中，沒有什麼關注過一隻烏鴉的叫喊，胡楊、紅柳、駱駝刺，落日、流雲、輕風，流沙、浮塵、礫石全以沉默作回應，他的聲音像食物，吞進肚裡，消化在腸胃中，不留絲毫痕跡。

那一日，我說，起風了，要起風了。我在乾燥中，嗅出了他的暗示。車窗外，他不安分地拍打著翅膀，陽光下，黑色翅翼泛出紫藍色的金屬光澤，他啞啞地叫著，壓著地面橫飛，從一個垃圾堆到另一個垃圾堆，停住時，目光跟隨著我們的車，有些急切、倉皇，我想，他這樣急切地飛來飛去，嘶啞地叫喊，目光追隨著我們的車，就是要將遠處正在聚變的氣象傳遞給我。

此刻的大自然，對自己的變化坦然無視，藍天依舊，枯枝靜止，不聲不響。惟有它，提早進入我視線的烏鴉，顯現出忐忑和敏感，以匆忙和焦慮報導著天氣即將變幻的資訊。

果然，在我們繼續前行時，天色忽然黯淡下來，流沙先是匍匐大地，漸漸爬上路基，橫穿公路，細沙溫柔地遊走，蛇一樣一撥一撥隱蔽潛行，車上一起坐著內地來的朋友，被眼前的景象驚呆了，越上公路的細沙越來越多越密集，但是沙並不滿足於此，走著走著就飛了起來，不一會，天空沙石瀰漫，視野縮短，公路幾乎被沙淹沒，內地朋友驚恐地問，公路覆蓋掉、車會跑出路基嗎？風若再大，車會被刮下路基嗎？

我心裡感激給我警示的那只烏鴉，但我不會找到他，他是他們中的一隻，比起別的鳥類，他落入他的群體中，像掉進黑夜中的一塊煤炭、滴進大海的水滴、融入大氣中的一個噴嚏，沒人能從一群烏鴉中找到他邂逅過的那一隻，他們以集體一致性的方式示人：黑色的羽毛黑色的腳爪黑色的尖嘴，他們沒有可辨別的花色外衣。沒有個性是他們的個性，沒有特點是他們的特點。因此，一隻報信的烏鴉，在我看來是一群烏鴉集體式的提示，這個提示很強大，具有一種無懈可擊的氣場。

難說是否因為這種氣場，烏鴉帶上了神秘的光環。在許多人的理解中，烏鴉是一隻掌握了巫術的黑色大鳥，能夠通靈，它自由來往於天界與人界，能與神溝通，它比任何一種動物更能體察到另一個世界的奧秘。同時，他的身上還交織著人的愛與恨、幸福與禍患，它是一個矛盾物，與人相關的諸多矛盾在他身上體現著。一隻烏鴉的黴氣會帶來災難，巫書中說，烏鴉與死亡、恐懼、厄運聯繫，烏鴉的啼聲是凶兆、不詳之聲，會帶走人的性命、抽走人的靈魂。有的書上說，在饑餓年代，人們吃麻雀、大雁、野鴨，一切進入人視線的飛禽都是人的餐食，但人們不敢吃烏鴉，民間流傳烏鴉肉是酸腐的。也有人吃烏鴉，吃得心裡恐慌，每一口都擔心惹怒了上蒼，烏鴉是將神的旨意帶回人間的鳥，人千不該萬不該，招惹神的信使。其實，說烏鴉不能吃，大約是人知道烏鴉的吃食，烏鴉的主食是腐爛的肉食，饑荒年代人死了，烏鴉扒來吃，吃了人肉的烏鴉肉，人哪裡能吃得下去，當然，這也是沒到饑餓邊緣的人才這麼說，餓到眼冒金星腿腳浮腫時，如果有烏鴉肉還是會吃的，總比直接吃人肉來得好，那種年代，是有吃人肉的案例的。

寓言裡，烏鴉是隻白色大鳥，愛慕虛榮，想搜盡全世界的顏色，把羽毛染成彩色，他四處尋覓，找到七種顏色，把所有的顏色都塗抹到羽毛上，所有色彩加在一起是黑色，從此以後，這隻白色的大鳥變成了黑色烏鴉。烏鴉似乎很貪婪。但是，人間的許多事物都是這樣被陷害的。如若人人都懂得烏鴉母哺六十日，長則反哺六十日的話，不說是比動物，比人都有過之而無不及，人若能如烏鴉一樣即便是在垃圾堆裡刨食，都不忘孝敬之道，那人必定是值得尊敬的，哪裡有貪婪可言。

沸騰的蚊子

翻過天山就是南疆小鎮庫米什，一路荒漠，好不容易看到一片紅柳叢，我和寧寧早已內急，踩著路基上的礫石，一拐一歪跑向紅柳叢。高茂的紅柳叢，可以擋住視線，我和寧寧找好位置，相互鼓勵說，這裡沒問題，很安全。

行車南疆，上百公里不見衛生間是常事，土沙丘、紅柳叢、廢棄的橋墩，只要能遮蔽，就是天然的衛生間。在一些縣城或鎮子上，土坯破席蓋起的廁所臭氣熏天，無處放腳，紙張隨風飛舞。近幾年，在高速路旁有了中國石油和中國石化的加油站，加油站的衛生間整潔乾淨的像天堂，被喚作豪華衛生間。

那時，南疆高速路尚未修建，豪華衛生間還在我們想像之外，我們只習慣於在有需要時，發現土丘、紅柳叢和廢棄的橋墩，那時，我們的眼睛尖利敏銳，包括嗅覺和味覺都異常發達，能輕易嗅出穿天楊的青綠、沙棗花的清新、以及牛羊糞便的惡臭，循著這些味道，便能找到鄉村廁所，雖然骯髒、污穢，但能遮蔽。沒有這些氣味時，我們也能通過肌膚感覺出大漠的乾燥，沙塵的土嗆，我們會退而求其次，找一片沙包土丘、一條乾枯的河床，或者一座橋墩，在沙土礫石和水泥構成的落差中找到遮蔽。

我和寧寧躲在紅柳叢中，左右四顧，毫無動靜，是安全可靠的野外。這時，寧寧突然指著我的兩條褲腿大叫。低頭看去，兩條腿筆直地站在沙土上，白色褲管上密密麻麻沾滿黑點，像似某種植物的種子被我帶起，只一瞬間，我就確定了褲子上的黑點不是植物，而是動物，是蚊子。

我的雙腿如若灌鉛，不敢拔動，那一刻，我不清楚我是該消滅了他們，還是驅趕他們，我走，他們是否會跟隨我，隨我上車，不買票就跟著我走出三百公里。我用了短暫的時間理清思路，我消滅不了他們，太多，多到密密麻麻，我驅趕不走他們，我僅有兩隻手，他們卻有數不清的手可以攀附，可以拉住我。

無邊的荒漠，死般寂靜，雲壓的很低，卻無雨的資訊，一場雨或許會覆滅他們，但是，南疆降水量極少，他們基本沒有覆滅的機會。我試探地搖動身邊一叢紅柳，塵土浮起，更多的蚊子像炸了鍋的水，沸騰起來，嗡作一團，向寧寧和我襲來。土褐色的精瘦的蚊子、缺衣少食的蚊子、處於生死線上的蚊子們，令我一瞬間發現了，生命的饑餓，和饑餓中的瘋狂。

此刻，我能做的只有一個動作，兩手放在兩腿上部，從上擄到下，再甩出兩手，雙腿前的蚊子像遇見了颶風海嘯，紛紛墜入大海。

我嘴裡喊著寧寧快跑。倆人使足了勁衝出紅柳叢，跑上路基，再回頭張望，不過瞬間，那一叢紅柳，早已恢復了原狀，不動聲色，連風動似乎都停止了，看不出絲毫生命的跡象。

一直以來，我們都低估了蚊子的能量，以為他們是一隻一隻的獨立作戰，單薄而幼小，以為那是蚊類的唯一生存方式。但是，南疆的蚊子改變了我的認識，他們悄無聲息，卻能團結起來，以集體式的沉默作掩護，這使我對庫米什這個南疆小鎮有了別樣的印象。

其實，蚊子的生存能力是多樣的，可以是群體，也可以是個體，無論哪種形式，他們都具有強悍的作戰能力，他們既能在集體中合作，統一行動，構成強大力量，又有獨立的鬥爭的能力，一個蚊子的戰爭，同樣可以排山倒海，製造麻煩。

南疆的蚊子很奇怪，每晚夜裡十點出來，十一點半撤離，在規定的時間裡，他們猖獗地襲擊人，進攻圍剿，獲得鮮亮的鮮血，時辰一過，立刻消聲隱匿，這是我所不解的，蚊子本身並不是集體性很強的群體，他們可以單獨作戰，但為什麼要集體性地選擇夜裡十一點前後，這個時間是接受了神祇，還是繼承了祖制，使他們有統一的思想統一的行動。這個時間正是太陽落山後最為清涼的時辰，房屋是待不住了，人們紛紛到室外，在清風涼爽中問候，卻因有了蚊子，所有人都穿上長衣長褲，人像過在秋天和春天的某個日子裡，全然看不出夏夜的清涼。

這也使我進一步認識到，蚊蟲幼小，那是人類的眼光，在昆蟲世界中蚊子是強悍的，能與人為敵的昆蟲不多，蚊子是其中之一，他高舉著長長的刺吸式口器，像一道宣言，他為戰鬥而生，也將為戰鬥而死。更使我驚訝的是，有著頑強戰鬥意識的蚊子，居然全部是婷婷水邊，盈盈善徠的女性。女性與魔鬼為武，嗜血如命，若換了人類，已突破底線，這類的品性，要招致譴責、打擊，要被正義消滅。但，在蚊子的世界，卻有著另外的意義。

書上說，一隻女性蚊子一生只生產一次，為了可貴的唯一的一次，她奮不顧身吸食血液，使自己的卵巢發育，繁衍後代，她要以血液滋養體內的卵。她們四處搜尋，撲捉目標，撲向獵物。一隻母蚊子像天下所有的女人一樣，具有義無反顧的精神，義無反顧是種徹底決絕的精神，全身心地投入，不在乎危險，無所謂生死，就是那種寧可獻出生命都不放過一次機會的抉擇。這抉擇於機會是唯一的，任何事物只要具有了唯一性，它就是莊嚴神聖的，就值得為此奮鬥。

人類雙手的拍擊，蒲扇的橫掃，艾葉繚繞的煙薰，一隻蚊子的勝利必定是戰勝了許多之後的勝利，她也是披荊斬棘，橫掃六軍，險處脫生的，也只有這樣，她才能完成自己最輝煌的創造。

同為女性，明瞭了女性蚊子嗜血緣由，認識便來了個顛覆。繁衍，是動物界永恆的主題，倫理道德見它也要繞道而行，沒什麼比扼殺在搖籃更殘忍，更咬牙切齒，心狠手辣的。

我躺在蚊帳裡，身上蓋條毛巾被，只蓋住容易受涼的肚子。蚊子整晚都像直升飛機，不停地起降，發出勝利在望的轟鳴。在疼癢難忍和困倦難耐之間，我通常選擇睡眠，勞累和困頓消耗掉所有的力氣，我不能再有任何舉動，哪怕是一念的清醒都會耗費更多的精力。另一個邏輯是，我清醒地知道，蚊子製造麻煩僅僅是因為饑餓，飽食的蚊子不會干擾別人，即如此，何不喂飽了她，再取天下太平，使我終能安寧入睡。再說，人與蚊子之間開戰，猶如一頭象與一隻蒼蠅鬥智鬥勇，大象占不到便宜，還有以大欺小的嫌疑。有了以上理由，我堅持著自己的似睡非睡，等待蚊子們在我身上例行公事後，一隻隻翩然飛去，然後，我逐漸由淺睡進入深度睡眠。

我的身體因此而傷痕累累，最多一次我數出七十多個紅腫的包，蚊子在我身體上享受過一次次血液大宴，我的O型萬能的血液，通過長長的刺吸式口器一股股流進蚊子的軀體，孕育著她們的孩子。

在我終於醒來之後，幾隻蚊子沾粘在蚊帳上，入夜前輕盈、窈窕的腰身已脹滿血液，肥厚的腹部、繃的透明的血管，隨著呼吸輕輕起伏，她們已幸福地難以行走。我翹起無名指和小指，以拇指和食指為夾，鉗住一隻蚊子的翅膀，從蚊帳上提溜下來。蚊子早已撐的不省人事，對捕捉毫無反應，更無力反抗。另一隻手上去，輕輕捏住細若髮絲的腿，一一撥去，我沒有感受到蚊子的疼痛，掙扎，反抗，一隻飽食的蚊子，遠不及饑餓時所煥發出的強烈活力。

比起蚊子，人是強悍的，極度溫柔的動作，都使一條生命難以對付。而後輕輕一擠，一灘鮮血映紅了手掌。

我殺生了，一隻蚊子在我手掌灘滿紅色血液，那麼肥碩、富足、腦滿腸肥。蚊子的血，殷紅的，帶著略微的腥氣。這血在昨天之前，在他偷偷跑進我蚊帳之前是我的，紅色的、濕潤的，攜帶著我的體溫和濕度，我的血液，現在成了蚊子的一部分，他死在血泊中，殺手是我，我使他死亡、使他流血，流出鮮紅的血。血是我殺害她的罪證，任何一個員警、法醫都會相信他們看到的結果，血從蚊子的體內流出的，並且正在流出，漸漸的，緩慢的，好像就是要等待一個確鑿的證據。

沒有人會認為那流血的人也是我，所有人，甚至包括我自己都認為，那血是蚊子的，不是我的，我是殺手，殺蚊不眨眼，我使一隻即將成為母親的蚊子躺在了血泊之中。

貓媚

隔壁鄰居家養了一隻波斯貓，眼睛一灰一藍，光澤透明，看人時眼神暈開一大片，好像捉不住具體事物，跟她的叫聲一樣，充滿著魅惑，癢癢地撓著人心。她體態肥碩，行動遲緩，肚子幾乎拖到地板，每見她，都會想到生活之累與極盡享受同存一體的尷尬。

波斯貓挑剔，吃牛肉，必得是煮熟的，其他肉食瞧不上眼，偶爾幾根火腿腸打發，女主人直喊愧疚，對不住她。波斯貓的女主人四十多歲，是名醫生，在一家醫院工作，平日裡穿湖藍色格子居家服，綣曲的短髮蓬亂在頭上，波斯貓跟她的女主人一樣，每日疏懶閒適，白天躲在椅子裡似睡非睡，偶爾，在夏季的夜晚，躲在黑暗的角落裡，喵喵兩聲，人心頓時透涼一截，看她懶惰肥碩的樣子，能在夜裡喵幾聲，多半是白天睡多了。她從來不幹活，不捉半隻老鼠，養尊處優，等著人來飼養。

魯迅先生說，貓的性情就和別的猛獸不同，凡捕食雀、鼠，總不肯一口咬死，定要盡情玩弄，放走，又捉住，又放走，直待自己玩厭了，這才吃下去，頗與人們的幸災樂禍，慢慢地折磨弱者的壞脾氣相同。我到從未見過她幸災樂禍的惡行，多數時間裡，她像她的女主人，雍容談定，目不斜視，有時候她也慵懶無力，四處晃悠，即便是這樣，都有一種來自骨子裡的優雅，她幾乎從沒有暴露出作為動物本能的劣根性。

後來，波斯貓的女主人走了，是夜晚，躺在床上喝了樂果，又喝了可樂，有人說她是醫生，知道怎麼喝才能讓自己走的快些，可樂加進樂果有催化加速作用。我所不明白的是，醫生看上去並不是個不幸的人，多數時候，她閒適鬆弛，現實中，唯有幸福的人才能保持著鬆弛的狀態，又或許，越是這樣的人，越是堪破了生死的，人沒把死當做一件大事去做，死就不是什麼懼怕的事情了。

貓的名聲並不好，比不上狗，狗很忠誠，貓在民間被稱為奸臣，貓從不將主人當主子，自己也不是奴僕，貓和人之間沒有主僕關係，因此，貓不看人的臉色，我行我素，特立獨行，按照自己的意願處事，他不盲目服從，有自己的標準和見解，他不會死心塌地，毫無原則的聽從於任何人，不喜歡時，也會離家出走，拋棄主人，另投新主，因此他才有奸臣的稱呼。但更多的時候，貓是盡顯魅力的，她的任性、撒嬌、細聲細氣、小自私、目中無人和傲慢都是主人對她喜歡的理由。

有一年，去朋友袁藝家實地考察。袁藝給我介紹了她家剛產下不久的四隻小貓，他們的特點、餵養、戲耍、習慣。統統沒有聽進去，我只是羨慕地看著貓們，像圍繞領袖一樣親昵在她身上、肩頭、大腿和懷抱。人與動物之間的那種柔情深深地感染了我。

幾天以後，她托人捎來一隻竹藍，掀開籃蓋，裡面是隻狸花小貓，機靈地歪頭張望著我。我不確定那天的他，是袁藝懷裡抱著的、腿上依偎的，還是肩頭蹲著的，或者是繞膝小跑的。

貓進家門，從筐中取出，沒及站穩，就嗖地鑽進了床底，害我整天都在掀起床單喊它出來。他卻毫不反應。

出門上班，再回家。繼續掀起床單喊，貓咪出來，貓咪出來。狸花小貓小小的身體，縮在牆邊，雙眼似無精氣，對我的呼喚不作反響，也並無恐懼和害怕的神色，一副我就這樣，你看著辦的架勢。

兩天中，呼喚被我無數遍重複著。屋子裡明媚，光線灑在地板上，塵埃在光束中起浮，像宇宙中的星辰，小貓半眯著睡眼，匐在地板上盯視床外的光線，神態安靜，偶爾微動，聳聳耳朵，像似凝神，又像似在洞悉事態，那姿勢整個一個靜字，靜謐、嫻靜、雅靜，像坐在竹椅裡讀閒書的舊式女子，略施粉黛，輕攏著黑髮，手中攥一方絲絹，輕歎一聲，翻過一頁，復又陷入安靜，那份婉約，全都消磨在午後的時光中了。這樣想來，只覺得這貓與自己是心有戚戚，憐惜一番，心裡更是喜歡了。

漸漸地他熟悉了床底環境，不再沉靜地匐下身看光線。他站了起來，雙眼立起，目不斜視，看著前方，邁出從容的一字步，從左到右，從右到左，雙肩平舉，臀部略略擺動，恰好適中，不過分也不欠缺，媚氣十足。原來，貓是女人，還那麼的小，就有了妖冶鬼魅的潛質。

床邊放著的食物始終未動，說明他一整天都沒接近床邊，或者，對新的環境一直存有戒備。他侷限在既定的領地裡，或許走出來過，在我上班時候、上街遊逛的時候、離家的時候。在只剩下他一個人的時候，他悄悄出來，試探著熟悉周圍，而後，退回原地，堅守著貓族矜持又警覺的品性。

三天過去了，再次掀開床單喚他。他站立在牆邊，之前沒什麼特別表情，保持著三天來始終如一的冷靜孤傲。在我正要放下床單退出時，它輕晃了一下頭，忽然，前腿後蹬，後退雙弓，身子低浮，尾巴直立，把身體向後拉伸到最大位置，這是進攻前的助跑，是前奏，預備姿勢，同時耳朵向後彎去，毛髮直立，張開了嘴巴，方型的嘴巴，他用足了力氣使那張嘴幾乎占滿了整張臉，像盛滿罪證的血盆，吐著猩紅，還有牙齒，金屬一般的牙齒，尖利如鋒，能切碎肉食筋骨。一口冷氣被我倒吸，床底下倏然升起一股騰騰殺氣。

我立刻扔掉手中的床單，跳到床上，縮回雙腳。然後，做兩個深呼吸，安慰自己，那只不過是，一隻貓的哈欠，只是打了一個哈欠，僅僅是，用力大了些，僅此而已，你看那陽光並未改變，一如三天前的和煦明媚，窗外的楊樹葉一如三天前的微微晃動，綠格碎花窗簾一如三天前的溫和靜好。

但是，貓的確嚇住了我。陰性的貓，躲在床底下，滿心城府，來回遊走，輕佻的步態既媚又蠱惑、既詭又巫氣。我對不熟悉的事物常報以規避的態度，尤其對來路不明的巫邪之氣和暗藏殺機充滿著畏懼，它們使我一次次覺察到自己的微弱和無力。

那一夜，我一個人躺在床上，不敢入夢，度日如年。這次經歷像一處硬傷，至此之後，我對任何一隻貓都不敢親近，敬而遠愛。

後來，讀茂呂美耶的《物語日本》，有一則故事說，往昔江戶花柳界的藝妓，別名是貓。又講，江戶時代的花柳街吉原，有位名叫薄雲的花魁，養了一隻三色貓，名玉，薄雲愛貓，與貓形影不離，甚至連去廁所時，貓都跟在身後，不久，人們開始謠傳貓會使人鬼迷心竅，說薄雲肯定是中了貓魔，妓院院主命薄雲丟棄貓，薄雲不肯。

某天，院主在貓跟著薄雲身後進入廁所時，一劍飛出，斬去了貓頭。巧的是，貓頭飛落茅坑內，院主湊頭一看，竟發現貓頭咬著一條蛇頭。方才知道，原來貓是為了守護主人，才跟到廁所。薄雲哀傷極度，將玉送到寺院，立了一座貓塚祭祀。

原來，貓還有這般的忠誠大義和捨身精神，或許，這種敬是我早就意識到的，要麼怎麼會對她總是抱著敬而遠愛的態度。

薄雲的貓，長久拂之不去，除了忠誠外，我肯定還想到了別的，就像那些江戶時代人們所想的，貓像似蠱，迷惑了人，或者人與貓之間有了某種超出人獸之間的關係，誰說人是感情的專有品，動物難道就沒有感情，不會愛戀，況且拿到日本國，那個國度民眾的骨子裡一直就有某些超常規的迷幻和怪異，如同貓的眼睛，四射的目光像鑽石，每一個面都折射出不同的光澤，媚態的、邪氣的、陰性的，古怪莫測，他用整個白天沉睡，卻在夜晚發出異樣的光芒，他暗地裡逍遙，罌粟一樣使人陷溺。

在又一個黎明到來時，貓亦步亦趨，試探著靠近床沿。我站在一旁觀望，按耐著心跳，不動聲色，憋一口長氣。終於，在我突然俯身抓住他時，他成了我的俘虜，我的十個手指鉗子般控制住他的身體，像抓住了一個魔幻。他強掙不脫，發出喵嗚喵嗚的叫聲，有種無助的嗲氣，更像撒嬌的女人。我突然不忍心起來，但又想，在接下來的夜晚裡，我將再次面對他的陰氣、邪氣，我不能再讓這樣的夜晚接近我。於是狠下心，將他裝進了來時的竹編藍子裡。

從此，他成了另一個家庭的寵兒。回饋的消息是，很乖，很能與人親近，會撒嬌，受人溺愛。貓骨子裡就有獻媚的本領，俘獲人心的能力，只是，我消受不起。

總之，這樣的結果是我所滿意的。

龜的天方夜譚

兩隻烏龜從街裡買回，他們的新主人是我，之前是販賣他們的人，再之前，他們放任在野外，自己為自己作主。賣者說他叫馬來龜。我家老人說，哪裡來的馬來龜，像是阿拉山口荒漠裡跑動的戈壁龜。在書中找來馬來龜的圖片，通體油亮，黑頭黑盔，本是沉悶的龜，造物卻為他平添色彩，以白色線條環繞，眼眶、裙邊、頸部溝勒一遍，活脫脫一個都市白領麗人，職業感與雅緻全落在白色的滾邊上了。

再看我家的龜，盔甲灰中略綠，沒化妝品描摹過的油亮，也沒什麼能體現出優雅體態的線條，土裡土氣的頭，怯生生的眉眼，還捎帶點鬼祟，屬於掉進泥潭的土、沉入大海的針，悄聲隱匿，全無可讚美之處。但，就像那善良人家的孩子落地，醜陋也罷、畸形也罷，只要看上一眼，便會愛上，自己身上的肉，即便是傷疤，看著也心疼。

兩隻龜進家，得了兩個名字，蓮蓮、愛愛，是女兒為他們取的。她還將兩龜頭相對，碰碰碰，嘴裡喊著一拜天地，二拜高堂，夫妻對拜，共入洞房。儀式之後，我跟她一起相信，兩龜中一公一母，可以產下後代。只是沒過多久，其中一隻龜不明緣由地死了。不算傷心，才進家門，又是沉默寡言的，記憶中是大片的空白，人的傷痛多是依據回憶來的，沒回憶的傷痛，說來多半是摻了虛假的。

活著的另一龜就此絕食，其實，並非是等到同伴去時才想起絕食，自進家門起兩隻龜就不待見食物，蔬菜、水果、肉，生食、熟食，沒什麼可以誘發他們的食慾，他們高昂著脖子，越過眼前的食物，拒絕一切、藐視一切，排斥所有，甚至水。

我們取來塑膠盆，盛滿水，將他們扔進水中。龜們立刻警醒，提溜起眼睛，脖子伸出水面，四腳在水裡亂扒拉，驚嚇萬狀，毫無章法，顯出尖長的鋒利若針的指甲，這時，我更加地堅信，他們是汗龜，老家位於阿拉山口郊外的荒漠中，從未見過水，甚至沒見過天上掉下的雨水，他們對浮水之類的本事永遠是外行。因為擔心被嗆死，將他們取出，放在地板上。家人關心地問他們，到底是想吃還是想喝。甩出的聲音是沉入海底的石，沒半點回音。

那段時間，我們不知道他們想要什麼想得到什麼，不知道沉默是在有意抗拒，還是本來面目。父親從陝西來，說龜是有這樣的習性，換了環境有可能不吃任何東西，直到死。我信父親的話，父親曾經在湖北工作，買過好幾個大陶缸，裡面養了甲魚和黃鱔，常用笊籬撈出甲魚蛋煮來吃，每至週末，要撈出兩隻甲魚，拿到隔壁鄰居家去烹製，又與大家一起吃，甲魚與龜有相似之處。

父親的話對我們是有威懾的，不吃東西可以認同，但直到死，卻萬不可接受，死了一個同伴，就要以死相挾，龜的氣節怎麼可以如此剛烈。

我們怎能忍心看著一隻小動物死去，一個鮮活的生命，一點點在你眼前慢慢地傷、慢慢地衰、慢慢地氣咽一息。蠶食式地死亡，會磨損人的意志，崩潰人的神經，特別是明明知道結局，卻要假裝無知地等待。

但是，龜畢竟是動物，動物的本能是什麼，吃，動物的意志難道可以抵過本能？太天方夜譚了。

餘下的那隻龜確如父親所言，堅持著對食物的藐視，每日困頓在紙盒裡，不出聲響，他的活比月球還安靜，不製造音響、不發出動靜，沒有喘息、沒有心跳、沒有眼皮的眨動。我們一如往日，找來生菜葉、菜幫，放在他嘴邊，取出蘋果和梨，削掉皮，切成片狀放在他鼻下，想讓果子的香味兒觸動他的食欲，但都是徒勞。我們又想，也許在我們離家的時候，他煥發出精神，捕捉到了低飛的小蟲，尋覓到了遺落在角落的食物殘滓。

無論他多麼地蔑視，我們堅持著將撕碎的蔬菜和切成薄片的蘋果放在他嘴邊、鼻下，持續了很久，在胳膊手腳發麻的時候，他突然動了動脖子，張開了嘴巴，他的嘴很小、舌尖、口腔粉白健康，他用牙齒咬住蘋果薄片，蘋果發出了脆生的聲音。他在吞咽，我們持續著既定的動作，將蘋果片放在他嘴邊，看他一口口吃掉，並將一片吃完。再續一片時，他閉上了嘴，不再打開。他的食量是一片蘋果，以後，他差不多一周吃一次蘋果片，我們重複著同樣的方式，希望他食量逐漸增大，逐漸開戒，逐漸與我們同處，讓我們放心。

按照賣龜人的說法，每週要將龜放進水盆裡，龜只有在水盆裡才能排便，開始時，他的確在水中排了便，但是之後，每次進水他都極不舒服，緊張地伸展脖子，提溜著綠豆眼四處看。有一日，龜撐著脖子，昂著頭，一隻眼睜著，跟以往一樣好奇地張望，另一隻眼像被眼屎黏住，睜不開，我們以為這是他慵懶的一種方式，換了人，睜一隻眼閉一隻眼就是狡黠，是詭計多端。

但自那以後，龜的那隻眼就沒睜開過，粘黏的眼皮慢慢腫脹起來，腫的透明，沒人能說出那隻眼睛是什麼時候粘黏的，怎麼粘黏的。一隻健康的龜變成殘廢，這讓我們感到內疚。我們試著商量龜的未來，覺得放生是最好的方式，雖然女兒不太情願，但道理她是懂得的。我們約好，在某一個日子，去植物園放生。但是，放生的行動我們沒有實施，說過的話被我們自己否定了，否定的方式是緘口不談，自說過找某一日放生後，家人就再也沒有提及某一日的事情。

吃蘋果的日子維繫了不長時間之後，龜再次拒絕食物。我們將蘋果放在他鼻下，想勾起他的記憶，但是，好像沒什麼結果，他跟過去一樣，蔑視地看著眼前的蘋果，跨過去，往前走去，他要走到哪裡去，閉著的另一隻眼睛到底看到了什麼。

除了偶然的清醒，龜大部分時候都沉浸在睡眠中，給我們的錯覺是他一年四季都在冬眠，偶爾起來幾次，爬出紙盒，除了是我們強行扔進水盆和試探著餵食，他獨自清醒活動的時候幾乎沒有過。

夏天。午睡。夢鄉正濃。耳邊有敲打聲，像拖著木屐的女人，啰撻啰撻從離我較近的臥室走到門邊，每一步都沉穩、堅實，不急於抵達，這是一種固執的步履，既然行動了就不追悔，像某些具有堅定意志的實業家，很有些人格魅力在其中。

我像似在夢中，又像似在現實裡，清晰的畫面如一道雙扉門，忽地被打開，刺目的陽光射進我的雙眼，睜開疼痛的眼睛，倏然驚醒，心髒亂跳，一身冷汗湧出，坐立起，穿衣，趿拉上拖鞋，跑出臥室，大門沒有關，防盜門上掛著的碎花棉布正在細風裡輕輕浮動，瓷磚地板上，龜正踏著大步，軍人模樣昂揚著頭顱，一步一步扎實地向著門檻邊移動。小風拂面，空氣不再緊密，一場夢全部清醒。此時，樓上人家有了動靜，開門關門的聲音、盥洗的聲音、孩子跑下樓梯的聲音，表的分針指向下午三點二十分，該是上班時間了。

復活的龜一反往日困頓疏懶，伸出脖子轉頭，望我，眼光枯澀，可憐兮兮。我驚魂暫定，跑去廚房，找來蘋果、菜葉，放在嘴邊，他略縮進嘴，保持不動，也沒任何表情，不接受，又好像，對眼前的食物根本就無所意識，或者，對於食物，他早已忘卻，不知道支持生命的物質就是眼前這些蔬菜、水果和肉。他平視前方，視線暈開，之後淡然地向前繼續，四腳和拖在地上的龜殼踩在菜葉上，又經過菜葉，不屑地遠離，他不知道，自己正在離開的不是蔬菜和水果，是繼續存活下去的養料。

掐指測算，他到我家才一年多，卻仿若半生，脖子上的皮忽地就垮了下來，鬆弛老皺，結著乾痂，像扔在荒漠中死去的胡楊皮，幾千年風殘雨蝕，一點點消解，被時間判刑，還有他的四腳，像西部龜裂的農田，尖利的指甲抓在光滑的地板上，如同抓不住的空氣，饑餓使他變得緊張，脖子後的動脈急速跳動，顯得虛弱，面色流露著疲憊和不捨，他對世界已經無能為力了。但他依舊拒絕食物。

有一天，它不動了，殼如以往停駐原處，觸碰他，無知覺，撫摩手腳，已經僵硬。我不知道他死在哪一天哪一時辰。是在睡夢中死去的，還是在疼痛後離開的。一隻龜，在一年的時間裡，讓我目睹了一場生命的旺盛與衰竭。他的死，使我內疚。

以生死考驗意志，人做不到的事，烏龜實踐了，誰說烏龜沒有天方夜譚。

尊貴銀龍

銀龍外表閃閃發亮，高貴優雅，是魚中的貴族，令人著迷。也許所有人飼養銀龍都是因為這個理由，但我不是，我去朋友小鄭家，看到他家魚缸裡四條銀龍浮游在水中，神色淡定，誇讚了幾嘴，小鄭表示可以送我家兩條。後來得知銀龍昂貴，一條價格就上千元，才覺出銀龍不簡單，不是一般的動物，便動了心思。

為迎接銀龍，我們專門去魚市買回一米餘長的魚缸，放在進門的顯眼處，背景貼了一張海底圖，將家中所有燈光關閉，只留有魚缸裡的銀光燈，坐在地毯上，仰頭觀看魚缸，湛藍的水，碧綠的草，像海，光亮的燈，似太陽，銀龍在水裡遊弋，一個錯覺的海底世界被呈現。

初看兩條銀龍，體呈帶形，修長流暢，側扁，若帶魚，但銀龍與帶魚不同，帶魚在大海中群居，整體移動，一撥撥地，膚色銀灰夢幻，身體偏長，拐彎時尾巴翻卷出流線，猶如古典的水袖舞裙，輕盈飄逸。銀龍略寬於帶魚，銀白，猛一看似有帶魚的模樣，細察便會發現銀龍的尾巴是打開來的小圓扇，臉部與帶魚更是截然不同，帶魚面尖頭小，看似小家子氣。銀龍眼睛在頭上部，接近頭頂，嘴亦在頭的上位，口裂大而下斜，下顎比上顎寬且突出，包住上唇，顯得獨傲，像黑社會的老大，既兇狠又暴烈。若將帶魚比作纖細女子，銀龍就是強勢男人了，有王者氣焰。

魚缸肯定不是銀龍的最好的棲息處，但是，屈居於此，道也安分，銀龍在缸的上半部從左到右，從右到左緩慢遊走，不知疲倦，不做停頓，那遊走便是他的工作、他的本分。他姿態獨尊，抬起高貴的頭顱，有著不可侵犯的傲慢。他幾乎不沉水底，只在上部，享受著霸權，在魚缸裡，他是具有話語權的魚，雖然他不語，和滿缸的其他魚一樣，保持著金子般的沉默。但他有形體，他的形體獨尊龐大，他以形體說話，說強勢的話，不容質疑的話，他是一個超級大國，尾巴稍一甩，其他魚都會驚厥地避去，他主導著魚缸的風雲氣象。

去魚市買魚食，賣家推薦泥鰍。大魚吃小魚是魚類的規則，魚與泥鰍同為魚類，卻被聯繫在同一食物鏈中，初買時，以為越大才是越好，賣家不動聲色，你說大的好，他就滿足你的喜好，撈滿一兜的大泥鰍。一寸見長的泥鰍放入魚缸後，魚們大多是望洋興嘆，難以吞咽。惟羅漢魚極度蠢笨，又不知深淺，張口就吞進一條，那泥鰍的頭胸進了羅漢口中，後半身卻拖在水中，羅漢拼命下嚥，卻吞咽不進，往外吐，又吐不出，折騰了一整日，撐的差點連自己命都喪了。

銀龍不動聲色，按部就班移動身體，緩慢移到泥鰍旁，只見頭顱唰地一甩，泥鰍便無了蹤影。再看銀龍，跟先前一般地從容自在，沒有殺生後的緊張恐慌，也沒有興奮狂喜，平靜地使人覺得那一切都如此自然。他的身體始終保持著平穩安詳，即便在甩頭的一瞬間，肩膀以下都是平穩的，像頂著一疊銀碗，正在翩翩起舞的蒙古族姑娘，動與不動在身體裡分明有致。

其實，在魚缸的世界中，除了迅速將泥鰍消滅外，銀龍一貫的表現都是氣度非凡，沉穩又不招搖，他有著政治領袖神定氣壯的氣質，同時又克制著自己的光芒，他霸權卻不霸道，招市卻不欺市，這是難得的領袖品格。他從不強弱欺凌，他根本不用發動什麼戰爭，就能維持水中和平，他只是在那裡，他的在，使其他魚們不敢造次、不敢挑釁，在他面前，他們要夾著尾巴做魚，嚴於律已，要克制自己的不良習性，學會道德，懂得禮讓。

有些日子，銀龍的遊走有些急切，不再像以往緩慢從容，他匆匆遊到左邊，又急切地轉身，遊往右邊，劃出的水花不再是輕柔的漣漪，偶爾有漩渦，有急切的洶湧，他時而下沉，又急不可耐地浮起，他在尋找什麼、渴望什麼，試圖擺脫什麼、逃離什麼，我們不知道，我們只是無知地看著他，感受著他體內的焦躁與不安，卻幫不上任何的忙。

一日，銀龍突然一聲大作，從魚缸一躍而起，頂起了魚缸蓋。一條活生生的魚瞬間躺到了地毯上，水四濺而出，濕了地板，濕了我們緊張的心情。他的身體沾染了地毯上的絨毛，而他似乎沒做更有效的反抗和太多的掙扎，順應著命運的安排。

我們抓住他，將他放回魚缸。他顯得無助又無奈，他說不出自己的話，張張嘴巴，又閉上，我們不明白他是想說話，還是在喘氣。在那片屬於他的水域中，他顯示出了疲倦和蒼老。意識到他的難過，我們趕快為魚缸換水。抽走缸中的舊水，那些他生活了很久的估計已滋生細菌或嚴重缺氧的水。隨著水位下降，他跟著下沉，沒有再跳躍，很配合地跟著降低、下沉，一直沉到缸底，這是一片他陌生的水域，是他曾經不屑的角落，那些角落容不下他的光明正大和熠熠光輝，現在他沉了下去，和那些他從不正眼看一眼的魚們一起沉下去，他掉進了貧民窟，像每一個走過墳墓站在上帝面前的人們一樣，沒有高低之差、貧富之分、貴賤之別。

清水開始補充，水位線慢慢回升，他擺擺尾巴，抖動身體，像沒落貴族整理身上的燕尾服，潦倒卻不願失身份，他要重新整理，回到從前、回到過去。但是，很快，他意識到了自己的力不從心和衰落，他病了，而且病得不輕，無論如何地穿戴整齊等待新生，他的身體的變化都使他感覺到大難來臨，他依然從容，依然鎮定，依然從左到右從右到左地遊走，但是，我們還是看到了他的慌亂，他遊移眼光中顯露出的衰傷。

夜裡十二點。一切陷於漆黑。沉寂。這是他最痛苦的一夜吧。

第二天早晨，他的身體傾斜，頭栽在水底，身子浮在水面，他跟任何一條魚類的死亡形式是一樣的，安安靜靜，悄無聲息。但是，我不信，一條尊貴的從不言語的魚，走之前難道就不能有一次驚濤駭浪的洶湧。我不知道，因為那一時刻，我正沉浸在深度睡眠之中。我能在他走的那一刻無動於衷，盡享睡夢，這使我深感內疚。

平坦地取出銀龍，他的鱗片已由白色變成妃紅，水淋淋、軟塌塌，沒了精骨，尤其地溫柔。

魚們

我得承認，最初我們對魚沒有經驗。

第一批來家的魚包括兩條銀龍、一條招財、一條羅漢和六隻小鸚鵡。銀龍是朋友小鄭送的，為配合兩條銀龍的到來，我們從魚市買回其他魚種。銀龍很大的個頭，傲慢的尊容，霸氣，不可一世。小鄭説銀龍游在水的上部，不下去串門，其他魚種都是可沉底的魚。只在上面的不下去走動，只在下面的不上去冒犯。這樣好，老死不相往來，井水不犯河水，跟氣味不相投的人有點像，陽關路獨木橋，各隨各的心願走。

晚飯後，打開魚缸的燈，澄明透亮，碧藍的水立刻活了起來，魚也暢快起來，銀龍浮游在水的上部，姿態安詳沉穩，招財、羅漢像兩位隨從或保鏢，在銀龍的略低處巡視，小鸚鵡們積極快樂的嬉鬧，上下亂竄。我不是魚，不知道魚的幸福，我以我的幸福觀理解魚的幸福。

招財魚，又名飛船，長絲鱸，生在越南、泰國或者馬拉西亞，魚體橢圓形，皮細肉厚，色白略粉，腹鰭有兩根長長的絲鰭，鰭呈淺紅色，鰭是招財魚的看點，若沒了兩鰭，招財必定會淪為可以烹飪的家常魚。水中的招財性情溫良、富態、慈眉善目，是有人緣的魚，特別是與人相處久後，這種性格很被我信任。

羅漢魚，彩鯛，意思是多姿多彩的慈鯛，也稱花羅漢。短身高背，身體厚實，肌膚上珠點均勻，銀線包裹，羅漢有別於其他魚的看點是頭部高高地聳立著，而我，偏就不喜歡他頭上那一包疙瘩，像剛碰撞過的傷，更像一個畸形的怪物，傳言說，羅漢頭上的鼓包是人為所至，像隆胸的女人，填進了充塞物，聽罷更是厭惡。厭惡做那事的人。只是，心裡明知羅漢魚是受害者，就該以憐憫之心同情他，可我還是不接受，不喜歡，疙瘩本身就醜陋，再聯繫到醜陋的行徑，更是心生厭惡。我家的羅漢在接受了身體傷害之後，又遭遇了我的精神遺棄。這世間的事情常常不公平，受害者受害，往往不是一件兩件，有些人要受一身的傷一生的害，經歷一生的磨難，有些人卻事事順達，無須努力，這便是命運種種之一吧。

小鸚鵡們身體紅彤彤的，黑色的圓溜溜的小眼珠玻璃球似的，晶亮晶亮，沒有眼皮，不眨眼，顯得單純，尖尖的嘴巴，滿鼓兩腮，一呼一吸，楚楚可憐。他們在水中相向相迎、不擁抱、不握手，彼此不相挨，卻常常噘起小嘴，長時間親吻，一幅幅可掬的憨態，好心疼人。

夜晚，鸚鵡們像人一樣有了困意，停止嬉戲鬧玩，慢慢遊到氧氣鎊旁，安靜下來，漸漸入睡。可憐的沒有眼皮的小鸚鵡們，睡眠中依然睜著黑玻璃球樣的眼睛，小尾巴隨著水流來回搖擺，給人一種錯覺，他們還醒著，在玩耍。其實，那身體早已鬆懈，經不起水流衝擊，身體隨著水流傾斜，有的乾脆平躺起來，忽然被驚醒，調整一下睡姿，站立起來，但很快，又像個貪睡的小嬰兒，翻翻身繼續睡去。小精靈們像群惹人喜愛的娃娃。隔水相望，那睡相、那窘態，實在令人心儀。

我們的失誤大約是從這裡開始的。玻璃球樣的眼睛，酣態可掬的睡姿，接吻時翹起的小嘴巴，統統被定義為鸚鵡的本能，在我們的認識裡，鸚鵡可愛、嬌弱，嬰兒樣需要呵護。

烏魯木齊有點規模的魚市有兩個。一個在華凌市場，從逼仄的樓梯下到地下室，腥氣、潮濕，魚的品種眾多，但環境不好。另一個在美居物流園，魚種類少，環境尚好，人也少，買魚的同時也可以觀賞。為了更全面地發現更多的魚，我們選擇了華凌。週末殺向魚市，在潮腥濃重的地下室裡，選了四條大尾巴金魚。直到現在，我都不知道大尾巴金魚的學名為何，只知道漂亮，漂亮的不容質疑，橘紅、潔白、金黃的衣裳，腆著大肚子、掐著小細腰，像明朝以後裹了小腳的女人，美人是無論如何也不能將這兩者統一起來的，魚卻可以，即保持了豐腴性感，又兼顧著窈窕扭捏。還有綾羅綢緞般透明的大尾巴，在水中左右搖擺，劃出優美輕慢的舞步。

金魚進缸。這是來我家的第二批魚們。

可愛的魚們，人類的祖淵，美麗的水中尤物，在我家的魚缸中展開了一場生命的追逐。小鸚鵡們一夜間長大了，黑玻璃樣的眼睛依然，尖小的嘴巴依然，洋娃娃般的可愛依然，但是，他們還是長大了，有了成人的城府和心機。在看見四條大於自己的金魚後，他們在最短的時間裡調整自己，不再懶散，加快節奏，積極運動，小尾巴快速擺動，在比自己身體大一倍以上的金魚面前試探性地挑釁，游來游去招惹一番。

四條金魚是龐大的，來我家之前一定是衣食無憂，腦袋上頂著個大肉包，使人想起成語腦滿腸肥，凸鼓的眼睛，流溢出富人酒後的迷醉。小鸚鵡在他們面前，像依附在泰坦尼克旁的小舢板，弱小、依賴。但是，六隻小鸚鵡，卻有著小舢板根本想像不到的勇氣，他們向著泰坦尼克衝撞過去，用尖細的嘴，啄下一片圓形的鱗。

金魚感到了疼痛，感到了不自在，但是，他的鰭撫摩不到傷痛，也揮舞不出拳頭，他奮力地遊，想躲閃開來，得逞後的小鸚鵡並不甘休，以快速的反應和積極的行動再次出擊，另一片魚鱗掉了，又有一片鱗被撕咬掉。

金魚想不出對付的辦法，除了逃避，奮力搖晃著碩大笨拙的尾巴躲閃外，他們什麼都不會做。他們不知道用肥壯的身體擠壓那些小精靈們，也不會衝撞他們，更不會以牙還牙，掉頭去追逐挑釁的對方。最嚴重的時候，一隻鸚鵡上前咬住金魚的鰭，拖著往水低沉，金魚歪著身體，如同傾斜的巨型大廈，滿臉是沒了根基的恐慌。大驚失色的金魚、頭腦簡單的金魚、愚蠢的金魚，讓人對美麗頓時產生絕望。而世上有那麼多美麗的事物，竟然像金魚。

小鸚鵡們並未停止進攻的節奏，他們將目標鎖定在金魚的尾巴上，芭蕉扇樣的大尾巴浮游在水上，自如擺動，小鸚鵡在大尾巴附近上下左右來回穿梭，盯住機會就是一口，金魚招架不住，努力向前游走幾步，暫時擺脫一會兒。小鸚鵡們兇殘逼露，越戰越勇，毫不放鬆追殺。

一夜之後，金魚的大尾巴成了一絲一屢的金銀線，也像馬尾，低垂散亂，他們已經不再為蒲，不能擺動，徹底失去了精氣和力量。魚缸低部鋪滿了魚鱗，一派狼藉，慘狀不忍目睹。金魚肥胖的身體沒了支撐的槳，變成一堆死肉，魚頭浮在水面上，大口喘氣，凸突的大眼睛露出哀求。

在不到兩天的戰爭中，金魚唯一的動作是逃逸，奮力掙脫，沒有絲毫的反抗和進攻。我們的挽救太晚了，沒有在最短的時間裡發現小鸚鵡暴力殘忍的本性，僅憑印象給他描寫性格，認為那只是嬉戲、是玩耍。不料想，最安全的事物原本有著最不安全的隱患。

我們跑去魚市買了一個碩大的圓形魚缸，將金魚們撈進新魚缸，又將魚缸置於陽光下。眼看著一縷縷陽光灑進圓形魚缸中，我們長舒一口氣，希望四條金魚能夠在這裡療傷，養好病痛。

但是，兩天之後他們死了，一個接著一個，沒有餘地地死去了。

金魚是食草動物，小鸚鵡是食肉動物。我們將羊扔進了狼群，結果是必然的。當我們知道這個道理的時候，四條美麗的金魚已悲情地死去很久了。

魚缸一度空無一物，水漸變黃。沒了魚的水，是一潭死水，沒有生機與活力。我們在週末將水換掉，跑去魚市買來新的魚品，八條地圖，放進魚缸，魚缸顯得整齊劃一，只有地圖一個魚種，省去了相異品種之間的撕扯和戰爭。地圖有黑色橢圓的身體，肌膚佈滿不規則的紅、橙、黃，斑紋累累，像一幅地圖，更像是受傷所致，尾部是被金色包圍的黑色斑點，閃著亮光。地圖另外的名字叫星麗魚，像一個動聽的女生的名字。按書中的描述，地圖進食時貪婪，好吃懶做，性格兇猛，自相殘殺，但是，這些劣跡我從未看見過。他們在我的魚缸裡待了不長時間就一一死去了，我欣賞他們、喜歡他們，未看到他們劣跡前就失去了他們，因此，地圖在我心目中是美麗的，暢快自由的。

在另一個魚缸中發生了另一些故事。

那是一個柱狀魚缸，擺在進門處的鞋櫃上，像隻高跟筒靴直挺挺屹立著，從魚缸裡伸出兩枝綠蘿，垂掉下來，也算一道風景。為了使魚缸看上去更生動，我們在魚市挑選了一些小魚，比如小孔雀、小燕魚，其中，最著名的一條叫非洲王子，熟透的杏黃色，順暢的流線，在不大的魚缸裡，非洲王子有著絕對的優雅姿態，他的出現使整個魚缸跟皇宮一樣，顯現出非凡和高貴。魚們在水裡浮游，穿梭在綠蘿根系之間，根系上的浮游物，是他們裹腹的必備食物。但是，沒過多久，非洲王子便失去了優雅的姿態，毫無理由地翻著肚皮浮在了水面上。生命無常，美麗竟然是頃刻間的事情，而逝去的又是如此的淒慘，醜陋無比，那些寧為玉碎不為瓦全的人恐怕都有這樣的想法，最後的慘狀，是不甘心示人的。

按照物競天擇的原則，微型小魚們一條條死去，留到最後的是一條最不起眼的男性小孔雀，長得纖瘦卻矍鑠精幹。一個人的水界不再擁擠，它可以暢遊無阻，在水草間任意穿梭。有一天，一隻蚊子掉進魚缸，沒見掙扎，四肢就蹬直了浮在水面，像架波音七四七，小孔雀嗅到了葷氣，從水底追隨到水面。我看到他時，蚊子的胸部以下正含在他的嘴裡，雙翼打開，像魚乍起的鬍鬚。此刻，魚與蚊子，甚至水面都平靜如鏡，魚靜止，不知下一步是要繼續還是退卻。約過了半個時辰，孔雀有了動靜，一口一口將蚊子從自己身體裡吐出，但他沒有撤離，而是換了種方式，用小小的尖嘴，撕扯下蚊子的尾部，然後是臀部，再是腹部胸部，像老練的蠶食，不多時，蚊子的頭和雙翼被遺棄在水中。飽食後的孔雀遊弋到水草下去了。據此，孔雀雖小，智商卻高於金魚許多，孔雀懂得做事不蒙頭幹，一條路走不通時，立刻調換碼頭，還知道分部實施、步步為營，知道蠶食的道理。

很久以後，唯一的小孔雀也消失了，總以為它是躲藏在哪片水草葉子的背後了，又過了幾日才發現，它已沉底，呈灰白的死屍，我不知道他是因為吃撐了，還是因為饑餓了。魚缸安靜下來，終於沒了生機，成了一隻別緻花瓶。

死的方式

將清水倒入一口鐵鍋，放火爐上，置一塊方型豆腐於水中，豆腐細白且滑嫩，沉於鍋底，水面如清晨雪野中的湖水，不起微瀾。放進數條泥鰍，泥鰍是從盆邊滑溜著竄進鍋裡的，他們扭曲著身體圍在豆腐旁盡情歡暢。這時，一股濃重的醬色汩汩流進水中，頃刻間，清水染上了古舊色，那是人製造的眾多調味品中的一種，以黑棕色和醬香味組成的調料，在每家每戶廚房駐紮著，它是眾多調味品中的主角之一，上演過各色菜肴，不同的是，在菜肴的戲劇裡，它是配角，為那些原色的、白色的、清淡的食材變身，讓它們隆重出場，紅燒肉、滷牛肉、醬香雞經過它的裝扮有了重量和厚度。但是，此刻，這個叫醬油的傢伙，為泥鰍製造了一種酷刑。泥鰍不知道，圓形鍋底是一場沒有起點和終點的輪迴，醬色水域是為死亡塗畫盛裝的顏料，因為不知道，泥鰍跟進鐵鍋之前一樣地歡暢，在新鮮處所蛇一樣扭捏著身體，鬍鬚四處試探，感受著一種全新的生活。

慢火溫吞，舔著鍋底，來自人的算計開始進入第二階段。泥鰍依然不知曉。他們漸漸感到了春天，大地回暖，陽光和煦，植物茂密，這是孔子學生曾皙的理想生活，暮春時節，穿上新做的春裝，陪幾個朋友，帶上孩子，到剛剛開凍的沂水中，洗滌沐浴，再到水旁的舞臺上，盡享春風，傍晚時分踏著歌聲回家。

但是，理想的溫度沒及好好享受，泥鰍就感受到了夏的悶熱，他們加快遊走的速度，熱，使他們焦渴難耐，悶得喘不過氣，他們大口吞吐，咽進苦鹹的醬油，那是一種陌生的味道，來自另一個世界的味道，被他們當作一次飽滿的主食，大口大口地吞咽。他們的胃漲滿了陌生的液體，五臟六腑被醬色浸泡，甚至血液和骨肉都被高溫醃製。但是，即便如此，境遇並未好轉，屬於他們的水域越來越熱。他們東奔西走，想找尋一絲清涼，可是水的每一個角落都炎熱起來，憋悶蒸騰，甚至冒出了淡淡的熱氣。

一條聰明的泥鰍，靠近豆腐。豆腐像座冰山，山體被白雪覆蓋。泥鰍試探性地用頭頂頂豆腐，豆腐竟被頂開，泥鰍搖搖尾巴，鑽進豆腐，他感到了清涼，像在火焰山頂啜飲了一杯冰鎮山泉。另一條泥鰍步他後塵，緊緊追進，也獲得了清涼，第三條，第四條追隨者跟進。所有的泥鰍商量後，立刻行動起來，從不同側面進入豆腐，全部安全抵達清涼之地。

雪山膨脹，豆腐漲著鼓鼓的肚子與泥鰍融為一體。

火一如既往舔食著鍋底，水繼續著自己從北極到赤道的里程，豆腐跟隨水的腳步，不斷抬高自己的體溫，清涼雪地開始融化，變暖，變熱。泥鰍再次感到悶熱，喘不過氣，他們在豆腐中用足力氣，擺動，扭曲，變形，可是，溫熱的處境絲毫不改，且越來越熱。終於，在疲憊中泥鰍們放棄了掙扎，喘一口粗氣。漸漸地，豆腐內部無聲無息了。

火依然，溫存不改初衷，豆腐泥鰍被繼續加溫，鮮活的透明肉體逐漸變成紙一樣的潔白，他們的身體和豆腐一起被水蒸汽浮出水面，飄蕩出一股極美的鮮味。他們成了餐桌上的一道菜肴，名叫貂蟬豆腐。典故來源於三國故事，以泥鰍比董卓，泥鰍在熱湯中無處藏身，鑽入冷豆腐中，但逃不脫烹煮的命運，而豆腐便是王允獻上的貂蟬。那些文人兼大廚將美人計放在此處，實在是狠得厲害。

剖開的豆腐若考古發現後的維蘇威火山，泥鰍定格在生命的最後時刻，憤怒、拼殺、扭曲、哀求、絕望，形形色色。這道菜我沒吃過，也沒見過，做法是聽來的。如此烹飪，惡劣程度與烹製猴頭同出一轍。

民間的說法是另一種情形。有一個漁民，以打漁為生，捕魚時，常有泥鰍進賬，他將大點的賣掉，小點的提回家。每日吃泥鰍每日就得有新花樣，一次，他將泥鰍扔在水盆裡吐泥，泥鰍太小，不易收拾，恰巧他買回了豆腐，便將泥鰍與豆腐一同放進鍋裡，蓋上鍋蓋。待煮熟揭開鍋蓋，小泥鰍不見了，雪白的豆腐邊緣伸出一條條可愛的小尾巴，原來，泥鰍全跑進了豆腐腹部。

泥鰍鑽豆腐被民間一描述，沒了殺氣，生出幾分情趣來。民間的東西常常因受眾面廣，掩蓋了事物的本質，明明是殺了別人，卻能輕巧地說出。法不責眾，眾便可放大了膽量，做出超越法網的事情來。

雖然，任何一種動物的終歸命運都是一致的，只是方式不同而已。但換種方式，人似乎更容易接受些。

家裡魚缸中美麗的魚們都是食肉動物，大魚吃小魚，小魚吃蝦米是他們奉行的生存規則。在魚類生物鏈中泥鰍位處下等，註定要成為更高級魚類的腹中之羹。我們去美居物流園的魚市，那裡的魚以美麗程度的不同分為三六九等，泥鰍作為魚食，擺放在魚市進門的地方，與豔麗多姿的魚們比較，他們的住所骯髒擁擠，密集陰暗，像許多大城市裡的平民窟，住所既決定了他們的生存狀態，也預示出他們未來的命運走向。

泥鰍滑溜，一條挨擠著一條，彼此擦身，上下翻動。魚與魚食，所謂的大魚吃小魚，都是魚，卻因了造物的偏向，有的生出巨大形體，有的則小巧玲瓏，就因為大與小的區別，使得被稱為魚的動物們處在一種矛盾糾結的狀態。生命是多麼地不公平，沒有得到造物厚愛者被命運牽引著，盛往一個個塑膠袋中，與他們同時前往新住所的還有他們的鄰居，富裕門廳中的美麗的魚們，他們一起離開魚市，游向不同的命運彼岸。

回家後，魚們進了寬敞的魚缸，泥鰍進了魚缸下邊的小盆。除了大與小的區別外，漂亮是第二個可以受到優厚待遇的因素，如果生的漂亮，即便有小的缺陷，也可以以華麗的服飾為武器，得到人的青睞。漂亮也是造物的事情，他將一些魚造就的完美無缺，而將另一些魚設計的平淡無奇，在泥鰍問題上，造物為它們設計了鬼祟的頭腦、傻傻的鬍鬚和扭扭捏捏的身體，毫無美感的泥鰍在形體不算太小時，因相貌的醜陋被人所拋棄。由一條魚淪為一頓魚食。

魚網伸進小盆，盆中的某條、某幾條泥鰍進入網中，脫離盆水，又迅速被扔進魚缸，這些動作都太快，掩耳不及迅雷，在它們還沒反應過來到底會發生什麼的時候，它們已被丟進空曠，那是一個遙不可測的深淵。

從擁擠骯髒中進了清澈明亮的魚缸，泥鰍懵了頭，浮游在水面。銀龍不動聲色，緩緩劃來，遊到泥鰍附近，頭輕輕一甩，泥鰍便進了死亡黑洞。銀龍依舊不動聲色，這世界於他，並未發生什麼，水面依舊平靜清澈，唯有泥鰍自己知道，他無揮天之力，他的世界已經傾覆。

唯一的成功著陸的泥鰍，潛入缸底，這使他暫時躲避了浮在水域表層的銀龍，雖然，水底並不安全，但水底有螺，螺中有孔，躲到孔隙中對泥鰍來說並不是難事。到是那些鸚鵡，有著不依不饒的堅持，守侯在螺外，只等著泥鰍探頭，要尖著小嘴上去行兇。

其實，泥鰍是可以不出來的，螺並不小，螺裡並不比他曾經居住的貧民窟更擁擠，只要他有著比鸚鵡更堅定的信念、更持久的耐力、更強烈的存活意識，它便能保全性命，甚至能活過鸚鵡的壽命。

但是，泥鰍還是出來了，探著頭，舒展了身體，他的麻痹和蠢笨為鸚鵡製造了機會，鸚鵡不失時機，一個猛子過去，將他咬住、拽出。可憐的泥鰍，半截身體含在鸚鵡嘴裡，他看到了什麼？鸚鵡漆黑的喉管，用力擠壓它的身體，他的大腦被壓迫，漸漸缺氧，意識漸漸失去，它感到很累很無力，不願意再想什麼，再做什麼，這世界於他，正在悄聲遠去。

能夠無疾而終的動物少之又少，豆腐中的泥鰍，鸚鵡嘴中的泥鰍，終而歸一，這幾乎是所有生命體的一致性悲劇吧。

二〇一二年一月八日　於烏魯木齊

Do文學06　PG1082

草香玉暖

——新疆品物手札

作　　者／徐興梅
主　　編／蔡登山
責任編輯／王奕文
圖文排版／黃亞紀
封面設計／陳佩蓉

出版策劃／獨立作家
發 行 人／宋政坤
法律顧問／毛國樑　律師
製作發行／秀威資訊科技股份有限公司
地址：114 台北市內湖區瑞光路76巷65號1樓
電話：+886-2-2796-3638　傳真：+886-2-2796-1377
服務信箱：service@showwe.com.tw
展售門市／國家書店【松江門市】
地址：104 台北市中山區松江路209號1樓
電話：+886-2-2518-0207　傳真：+886-2-2518-0778
網路訂購／秀威網路書店：https://store.showwe.tw
國家網路書店：https://www.govbooks.com.tw

出版日期／2013年10月　BOD一版　**定價**／450元

獨立作家
Independent Author
寫自己的故事，唱自己的歌

草香玉暖：新疆品物手札 / 徐興梅著. -- 一版. -- 臺北
市：獨立作家, 2013.10
面；　公分
BOD版
ISBN 978-986-89946-3-8(平裝)

855　　　102019153

國家圖書館出版品預行編目

讀者回函卡

感謝您購買本書，為提升服務品質，請填妥以下資料，將讀者回函卡直接寄回或傳真本公司，收到您的寶貴意見後，我們會收藏記錄及檢討，謝謝！如您需要了解本公司最新出版書目、購書優惠或企劃活動，歡迎您上網查詢或下載相關資料：http:// www.showwe.com.tw

您購買的書名：________________________________

出生日期：________年________月________日

學歷：□高中（含）以下　□大專　□研究所（含）以上

職業：□製造業　□金融業　□資訊業　□軍警　□傳播業　□自由業

　　　□服務業　□公務員　□教職　□學生　□家管　□其它____

購書地點：□網路書店　□實體書店　□書展　□郵購　□贈閱　□其他

您從何得知本書的消息？

□網路書店　□實體書店　□網路搜尋　□電子報　□書訊　□雜誌

□傳播媒體　□親友推薦　□網站推薦　□部落格　□其他________

您對本書的評價：（請填代號　1.非常滿意　2.滿意　3.尚可　4.再改進）

封面設計____　版面編排____　內容____　文／譯筆____　價格____

讀完書後您覺得：

□很有收穫　□有收穫　□收穫不多　□沒收穫

對我們的建議：________________________________

____

____

____

請貼
郵票

11466

台北市內湖區瑞光路 76 巷 65 號 1 樓

獨立作家讀者服務部　　　收

（請沿線對折寄回，謝謝！）

姓　　名：＿＿＿＿＿＿＿＿　年齡：＿＿＿＿　性別：□女　□男

郵遞區號：□□□□□

地　　址：＿＿＿＿＿＿＿＿＿＿＿＿＿＿＿＿＿＿

聯絡電話：(日)＿＿＿＿＿＿＿＿(夜)＿＿＿＿＿＿＿＿

E-mail：＿＿＿＿＿＿＿＿＿＿＿＿＿＿＿＿＿＿